独居老人どこが悪い

T・フルスフェルト

鳥影社

独居老人どこが悪い　目次

第三部　六〇代後半

独居老人どこが悪い

プロローグ

二〇一〇年春
小川　遥《はるか》。
五〇代後半。番組ディレクター。セクハラ疑惑で辞職。退職した翌日に、妻から離婚の申し出。退職金全額を妻に渡す。貯金少々。年金は折半。妻が家庭裁判所に申し立てた。家族を失う。職を失う。名誉も地位も失う。人間関係も驚くほどあっさり消える。ついでに金も失う。何もかも、全部ひっくるめて、手のひらに残ったものは何もない。
しかし、たった一つだけ手に入れたものがある。

それは、自由。

ビゼーのオペラ『カルメン』。追いかけまわす元彼のホセに殺される直前、カルメンはこう言う。

自由ほどありがたいものはない。

第一部　始まり

住む家

ともかく、大切なのは住む家。家がないと月々の家賃を払い続けなければならない。それがたとえ五万円だとしても、無収入の身ではとんでもない支出となる。

だから家を探した。都市部はあり得ない。高すぎる。手が届かない。しかし、田舎なら安い家はかなりある。

半年余りの間、家賃八万五〇〇〇円の借家に住みながら、毎日のように中古一軒家の物件を探しては実際に見に行った。

車はない。免許もない。ただ、原付バイクの免許はある。乗るのは、スーパーカブ。五〇cc。ホンダが世界に誇る名車。

朝起きて、もう会社に行かなくてもいい。苦手な上司や同僚と顔を合わせなくてもいい。仕事に追われることもない。それがどれほど幸福なことか、それだけのことがどれほど自分を解放してくれるか、しみじみとそのありがたさを日々かみしめた。体中の皮膚の下に、まるで清流が流れるような気がした。

金はない。無駄遣いはできない。だから、安い物件しか関心がない。しかし、購入後に修理費で費用がかさんだりしたら住めなくなる。そうなれば終わり。慎重に慎重を重ね、連日、カブで家を見に行った。

通勤のことはもう考えなくてもいい。勤めに出る気はなかった。もう二度とサラリーマン生活に戻りたくはない。でも収入はどうする。

貯金があった。妻に渡した退職金とほぼ同額。これで家を買い、年金が出るまでの生活をしのぐ。

家探しは、最終的に二件に絞り込んだ。約半年間、仕事に行かなくなって空き時間ができたのであちこち探しまわった。

どちらも七〇〇万円。郊外の団地の一軒家。

一つは、総二階。部屋数は多い。一つひとつの部屋も大きい。建物も比較的新しく見える。

もう一つは、平屋の三ＬＤＫ八五平方㍍。築三〇年ほど。敷地七〇坪。大手建築メーカーの建売り。

一つめの家を買おうかどうか、迷いに迷った。そこに、二つめの家の話が不動産屋から。見て、すぐに決めた。きれいな家だった。外見も建物の中も。おばあさんが一人で暮らしていて、清潔に保たれていた。手入れも行き届いていた。

でも、決定的だったのは、この家の道路を挟んだ向かいに、敷地七〇坪の空き地があり、そこを菜園として借りることが可能だったこと。

畑をやるというのは、子供の頃からの夢だった。学生の時には、近所の農家の人に土地を無償で貸してもらい、トマトやキュウリを生まれてはじめて育てた。そのうまさに感動した。その時の味は、今でもしっかりと覚えている。ここで初めて、キャベツが葉を巻くということも知った。キャベツは丸いまま大きくなるものと思いこんでいた。

土をよくするためには、葉っぱを入れなさい。生ごみもいい。農家の人にそう教えてもらった。そして、葉っぱを土に入れた。生ごみを土に埋めた。

するとどうだ。あんなにも臭くて鼻が曲がるような悪臭を放っていた生ごみが、一か月もして掘り返してみると、黒い土に変わり、なんと、森の中のような香りを放つ。思わず両手ですくい鼻に近づけてその香りを吸った。

その農業へのあこがれは、ずっと続いていた。多少通勤に不便だとしても、マンションには住まず、庭のある一軒家を借りた。そして、その庭で、野菜を作った。でも、仕事が忙しくなり放り出すこともしばしばだった。しかし、何もかも忘れ思うままに百姓ができたらという願望は、いつもどこかにあった。

そこへ、平屋の一軒家。しかも道路を挟んだ向かい側に七〇坪の空き地があり畑として借りられる。もう、迷うことはなかった。

で、いざ引っ越し。七〇〇万円とちょっとで済むと思っていた。ところがかかるは、かかるは。不動産屋への手数料。壁紙の張り替え。キッチンの移動。団地に入居する際に支払う管理費。引っ越し料金。合わせて、八五〇万円。やれやれ。ま、仕方がない。こんなものかと諦める。

畑仕事の始まり

七〇坪の空き地。もともとは家を建てるための更地。しかし三〇年も売れぬままに放置。雑草が生い茂り、すすきの大きな株があちこち。そこに、倒木が山と積まれている。

どこから手をつけたらいいのかわからない。知識も経験も乏しい。

しかし、よくわからないからこそひたすら夢だけを追い続けることができた。気分はすっかり、トルストイの『アンナ・カレーニナ』に出てくるレーヴィン。

この小説、通常は、アンナとウロンスキーの恋愛小説として読まれている。若くて美しいアンナには年の離れた夫がいる。そこへ若々しく魅力的な青年ウロンスキーの登場。二人は惹かれ合う。情熱と欲望の燃えさかる炎。しかし、道ならぬ恋。当然、もめる。悲惨な結末。

しかし、この小説はそれだけではない。二人の恋愛と並行する形で、レーヴィンとキティーというカップルも登場する。レーヴィンは貴族の出身。しかし、都会から離れ田舎に移り、そこで初めて自ら鍬《くわ》を持ち農地を耕す。その時の喜びと感動をトルストイは実に丹念にリアルに描く。鍬を握ることが、レーヴィンにとっては救いとなった。都会生活でのむなしさや官僚としての生きづらさからの解放となり、新しい生き方の確かな手掛かりとなった。そしてキティーはそのレーヴィンを愛し理解し協力を惜しまなかった。二人は、ロシアの大地に根差し、ロシアの人々と共に生き、幸福な生活を送る。

レーヴィンと自分を重ねる。なんと大げさな。今では笑い話。しかし、その時は、本気でそう思った。そして、みるみる力が湧いてきた。

まずは、雑草の処理。といっても、七〇坪。およそ二三〇平方メートル。広すぎる。しかし、とりあえず足元から始めるしかない。

この更地は花崗岩《かこうがん》が砕けた地質。土地の人は、まさ土という。日が当たると乾きカチカチになる。雨が降ると表面だけが、ぐしゃぐしゃになる。保水能力はほとんどない。スコップを入れても、せいぜい五、六センチしか沈まない。スコップに乗り全体重をかけてもやっと七、八センチ。固い。途方に暮れる。

それでもスコップを入れ、雑草を根こそぎ引きはがす。すすきは厄介だ。こんな荒れ地でも、固い土の中奥深くまで根を張り巡らせている。まるで一本の木の切り株を取り出すような感覚。でもこれが開拓だ。開墾だ。何事もひとり大げさに解釈しては悦に入り、まるで、人跡未踏の荒れ地に挑むような気分で固い土と日々格闘する。その勘違いと馬鹿さ加減がここでは力になる。

もうスコップはダメ。役に立たない。近所の店でつるはしを買い、まるで道路工事のように固い土の中にその鋭利な先端を突き刺す。気分が乗らぬはずはない。五、六回までは。しかし、すぐに息が上がる。めまいがする。冷たい汗が流れる。

つくづく自分が意気地なしだということを思い知り、自分自身に愛想を尽かす。気分だけは人並みだとしても体が全然追いつかない。

それでももう、退路はない。目の前の草取りから始めて、この荒れ放題の更地を農地に変えるしかない。それは、ずっと今まで温めてきた夢なんだから。そして、今、その夢がかなうところまで来ているのだから。

で、毎日自分をなだめながら、意気地のない自分と折り合いをつけながら、草を抜き、つるはしを打ち込み、スコップで土を上下にひっくり返した。

この繰り返しで、少しずつ体力がついた。日に焼けて、顔も腕も黒くなった。体重は五〇キロ台にまで減った。ぶよぶよしていた腹は締まってきた。日中の疲労のため夜はぐっすりと眠った。

思わぬ楽しさもあった。近所の男の子が、珍しそうにじっと見ている。仕事の手を休めて声をかけた。

「何年生なの？」

「一年生。」

「そうなんだ。名前なんて言うの？」

「良太郎《りょうたろう》。」

「いい名前だね。」

「そうかな？」

これ以降、良太郎は学校が終わると毎日、畑に来た。良太郎は、この団地に引っ越してから初めて付き合い始めた人間だった。一目で気に入った。きれいな目をしていた。ずうずうしいところは全くなく、どこか上品で、憂いさえある。

と、思った。本当にそう思った。ところがそう思ったのは、すべて自分の思い込み。後で、散々痛い目に遭う。

良太郎の手に合う小さな鍬を買ってきた。顔まで土をかぶり、良太郎も懸命に硬い土を崩しにかかる。「土崩し！」と大声を出しながら両手で鍬を振り回す。思わぬところで仲間ができた。同僚ができた。

そのうち、良太郎が、学校の同級生とか近所の友達を連れてきた。多い時は、七、八人にもなる。中には、女の子も交じる。そしてみんなで、キャーキャー騒ぎながら、土崩しをやる。

恥ずかしい話だが、これが嬉しかった。家族、職場、友人、知人。すべての人間関係を一瞬で失ってしまった後で、こんなにもたやすく、こんなにも自然に人間と交われることが嬉しくてたまらなかった。

この間、朝も昼も夜も、全部自炊。あるものでしのいだ。昼は、良太郎と一緒に食べることがある。良太郎のお母さんは、とても美しくて優しくて上品。でも、威張ったところはまるっきりない。拒むお母さんを何とか説得して、夕ご飯を一緒に食べたこともある。ジャガイモを茹《ゆ》でてコロッケにして揚げて、食べた。げらげら二人で笑いながら。

しかし、いい話はここまで。そのうち、良太郎は段々と本性を現しやがった。昼寝でもしていると、いきなり入ってきて、テレビをつけて見る。家では、見る番組も時間も制限されている。しかし、こちらに来れば好きな番組を好きなだけ見られる。おいおい、それはまずいぞ、お母さんに俺が怒られるよ、といったところで、全然気にしない。良太郎のやつ、テレビを見ながら、「だって、小川さん怖くないもん」。

あの上品で、憂いさえあると思えた良太郎は、どこへ行ったのか。あれは錯覚だったのか。自分の勝手な思い込みだったのか。そう、その通り。錯覚であり勝手な思い込みであった。しかし、畑の唯一の友。ここで、怒り突き放すことなどできない。やっと手に入れた最初の新しい人間。文句は言えない。我慢するしかない。

良太郎とはほとんど毎日会っていた。二人で畑に出た。飽きると、道路でキャッチボールをした。そのうち、畑で作業するよりも、キャッチボールの方が多くなる日も出てきた。ま、いい、別に急ぐわけでもない。急ぎの仕事ではないのだから。少しでも早く立派な畑にとの思いに、一人でいたら急き立てられていただろう。でも、良太郎に引っ張られ引きずられていくと、その思いも薄まり、なんだか呑気《のんき》な気分になってしまい、それもまた悪くはないな、などと思っている自分に気づく。そう、そんなふうな気分になったことは、絶えてなかったと今になってみればわかる。

自分の子供とはここまで付き合ってあげられなかった。仕事に追われ、人間関係で疲弊し、頭の中は出世のための野心で占領されていた。そして、そのストレスから逃げるために外で女を求め続けた。父として夫として最低の自分。でも、浮かれていた。自分が自分と離れている。どんどん離れていく。それを取り戻しすべての労苦を忘れられる瞬間が情事だった。誰もが顔をそむけるのも当然だった。そんな人間が転落するのを見て、喜ばない人間はいなかった。シャーデン・フロイデ。ざまあ見ろ。

人は人に対して、いくらでも残酷になれる。こんなシャーデン・フロイデなどたいしたことはない。ガキが、はしゃいでいるのと同じこと。

それを思い知らせたのは、ロマン・ポランスキーの映画『戦場のピアニスト』（原題は The pianist 2002）。この映画は、シュピールマンという実在のピアニストの自伝をもとに制作された。第二次世界大戦のさなか、ポーランドのユダヤ人がナチに迫害される様を実録に即してリアルに再現。

その一場面。ナチに連行されたユダヤ人が道路に一列に並ばされる。その時、一人の女性が、「私たちはどこに連れて行かれるの？」（Wohin gehen wir?）と若きドイツ兵にたずねる。するとそのドイツ兵は、間髪を入れず、表情一つ変えずその女性のこめかみに拳銃をあて引き金を引く。これだけのシーン。三〇秒にも満たない。

このドイツ兵は端正な顔立ちをしている。しかしその顔には、何の表情もない。殺してやる、生意気な、というような憎しみや怒りの感情の気配はない。使命感や正義感もない。何事もなかったかのように引き金を引き、目の前の女性がこめかみから血を流して倒れても、何事もなかったかのようにその場を去る。その間、表情には何の変化もない。

わずか三〇秒にも満たないであろうカット。映画の進行も、まるで何もなかったかのように次のシーンに移行する。そのことが逆に、いかに平静に日常茶飯事としてこの殺人行為が行われたのかということを強烈に印象付ける。

ぞっとした。人は人に対してここまで冷酷になれる。人の命を奪うことにためらいがない。恐れがない。わめき散らし憎しみをぶつけ相手に襲いかかる。そんな殺人のイメージからはほど遠い。冷静だ。平常心のままだ。その状態で一瞬のうちに人を殺す。人は人に対してそこまで冷酷になれる。しかも、このドイツ兵は若くて優しい顔立ちをしている。残酷で無慈悲なナチ兵士の面影はどこにもない。だから、怖い。この時の映像が、何日も何か月も何年も心に焼き付いてしまった。

ポランスキーは、『赤い航路』(原題は Bitter Moon, 1992) の監督。バスの中で偶然知り合った若い娘と中年の作家の数十年に及ぶ恋愛模様を美醜併せてくまなくリアルに再現する。人間の奥に潜む得体のしれない情動をわしづかみにし、それをスクリーンで大胆に正確に表現する卓越した手腕の持ち主。

最近はしかし、過去のセクハラで映画界から追放されるかということで注目されている。ここだけは、どこかのバカと同じ。

釣り

引っ越しした家からは、バイクで一時間ほどで釣り場に行けた。車も人もほとんど通らぬ峠道を通って山を越える。国道に出て一五分ほど走るとフェリー乗り場。一〇分ほどの乗船で対岸の島に着く。そこからさらにバイクで走り、狭い山道を登り峠を越え、島の裏側の海岸に着く。そこは、夢のような場所。白く光る砂浜。近くにも遠くにも海のところどころに浮かぶ大小さまざまな島。海上にも海岸にもいつもほとんど人影はない。漁師の船が来るでもない。釣り人がいるわけでもない。まさに、プライベートビーチ。海も空も海岸もひとりで占有できる。なんと贅沢な。

砂浜の真ん中には、小さな社《やしろ》がある。海に向かってでんと構えた台座の上に、赤い鳥居。たまに誰かが来るのだろう、お神酒《みき》が供えてあったり、五円玉がいくつか並んでいたり。鳥居の背後には、急勾配の山の斜面が海をにらみつけるように聳《そび》え立つ。その山の頂は空のかなた。

この山の急傾斜の断崖が、釣り場としてはとても重要になる。雨が降る。腐葉土などの養分を含んだ水が川となって海に流れる。砂浜は、その養分に満ちた恵みのすべてを受け取る。植物プランクトンがその養分を吸い取り増殖する。その植物プランクトンを動物プランクトンが食べる。その動物プランクトンをエビやカニなどの甲殻類が食べる。そしていよいよ魚たちが、そのエビやカニを狙って集まる。

だから、この海辺には、魚たちが回遊する。どうして、漁師や釣り人がこんな絶好の釣り場を放っておくのか、いまだに分からない。

海岸からボートを出す。アキレスの四人乗りのゴムボート。これを運ぶのに、五〇ccのカブが、まさに最大限の威力を発揮する。このカブは、新聞配達用に作られたプレスカブ。前輪と後輪の上には、鉄製の大きなかごを装備できる。後ろのかごに折りたたんだゴムボートを積む。その上には仕掛け等を載せる。前のかごにはクーラーボックス。そして、竿《さお》ケースには、釣竿とオールの軸とオールのヒレを分解して納める。そして、この竿ケースを肩に担ぐ。気分はまさに、佐々木小次郎。太刀を担いだ気分で出陣。いやがうえにも気分は盛り上がる。

このボートを海岸で膨らませる。足踏みポンプでおよそ一〇分。クーラーボックス、仕掛け、竿、たも網などをボートに詰め込み、いざ海へ。

アジ

しかし、簡単には釣れない。場合によっては、二時間近く何の釣果もないこともある。

釣りには、季節、潮の流れ、時間帯が大きく左右する。春夏秋冬のいつ何が釣れるか、その時の潮は大潮か小潮か、何時ごろに群れが来るか。

たとえば、アジ。アジは厳冬期をのぞけば、ほぼ一年中釣れる。しかし、旨いのは五月六月。産卵前の魚体は充実している。まさに旬。脂がのり身も太い。このアジの群れが来るのは、夕まずめ。太陽が沈み、あたりにはまだ夕焼けの明るさが残っている状態。その瞬間に喰いが集中する。

サビキという疑似餌が何本も付いた仕掛けを海底に落とす。すると竿先が海面に潜るほどの強い引きが連続する。ゆっくりリールを巻く。アジの口は弱い。強く引けばすぐに針は外れる。ゆっくり確実に。この瞬間が一番緊張する。そして釣り上げてボートの中へ放り込む。その後、間髪を入れずに、再び仕掛けを海底に。

群れがいる。その間、いかに手返しを早くするか。これが釣果を上げるコツ。群れはすぐにどこかへ消えてしまう。通常、一五分から二〇分ぐらい。この間、どれだけ回転を速めるか、ここが勝負だ。

群れが去った後。ボートの中では釣り上げたアジがぴんぴん跳ねている。大体は二五センチぐらい。そのアジをつかみ、首にナイフを入れる。するとその断面に背骨が見える。その背骨の上にある小さな穴に針金を差し込み、背骨に沿ってしっぽまで入れる。すると、首を切ったのにもかかわらず、アジがものすごく暴れる。そして、その動きが止まるまで、差し込んだ針金を背骨に沿って上下に動かす。ぐったりする。これが、いわゆる活き締め。神経締め。

これは、魚を即死させるための処置。生きたまま首を落とすので、血があふれ出る。つまり、完全な血抜きができる。さらに、即死させることで、鮮度がそのまま保てる。この状態のまま、海水に氷を混ぜたクーラーボックスに入れる。

この神経締めをしないでそのまま放置して絶命した魚は、血抜きができていないため腐りやすい。腐り始めた血の匂いがたちまち魚の臭みとなる。近頃では、神経締めの処置をした魚は「神経締め」と明記して魚屋の店頭に並ぶことも。同じ魚でも、少なくとも二倍の値段になる。

さらに、この後の処置も欠かせない。釣った魚を家に持ち帰る。その日のうちに、腹を裂き内臓を取り出し、魚の体内に付着した血や脂を歯ブラシで丹念に洗い流す。これで初めて、鮮度を保った良質な魚の旨味が保障される。できれば、その日のうちに食べるのではなく、一晩置いて熟成させる方がいい。ことに刺身は、一晩寝かせたほうが断然うまい。

その旬のアジの刺身は格別。この世のものとは思えぬほどに美味。アジが泳いでいた海の底の香りまで漂う。新鮮な刺身というのは、直前まで勢いよく泳いでいた海の雰囲気をそのまま伝えてくれる。その魚の泳ぐときの躍動感、その時に魚の肌に流れる海水の流れ。かみしめればかみしめるほどに、たった一片の刺身の切れ端から様々な細やかな香りや味わいが伝わってくる。

だから、刺身を食べるときは一人がいい。釣りをしているときに、竿先の一点に神経を集中させわずかな動きも見逃さないように注意を払い続けるのと同じ。刺身を見る。その時の色とつや。箸でつまんだ時の感触。固いか、柔らかいか、箸をはじくか、箸が少し食い込むか。そして、お小皿に刺身を浸す。その瞬間に、パッと脂の光り輝く粒子が醤油《しょうゆ》の表面に広がる。それから、その刺身を口元に運んだ時の香り。この時、新鮮な刺身なら、海の香りがかすかに漂う。そして、かむ。その時の感触。かんだ途端に口に広がるかすかな味。人が味を感知するには、時間がかかる。いい刺身であればあるほど、じわじわとゆっくりと濃厚な味が口の中に広がる。その刻々と変化する多彩な味わいの連続。これこそが、刺身を味わうときのだいご味だ。

その味に感動して涙がこぼれてくることがある。自分の存在すら忘れ、すべての感覚がアジの刺身の旨さをひとつ残らず感知しようとする気持ちに向かう。海の恵みをその十全の姿のままに受け止めるには、こちら側も覚悟がいるし集中力が必要なのだ。

だから、一人がいい。人間と話している余裕はない。テレビも消す。照明もできれば落とす。そうしないと、味わうことに集中できないから。

テレビでは、グルメ番組が多い。レポーターは、口に入れるとすぐに、決まったように「食感がいい」という。五秒もたたずに直ぐだ。何もわかっていない。何も味わっていない。こんな短時間に食べ物の味が分かることはまずない。口に含んだとたんに、すべての味がどうのこうのと言うことはできない。なぜなら、口に入れた後で、食べ物の味は刻々と変化するからだ。それには、時間がかかる。口に入れてから、咀嚼《そしゃく》し飲み込むまで。その段階でそれぞれ味が変化する。例えば、ご飯はかめばかむほどに甘くなるというように。だから、瞬時に味がどうのこうのという食レポはすべてあてにならない。

テレビという媒体は、人が長々と話をするのを好まない。テレビを見ている人間たちには人の話を最後までゆっくりと聞こうとする余裕がない。だから、瞬時に結論を出すことを迫られる。このために、食レポは「食感」がという言葉だけでマンネリ化し退屈なものとなる。こんな言葉だけでは、食べ物の味を何も伝えていないに等しい。

現代のテレビ

と、ここまで考えると、どうしても勤めていた時のことが生々しくよみがえってしまう。もう全部忘れる。考えないようにする。そう心に決めても、真夜中、夢の中で過去の痛みがよみがえり、闇の中で行き場を失いうろたえる。そのつど、「ああーっ」と大声を出してしまうこともある。そういう自分とどう折り合いをつけるか、どこまで付き合い続けなければならないのか、わからぬままわからぬことは放置するしかない。

仕方がない。もう過去のことだ。どうにもならない。そう頭では分かっていても、心は言うことを聞かず、たまに夢の中で、あるいは静かにレコードを聴いているときに生々しくよみがえり、自分でもそういう自分をもてあます。

その繰り返しの中で、気づくこともある。過去は、本当にどうにもならないことなのか。もちろん過去の出来事は、消し去ることはできない。しかし、だ。その過去をどう見るか、どう解釈するか、それによって過去の事実の見方や受け止め方が微妙に変化する。

傷は傷として残る。しかしその傷をどう受け止めるか。そこは、変わる。時とともに。そして場合によっては、傷を癒す一つの小さなきっかけになる。

たとえば。番組制作の会議で、ＮＨＫの『日本百名山』という番組でのナレーションが問題になった。ナレーションの女性は、やたらと「ですって」という言葉を使う。その都度、山の景色や植生などについての関心は一気に消えてしまい、この言葉の周辺で意識が止まってしまい釘づけ状態になる。三〇分番組で多いときは五回も六回も。

疑問に思っていたので会議で自分から、この「ですって」を問題にした。いったいどこの言葉か。たとえば、この言葉は、通常、男は使わない。じゃ、女はどうか。小中高の女子生徒同士なら、まず使わないだろう。こんな言葉を使ったら、なに気取ってんだと一歩引かれることは確実。

それに対して、反論が出た。若い主婦たちの間ではどうか。ママ友どうしで。例えば、「今日はあの人、体調が悪いので来ないんですって」。これなら、ありうるだろうと。これには、ほとんどの者がうなずいた。

でも、自分はそういう言葉を聞いたことがない、と自分。この状況なら、「今日あの人来ないらしいよ」で十分。丁寧に言うなら、「来ないらしいですよ」。問題はやはり、「ですって」という語尾。

さらに続けた。この「ですって」という言葉を聞いたのは、山本リンダの『こまっちゃうナ』という歌がはじめて。

「〽ママに聞いたら、初めはみんなそうなんですって」

気取ってる。上品ぶってる。かっこつけてる。そのバカさ加減が面白い。大体、いったいこの台詞を誰に向かって言っているのか。それに、そもそも、初デートのことを母親に相談するような娘がこの世にいるのか。「ですって」が、その軽薄さや、うわっついた気分を強調し、初デートに誘われうれしくてうれしくてしょうがないのに、「こまっちゃうナ」と自慢し得意になっているこの娘の気分を下支えする。実にお見事。作詞も作曲も遠藤実の傑作である。

そう言ってみた。この時はここまでうまく言えたかどうかはわからないが。驚いたことに、大半がこの歌を知らない。オジさんが若いころに聞いた歌だろう、昔。

じゃあ、もっと言おう。

昔とか今とかの問題じゃない。この「ですって」は、伝聞だろう。しかし、「ママに聞いた」

山本リンダとは違って、百名山のナレーターは誰から聞いたのか、どういう根拠があるのか、そこはごまかす。伝えない。さらに、伝聞調にすれば、話者は自分の言葉に責任を取る必要がない。だって、人から聞いた話だから、と。少なくとも、山についてのナレーションなら、専門家によれば、とか、土地の人の話によれば、とか、いわゆる出典を示すのが筋ではないか。

気取ってる。かっこつけてる。独りよがり。おまけに無責任。

ここまで一気に言い切ると、周りの者は引きに引く。どうしてこんな言葉尻をとらえた些細《ささい》な問題にここまで執着するのか。付き合いきれない。こんな話をいつまでも続けられたらたまらない。こっちは忙しいし、疲れもたまっているんだから。早く会議を終わらせてよ。もっと話さなきゃならない問題も山積してんだから。

それでも自分で自分が止められずついつい続ける。むきになる。それが、自分のどうしようもない悪癖。しかし、性懲りもなく続け繰り返し、いよいよ周りから煙たがられる。はた迷惑。そして、後味の悪さだけが、胃のあたりに、にがりとして残る。

考えてみれば、何か問題が起こるたびに、こんなことばかり繰り返していた。そして自分の周りに、堀のようなものができ、勤めれば勤めるほどにその堀が深くなっていった。

そんなあたりの空気が沈滞した時、比較的若いＡＤの一人が言った。

「サラメシの中井貴一も、ためしてガッテンの山寺宏一も、『ですって』って言ってますよ。」

あたりに不気味な笑い。もう終わり。とうとう、中井貴一や山寺宏一まで山本リンダになってしまった。本当にこれには、困っちゃうな。

ＣＭの挿入

でもこれは、大した問題ではない。もっとも対立したのは、ＣＭの挿入の仕方だ。

さて、その答えは……。そのお値段は……。さて、どうなるでしょうか……。

テレビを見ていて最も興味がわき、知りたい欲求が最も高まるときに、そこで映像が途切れ、ＣＭがバンバン入る。日本人というのは、我慢するように相当にしつけられているらしい。これは、犬でいえば、お預け。ＣＭを流す側からすれば、まさに視聴者が画面にくぎ付けになるこの瞬間こそが狙い。視聴者は、知りたいことが分かるまでじっと我慢して待つ。お預け状態のままで。

こんなことをいつまでも続けていたら、そのうち誰もテレビを見なくなりますよ。テレビを見ていると、欲求不満がたまりイライラするばかりだから。それに若い人たちの間ではテレビ離れが深刻で、ユーチューブとかテレビゲームの方に夢中になる傾向が年々顕著になっているから。

とまあ、こんなことを言ってみた。これは、番組の制作者に対して。ここでは、多少若者ぶって。

「何を言っているのか、よくわからない。民放がＣＭの資金をベースに運営していることは小川さんもよくわかっているだろう。そのスポンサー様のご意向に沿うのは当然。ＮＨＫとは違って、視聴者はわれわれに一銭もくれない。他局だって同じことをしている。それをわれわれの局だけ変えろっていうのが、そもそもの無理難題。」

とまあ、最初は静かに。この制作者、切れ者。まだ若い。ご説ごもっとも。

しかし、そこで引き下がれないのが自分。

「ちょっと前まで、そう、今から二〇年ぐらい前かな、ＣＭは、一つの話が終わり区切りがついてから挿入するのがごく普通で当たり前だった。ここまで露骨に視聴者を釘づけ状態にしてＣＭを何本も入れるということはなかった。そんなことをしたらたちまちクレームが殺到しただろう。」

「そうですか。わたしはよく覚えてはいませんが。いずれにしても今は、クレームが殺到しているということは聞いたことがありません。そもそも小川さんが、テレビの送り手の側にいる小川さんが、今、このことをここでいう意味が正直よくわかりません。」

ああ、またこれだ。自分の考えを言えば言うほど、周りが離れていく。周りに順応できない。今風の言葉でいえば、空気が読めないということなのか。いつから、どうして、こんな世界になってしまったのかわからない。

自分のつまらぬこだわりを捨てて周りに溶け込み和気あいあいとやれば楽だ。しかし、そうしてばかりいると、自分が分からなくなる。自分が自分からどんどん離れていく。ついには、自分に愛想を尽かし、自分に対して無関心になったり、自分が嫌いになったりする。これはこれで、とても辛い。

「智に働けば角《かど》が立つ。情《じやう》に棹《さを》させば流される。意地を通せば窮屈だ。兎角に人の世は住みにくい。」

『日本文學全集9 夏目漱石集㈠』新潮社 昭和三十八年 十四刷

漱石の時代とここは変わらない。

漱石

漱石は、日本社会の中で生きつつも、西洋の近代的自我を体得し、これを基本にして自らの人生を生きることを貫こうとした。その時、必然的に生じる自分と周りの世界との衝突。『彼岸過ぎまで』以降の作品となる『行人』、『道草』、『明暗』。ここでは、いずれも自我と周りの人間たちとのいさかいや対立があり、他者との葛藤をテーマとする。その文体のわかりやすさ、合理的な秩序、論理的な進行。独りよがりの文体ではなく、虚飾を排し誰もが分かる客観的な文体を心がけた。そうしないと、心の中で起きていることを正確に再現できない。

その文体の効果で、人は、自分と同じ苦悩を抱えている人間がこの世にいるのだということを知り驚かされる。漱石のすごさは、つまるところ、苦悩する人間が苦悩する同胞を見つけられるように仕組んだことだ。簡単に言えば、共感。「同苦」(Mitleid)。作中の人物の苦悩が、そのまま自分の苦悩と重なり、読む者は、自分の苦悩を少しは客観化できる。そしてそのことにより、日常の苦しみから少しは救われる。

ただ、漱石のすごさはそこだけではない。苦悩する自分を甘やかさず、客観的に眺め、時には冷笑的に俯瞰《ふかん》する視点もまた持っていた。

その姿勢が顕著に表れるのが、『道草』だ。この小説の主人公の健三を作者は突き放し、その虚勢や、根無し草としての惨めさをさらけ出す。

それが象徴的に表れるのが、以下の件(七十一節)である。

作者は、健三の妻をこう説明する。

「政治家を以て任じてゐた彼女の父は、教育に關して殆ど無定見であつた。母は叉普通の女の様に八釜《やかま》しく子供を育て上げる性質《たち》でなかつた。彼女は宅にゐて比較的自由な空氣を呼吸した。さうして學校は小學校を卒業した丈であつた。彼女は考へなかつた。けれども考へた結果を野性的に能く感じてゐた。」『日本文學全集10 夏目漱石集(二)』新潮社 昭和四十一年五月 十五刷

こう説明した後で、作者はその妻の次の言葉を示す。

「單に夫といふ名前が付いてゐるからと云ふ丈の意味で、其人を尊敬しなくてはならないと強《し》ひられても自分には出來ない。もし尊敬を受けたければ、受けられる丈の實質を有つた人間になつて自分の前に出て來るが好い。夫といふ肩書などは無くつても構はないから」

『日本文學全集10　夏目漱石集㈡』　新潮社　昭和四十一年五月　十五刷

健三の妻は、いわゆるフェミニズムの影響を受けているわけではない。健三のように学識があるわけでもない。「小學校を卒業した丈」である。作者の言葉通り、「考へた結果を野性的に能く感じてゐた」ために、彼女はこう述べたのである。

この妻の言葉を示した後で、「あらゆる意味から見て、妻は夫に従屬すべきものだ」と考えている健三を、「不思議にも學問をした健三の方は此點に於て却つて舊式であつた。」（『日本文學全集10　夏目漱石集㈡』　新潮社　昭和四十一年五月　十五刷）と作者は解説する。

そして、極めつけは以下の健三の言葉である。

「女だから馬鹿にするのではない。馬鹿だから馬鹿にするのだ、尊敬されたければ尊敬される丈の人格を拵へるがいゝ」『日本文學全集10　夏目漱石集㈡』　新潮社　昭和四十一年五月　十五刷これに対して、作者は冷ややかにこう述べる。

「健三の論理《ロジツク》は何時の間にか、細君が彼に向つて投げる論理と同じものになつてしまつた。」

『日本文學全集10　夏目漱石集(二)』新潮社　昭和四十一年五月　十五刷

実に鮮やかな展開である。

「學問をした健三」が「小學校を卒業した丈」の妻の「論理《ロジツク》」に完全に屈服する。太刀打ちできないまま惨めに敗退する。その経緯を作者は容赦なく暴き出す。この『道草』が単なる自伝的作品ではない理由は、こうした点にある。素材は作者漱石の身辺に起きた出来事かもしれない。しかし、作者にとってそれはあくまでも素材。漱石自身と思われる健三を、作者は批判的に突き放し客観的に観察しその様を正確に記述しようとする。その特徴が、この件では鮮やかに表れる。

そしてここでのやり取りで注目したいのが、「考へた結果を野性的に能く感じてゐた」という言葉である。図式的に考えれば、学問をして学識を広め教養を積み重ねそれらに基づいていた健三の論理が、それらとは全く無縁の「考へた結果を野性的に能く感じてゐた」妻の論理に屈したということになる。ここでの「野性的」という言葉は、自然に、と置き換えられるだろう。生まれながらに人間が内包し育んできた知恵、もしくは感性。そうしたものがあること、そしてその知恵や感性が学識や教養よりも優れた叡智《えいち》を持つことがあること、作者はそれを確かに感じ取っていた、そう思える。

その知恵や感性を、人間が内に持つ「自然」(nature)と言ってしまえば、大げさになるだろうか。しかし漱石が、人間の内面にある「自然」に関心を抱き続けたことは確かである。これは、オースティンの影響が強いと考えられる。彼女の代表作の『高慢と偏見』。見かけが、いかにも高慢で人当たりが悪く不愉快な人物だと思っていた男が、実は、虚飾が全くない純朴で心根の優しい人間であることに気付く。この小説の半分は、この男の高慢さに対する悪口。そして後半は、それが偏見であることに気づき、その瞬間からその同じ男に対する称賛と愛情。つまるところ、この男は、自分の心の中にある自然に正直に生きていただけだった。その男の生き方は、『アンナ・カレーニナ』のレーヴィンにも通じる。

先ほどの健三と妻とのやり取りは、他愛のない単なる夫婦げんかの一コマととらえることもできる。しかし、作者はここで、「彼女は考へなかつた。けれども考へた結果を野性的に能く感じてゐた。」と断言している。

その確かさや強さというものは、健三が自慢し優越感に浸っている教養や学識とは全く別のものである。妻の内面に備わっている自然の感覚とか本能といったものである。しかし「野性的」という言葉が示す通り、妻が内包している自然というのは、オースティンが描き出した自然よりもさらに原始的で本能的なものであるように思える。

そのことが象徴的に表れるのが、出産の場面（八十節）である。妻が深夜に急に産気づく。産婆はいない。健三は一人きりである。彼はおろおろし、狼狽《ろうばい》するだけで何もできない。目の前で起きている事態に対して、彼が自認する教養や学識は何の役にも立たない。その様を、作者は容赦なく暴き出す。

「彼は狼狽した。けれども洋燈《ランプ》を移して其處を照らすのは、男子の見るべからざるものを強ひて見るやうな心持がして氣が引けた。彼は已《やむ》を得ず暗中に模索した。彼の右手は忽ち一種異様の觸覺をもつて、今迄經驗した事のない或物に觸れた。其或物は寒天のやうにぷり〳〵してゐた。さうして輪廓からいつても恰好《かつかう》の判然しない何かの塊に過ぎなかつた。彼は氣味の惡い感じを彼の全身に傳へる此塊を輕く指頭で撫でゝ見た。塊りは動きもしなければ泣きもしなかつた。たゞ撫でるたんびにぷり〳〵した寒天のやうなものが剝げ落ちるやうに思へた。若し強く抑へたり持つたりすれば、全體が屹度《きつと》崩れて仕舞ふに違ないと彼は考へた。彼は恐ろしくなつて急に手を引込めた。」　『日本文學全集10　夏目漱石集㈡』新潮社　昭和四十一年五月　十五刷

ここでグロテスクに感じるのは、生まれ落ちた赤ん坊の姿ではない。その新生児に対して向き合う健三の対応である。この男の対応こそ異様である。

作者である漱石がこの場面で描いたものは、子供が新しく生まれてくる出産という自然の経

過だ。健三の妻は、不安を抱きつつもその自然の動きを受け止め揺るがない。そこには、自然に身を任せ、自然を信頼し、自然を受け入れるという芯の強さがある。その落ち着きと覚悟は、健三の妻特有のものではない。出産する立場の人間なら、多かれ少なかれ誰もが否応なく身に付ける諦念であり自然を引き受けるという覚悟であろう。

作者は出産シーンでその自然を描いた。しかし、出産する妻の様子を描いたのではない。作者は健三の中に入り健三の感覚を通してその出産での出来事を可能な限り正確に実写した。「今迄經驗した事のない或物に觸れた」、「其或物は寒天のやうにぷり〳〵してゐた」、「此塊を輕く指頭で撫でゝ見た」、「ぷり〳〵した寒天のやうなものが剝げ落ちるやうに思へた」。これらの文章のすべては、健三の指先の感触が感じ取ったものをそのまま並べただけだ。つまり、健三の指先の感触だけで「其或物」の描写を作者は構成している。

「其或物」とは、もちろん新生児である。人の子である。そして人がこの世に生まれてくるとき、美しいことばかりではない。確かに、ドロドロした薄気味悪いアニミズムのような現象がいくらでも漂う気配がある。全身真っ赤になり、手を固く握りしめ、目を閉じ、胎盤と臍帯《さいたい》をつけたまま、大量の液体と共にぬるっと出て来る新生児。しかしそれは、新しい命がこの世に躍り出る感動の瞬間でもある。その清濁併せ持つものの全体がまさに自然だ。

しかし健三には、そのような自覚も認識も全くない。赤ん坊であるということは無論承知しているはずなのに、得体のしれない何かに触れているという感覚しか持てない。「何かの塊に過ぎなかつた」、「氣味の惡い感じ」、「恐ろしくなつて急に手を引込めた」。健三は、人ひとりがこの世に新しく生まれてきたのだというごく当たり前の事実を頭でも心でも受け止めることができない。まるで、何一つ物事がわからない人間のようなぶざまな対応である。「不思議にも學問をした健三の方は此點に於て却つて舊式であつた。」という先の言葉が、ここでもぴたりとあてはまる。

作者と健三は、もちろん、ここでもイコールではない。むしろ作者は、健三の周章狼狽ぶりのすべてを暴き出し、それを健三の妻の落ち着きと対比させているように思える。より正確に言えば、人間の自然を理解し受け入れている妻と、その自然に無知でその自然を全く受け入れることができない健三という対比。さらに言えば、学識や教養を積めば積むほどに、かえって自然が見えなくなるという人物に対する揶揄《やゆ》か。いずれにしても、漱石が『道草』のこの出産場面で、人間の自然に目を向けていたのは確かなことのように思える。

そして、『明暗』の終わりに出てくる「則天去私」という言葉。

この言葉を、『道草』の健三の妻に当てはめてみると、とても分かりやすい。

つまり、「天」とは、自然である。「去私」とは、健三に代表される近代的自我を捨て去ること。具体的に言えば、内なる自然に身を任せ、その自然の力を信頼し、その自然こそが自らを救い自らを生かす最も確かなものだと認識すること。それを、この出産シーンで、健三の妻は、当たり前のこととして実践している。

「則天去私」という言葉は、漱石の最晩年に突然出てきたものではない。すでに、『道草』にはその萌芽が明瞭に認められる。

『道草』は、漱石の他の作品と比べると、確かに、自伝的要素が強い。しかし、自らの経験を平板に書き綴った私小説ではない。自らの体験という特殊から始まり、それを深化させ徹底的に正確に再現することで普遍に達した本格的な作品だ。

コンビニには行かない

退職してからコンビニには行ったことがない。勤めているときにはあれほどに毎日毎食利用していたのに。

行かない理由は簡単。高い、まずい、ゴミが出る。これだけ。

金がない。どのくらいないかというと、先々の年金を調べてみると月々一〇万円。非課税の扱い。だから、高くてまずくてゴミが出るようなものに支出できない。

つくづく思うのだ。コンビニとは、「convenience store」の略。その「convenience」の意味は、便利さ、重宝さ、手軽さなど。つまり、「convenience store」とは、便利さ、重宝さ、手軽さなどを売る店のこと。だから、モノの値段が高いと文句を言うのは筋違い。まずいと苦情を言うのも場違い。ゴミがたまると嘆くのもお門違い。便利さを金で買う。重宝さを金で買う。手軽さを金で買う。それだけのこと。

そのどこが悪い。どこも悪くはない。それでいいと思うのであれば。

しかし、金がない者にとっては、もう利用はできない。じゃ、どうする。ぜんぶ、自分で作ればいい。自分で野菜を育て、土のついた野菜を水で洗い、皮をむき、料理する。魚は海でとってきて自分で捌《さば》く。パンは自分で焼く。蕎麦《そば》は自分で打つ。蕎麦つゆも自分で作る。

幸い、仕事から追放された身。時間だけはたっぷりある。

ライ麦パン（Mischbrot）

勤めていたころ、アルバイトのＡＤがパンを焼いてよく現場に持ってきてくれた。バケットやベーグルやパン・ドゥ・カンパーニュ、ブレーツェル、そしてミッシュブロート。ともかくパンを焼くのが好きで、あれこれ試してみて、うまくいったら人にも食べてもらいたくて、と言っていた。そのどれもが、ものすごくきれいでうまい。なんでこんなものが作れるのかって聞いてみたら、パン屋で働いていたことがあって、その時見よう見まねで覚えたことを自分でも試してみた、との答えだった。

「どうしてパン屋でも開かなかったの？」って聞いてみたら、「いろいろあって」。ただそれだけだった。人にはそれぞれの事情がある。だからそれ以上は聞かない。

もらってばかりでは悪い。そこでみんなでなんとなく、蕎麦をご馳走したり、牛丼を買ってきたり、飲み物をあげたりして、心ばかりの返礼をした。

そのパンの中でも、ミッシュブロートというのがとりわけうまかった。ミッシュブロート(Mischbrot)というのはドイツ語で、混ぜたパンの意。ライ麦粉と小麦粉を混ぜたパン。焼きあがると、薄茶色になる。特有の香りがある。これは人によって受け止め方がかなり違ってくる。こういう香りのするパンが他にはないので、慣れないとどうしても好きになれない。しかし、慣れてくると、この香りこそがまさにうまみの元となる。

パンやチーズと抜群に合う。ソーセージとは合わない。ドイツのパンなのに。ドイツ人は、ソーセージを食べるときは、ブレートヒェンという小麦粉だけで焼いた白いパンにはさんで食べる。

ミッシュブロートはトーストはしない。一センチ幅ぐらいにスライスして、ハムやチーズを載せて食べる。

「このパンの作り方を教えてくれる？　昨日食べたらすごくうまかったので。」

ある日、聞いてみた。

「いいよ。でも時間がかかるよ。生地づくり、一次発酵、二次発酵、成形、焼き。面倒だよ。できる？」

「うん、そうか、でもやってみる。やってみたい。」

「じゃ、今度、レシピ書いてきてあげる。男の人でそこまで関心持つ人って、珍しいね。それと、ライ麦を手に入れるのは結構面倒だから、粉も持ってきてあげる。でも、言っておくけど、難しいよ、結構。あたしも、実は、うまく焼けるまで何度も失敗したから。」

「ああ、そうなんだ。ま、お願いします。」

と、まあ、食い物のことになると、こっちはやたら低姿勢。

で、翌日には、ライ麦と強力粉、それに、パン種とイーストまで持ってきてくれた。

「とりあえずこれでやってみて。」そう言う彼女は、いつもの彼女とは全く違って、堂々としているように見えた。


休みの日。一日がかりでパン作り。これが実に時間がかかる。

まず、パン種とライ麦を混ぜる。パン種というのは、ライ麦一〇〇グラムと水一〇〇グラムを混ぜて容器に入れ、一週間ほど冷蔵庫で保存し醗酵させたもの。一週間もすると、ドロドロになる。

そのパン種を一〇〇グラム取る。取ったら、ライ麦五〇グラム、水五〇グラム、合わせて一〇〇グラムを補充する。こうすると、容器の中はいつも二〇〇グラムを保つことができる。これが、パン種作りの基本。容器にはカビがつく。これを洗い落としてはいけない。とても大切な酵母となるので。

このパン種一〇〇グラムに新しいライ麦一〇〇グラムを加えて混ぜる。混ぜて団子になるまで練る。この団子を常温で三時間放置。すると、少し膨らむ。

その三時間の長いこと。ほかのことをしていても、ついつい気になり団子の様子をうかがうも、少しの変化も認められず、ちょっとがっかり、ちょっと不安。でも、三時間たつと、確かに、一・二倍ぐらいには膨らんだ。

これとは別に、強力粉三〇〇㌘、水一七〇㌘、塩小さじ一杯、イースト小さじ二杯、砂糖三〇㌘を混ぜて、こねる。ある程度固まったら、そこに、一・二倍ぐらいに膨らんだライ麦の団子を砕いて混ぜる。

あとはひたすら板の上でこねる。最初はべたつく。取り粉が必要。取り粉は強力粉。しかし繰り返しこねるうちに、べたつきが取れるようになる。白い小麦粉と茶色いライ麦がむらなく混ざり、全体が薄茶色になる。ソフトボールをちょっと大きくしたぐらいの大きさ。これで、こねの仕上がり。およそ、二〇分。

そして、やっと一次発酵。そのソフトボールをガラス容器に入れラップをして、常温で放置。これに、三時間ぐらいかかる。全体が膨らみ、二倍ぐらいになる。

これをつぶし、楕円形に成形し、上部に切れ目を入れる。そして、いよいよ二次発酵。オーブンに入れて三〇分発酵させると膨らむ。常温で放置すると一時間ほど。

そして最後に、二三〇度、余熱後に二五分。これで完成。

まさに、一日がかり。パンに完全に支配される。

初めてだった。レシピ通りにやってみた。簡単なイラストまで入れてくれて、わかりやすかった。わからない時は、メールで聞いた。すぐに答えが返ってきた。普段、仕事を頼むとき、いやそうな鈍い反応ばかりするのに、この時ばかりは迅速だった。いつもの彼女ではない。

で、その出来は。なんとまあうまいこと。形はうまく膨らまなかったせいで、どこか、ぺしゃんこで、どこか、いびつ。でも、うまい。ものすごくうまい。自分でもほれぼれする。これが、人生で初めて自分で焼いたパンだとはとても思えない。食パンでもない。菓子パンでもない。堂々のドイツパン。どこのパン屋でも置いてあるわけではない、らしい。パン種を使ったライ麦パンというのは。手間と時間がかかりすぎるから、らしい（「ですって」は使わない）。彼女から聞いたことだが。

その一切れを彼女に渡した。

「おっ、すごいじゃん。結構うまく焼けたね。でも、ちょっと、ぺしゃんこ。ま、でも、初めてにしては上出来、上出来。」

ま、こんなもんか。人の反応というのは。自分はどうもいつも一人で、はしゃぎすぎる。やたらと感動しすぎる。高校の時の恩師から、そう言われたことがある。

しかし、これで、はまった。これで、終わりにしなかった。しかし、時間がない。休みのたびに、ライ麦パンと付き合うわけにはいかない。三回ぐらいは試みたが、やめてしまった。自分でドイツパンを焼いたという記憶だけが残った。忙しさに追われ、バケットや、パン種を入れないライ麦パンを買ってきて食べていた。

トスカ

このミッシュブロートがきっかけで、彼女をオペラに誘うことになった。といっても、たまたまタダ券が手に入ったから。

東欧のオペラ劇場が日本で公演をする。専属の歌手とオーケストラを率いて。舞台装置もそのままで。指揮者もそこの劇場の常任。

だから、チケットが高い。しかし、この劇場はそれほど知名度があるわけではない。で、一番いい席が直前になっても売れ残ってしまった。指揮者は、空席が目立つと機嫌が悪くなる。座席は満杯にしたい。そこで、劇場の関係者からサクラで来てくれないかということに。

ところが、テレビの現場には、オペラに関心のある者がいない。長ったらしくて面倒。演劇のようにセリフで言えばすぐ済むのに、実に長ったらしくバカバカしいほどの大声で歌うなどという芸に、いちいち付き合ってはいられない。

そこで、自分が手を挙げた。オペラについて、たいして知っているわけでもない。でも、タダで生のオペラが見られるのなら。チケットが二枚だったので、パン焼きを教えてもらったお礼にと、彼女に声をかけてみた。

「いいよ。暇だし。でも、オペラって、どういうものか全然分からないよ。途中で飽きて、いびきかいて居眠りするかもしれないよ。そんでもよければ。」

「ああ、それで十分。なにしろ、空席を埋めるためだけのサクラだから。でも、結構高いらしいよ。三万円ぐらいのS席。これが、タダだから。」

「じゃ、こんな格好でいったらまずいよね。ちょっとは、おしゃれする必要があるのかな。ジャージにスニーカーでオペラ、じゃね。」

「別にいいんじゃない。でも、たまにはオシャレするのも悪くないよ。家にある一番いい服を着てみたら。引き出しの奥に隠れているアクセサリーも身に着けてみたら。イヤリングとか、首飾りとか、ブレスレットとか、指輪とか。結構探してみるとあるものだよ。それに、普段、履かない靴も、きれいに手入れして磨いてみると、まるで、別物のように輝くこともあるし。」

「ああ、そうか。ま、いいや。考えてみる。」


当日、劇場のロビーで待ち合わせ。早めに行って待っていたのだが、彼女がなかなか現れない。キョロキョロする。すると、見知らぬ女性がそばに。ちらっと見て、また入り口の方に目をやる。

「何してんの。あたしよ。」

「はあっ？」

「とぼけないでよ。あたし。」

「えっ、あ、そうか」と、じろじろ。しげしげと上から下まで。

この女、完全に化けていた。髪型が違う。いつもなら、使い古した箒《ほうき》のようにあちこちに散らばる髪を無理やりゴムひもで束ねて頭の後ろにぶら下げていたのに、今は、前髪を眉のあたりで切りそろえ、両頬に沿って長い髪がまっすぐ。まるで岩の上を流れる清水のように滑らかな光沢を放っている。

　そして、長いまつげ。つややかな濃い紅色の口紅。薄いピンクの頬紅。色も白い。濃紺のワンピース。細い金のネックレス。あの彼女が、なんと、清楚《せいそ》に見える。

「どしたの？」と彼女。

「えっ、ま、ちょっといつもと違うんで、びっくりして。」

「で、どう？」

「いんじゃない。すごくいい。見違えるよ。はじめ、気づかなかったもん。どこかの別の人かと思ってしまったぐらいだから。」

　で、彼女が隣に座る。すると、かすかに香りが漂う。いつもなら、どこか汗臭い、すえた臭いが漂ってくるのではないかという気配すらしていたのに。

　劇場内に入る。隣の席に彼女。相変わらずいい香り。周りを見渡す。端の方は空席が目立つ。自分たちの両隣も空席。ホールのライトが消えても、空席は埋まらぬままだった。

　演目はプッチーニの『トスカ』。

　オペラが始まる。

　オペラが終わる。

「ふーっ。」彼女が深く大きくため息をついた。

第二幕のトスカのアリアで、彼女は泣いていた。初めてのオペラでも、プッチーニのこの『トスカ』には、人の心をゆさぶり涙を流させる秘めた力がある。イタリア語が分かろうとわかるまいと関係ない。オペラに関心があるのかないのかも関係ない。このオペラは、言ってみれば、イタリア演歌。情があれば、色恋の喜びや哀しみにちょっとでも関心があれば、文句なくオペラの世界に入り込める。

「疲れた？」聞いてみた。終わってもそのまま二人とも席を立たずに。

「ううん、そうじゃないの。すごかったから。」

してやったり、と心の中で思った。彼女もまた、愛と歌に生きるトスカに感動したのだろうと思って。

その勢いで、彼女に問いかけてみた。

「トスカって、情が濃くて、恋に一途で、いいよね。どんどん共感しちゃうよね。」

「違うの。スカルピアという、あの男が良かった。」

「はあーっ？」座席から転がり落ちそうになるほど仰天した。言っている意味が全く分からない。なんだ、この女は、という感じで彼女をまたもやしげしげと上から下まで見てしまった。

「だって、あれは、悪役だろう？　権力を使い、トスカを苦しめ、トスカの恋人をだまして処刑し、トスカに刺殺されるんだから。ざまあ見ろ、こんな奴は死ぬのが当たり前、そう思うのが普通だと思うんだけど。」

「小川さんもそう思うの？」

「そうだよ。だって、そういうオペラだし。」

「そうかな。あたし、このオペラ見るのは初めてだったけど、すぐに、引き込まれてしまった。トスカの恋人の画家が、トスカとは別の美しい女の人を描くのをトスカが嫉妬する場面を見て。あれってすごいな。いいよな、って。こんなにもストレートに大胆に嫉妬してそれを恥じるどころか恋人に思いっきりその胸の内をぶちまけることができる女って、ものすごく自由でのびのびしていて、一気に好きになってしまった。

それに対して、あの画家は、どうも怪しい。恋人がいながら、別の美しい女性にも心を動かし、絵にまで描いておきながら、やっぱりトスカが一番いいなんて、呑気に歌ってる。しかも、トスカのことを信用していない。逃亡犯をかくまっていることをトスカに知られたら口外してしまうから、と。これって、トスカのことを人として仲間として信用していないってことだよね。恋人とは別の美しい女、それと反政府活動。この画家、トスカのこと以外にもあれこれと忙しすぎる。

それに対して、スカルピア。この人、一途。トスカが欲しい、トスカをものにしたい、これだけ。ほかの一切には関心がない。

第二幕で、ナポレオン軍が勝ったという報が入ると、囚われの身となった画家が、『ヴィクトーリア（勝利）！』と大声で高らかに叫ぶよね。そしてスカルピアに向かって、『今度は吊るされるのはお前だ』と言うよね。あれってその通りだと思う。スカルピアはローマの封建制政府の高官。その封建制政府がナポレオン軍によって倒され解放されたとなれば、真っ先に、スカルピアは処刑される。

でも、この男、まったく動じない。そんなことは眼中にない。トスカをものにしたい。なんとしても手に入れる。スカルピアのこの情熱はこんな大きな政治的動きにもびくともしない。

そして、トスカと二人きりになると、こう歌う。神様はさまざまな美とさまざまな酒を作った。その恩恵を俺はたっぷりと味わいたいと。

実に強気だよね。自らに命の危機が切迫してるっていうのに。

さらに、拷問で傷ついた恋人の姿を目にしてヒョウのように飛びつくトスカを見て、この男はなんと、『それを見てわたしは誓った、あなたをものにする』と。トスカに言うんだよね。これを直接。まさに、ギラギラした欲望の露呈。これって、すごい歌だと思う。プッチーニの曲も、ここで煽《あお》りに煽る。まるでスカルピアを鼓舞しスカルピアを応援してるみたい。あたしは、そう感じてしまい、スカルピアに共感しちゃった。これっておかしいのかな？」

自分はただただ黙って聞いていた。こんな『トスカ』の見方は聞いたことがない。スカルピアは悪人。トスカの恋人はその悪人によって殺され、その悪人をトスカが殺し、トスカ自らも命を絶つ。それだけのオペラ。そう思い込んでいた。

「いや、おかしいっていうか、びっくりした。そういう見方もあるのかと思って。」

と同時に、思ってしまった。このパンを焼く女は、もしかして、自分のようなものには全く分からない何か未知の底知れぬ欲望の深さを理解しているのではないか、と。で、黙ってしまった。

　すると、女は続けた。

「第二幕でトスカのあのアリアがあるよね。あの歌って、実に情がこもっていてすごいものだと思うんだけど、歌詞そのものは、そんなにたいしたものじゃないよね。『わたしは何も悪いことをしていないのに、なぜこんな目に遭うのですか、神様？』。この繰り返し。でもね、この歌をじっと聞いているのは、舞台の上ではスカルピアひとりでしょ。だから、あたしは、この美しいアリアをトスカは、スカルピアに聞かせるために歌っているのだと感じた。

　でも、この歌でトスカはスカルピアの残酷さを責めてるわけではないでしょ。神様どうして、だけだから。かといって神への呪いの歌でもない。やり場のない胸の内の苦しみを哀感を込めて切々と歌うだけ。だからこそ、情感があふれ出る。このオペラの聞かせどころの一つだと思う。あたしも感動して涙が流れてしまった。

　でも、でもね、トスカはなぜ、スカルピアと二人だけになった時に歌ったんだろう。そしてなぜプッチーニは、スカルピアとトスカの二人だけという舞台設定で、こんなにも情感がたっぷりとした曲を作ったんだろう。」

いつの間にか二人とも席を立ち、閑散としたホールを出て、街を歩いていた。

それから川沿いをゆっくりと。ベンチに座る。心なしか川面から春の気配が。

「静かだね。」

「うん。」

「さっきのスカルピアの話、続けて。」

「いいの？　こんな話ばかりで。」

「うん。面白いから。」

「じゃあ、続けるよ。トスカがアリアを歌っているとき、スカルピアはじっと聞いてた。このオペラの登場人物でただ一人スカルピアだけが。スカルピアが聞いていたのは、歌詞ではない。トスカの声そのもの、これだけ。そして、人の声というのは、言葉の意味以上にものすごく多くのものを伝えてしまう。言葉では言い表せないものが声で伝わってしまう。トスカ、もしかしたら、自分を一途に強烈に欲しがるスカルピアに何か感じてたんじゃないか。無意識のうちに。怒られてしまうかもしれないけど、感じたままに言うよ。あのアリアの旋律があまりに美しく神々しいまでに人の心を酔わせてしまうので、これは、スカルピアに向けた一種の媚態《びたい》ではないか、とあたしは感じてしまった。」

「ふーっ。」これ以上は何も言えなかった。

「こんな風に話しててもいいの？　オペラのことは何も知らないのに、大丈夫かな？」

「ああ、いいよ、いいよ。続けて。ただ、ちょっと、びっくりしてるけど。」

「じゃ、続けるね。あと、あたしがびっくりしたのは、第三幕。このオペラの最後のセリフ。『スカルピアよ、神の御前で！』、こう叫んでトスカは城から飛び降りて死ぬ。なぜ、スカルピアなのか。恋人の名をなぜ呼ばないのか。だって、トスカはこの直前、画家とのデュエットで、二人の愛を全世界にと一緒になってあんなにも声高に唱えたというのに。

もうすべてが終わり。そうなったら、先にあの世に行ってしまった恋人の元へ自分もと思うのが自然じゃないのかな。

でもトスカは、死ぬときに恋人の名は呼ばない。死んだあと真っ先に会うのはスカルピア。それだけ。たとえその理由が、自分をだまし恋人を殺した憎々しい相手への復讐だとしても。

これって、どうなのかな。ただ単に、トスカはスカルピアに執着してたということじゃないのかな。恋人の画家よりも。これには、びっくりしたよ。」

「ふっー。」これ以上は何も言えなかった。

しばらく黙っていた。二人とも。彼女はもう全部話してしまったという感じで、静かに流れているらしい薄暗い川面をぼんやりと見ていた。

自分は心の中でこう考えていた。この女は、もうパンを焼く女ではない。これからは、スカルピアを好きな女と呼ぼうと。

スカルピア、スカルピアか。でも、と心の中でわだかまりができていた。で、こう切り出した。

「スカルピアがいいのかもしれないけど、でも、このオペラのもう一つの聞かせどころは、なんといっても、第三幕のカバラドッシのアリアだよね。」

「はーっ」と気のない返事。続けて、「カバラドッシって、あのトスカの恋人の画家のこと?」

「そう。トスカのアリアの歌詞は、『神様どうして?』の連続で大した内容じゃないと言ってたけど、カバラドッシの第三幕のアリアは、歌詞が素晴らしい、と俺は思う。思うだけじゃない。自分でも歌ってみたくなるほどにこの歌の文句が気に入っている。出だしだけだけど、訳語なら暗記してる。

星が輝いていた
大地は香っていた
菜園の扉がきしみ
足が軽やかに砂地を踏む
芳しい彼女が入ってきて
私の腕に倒れ込む……(小畑恒夫訳)

これって、すごい歌詞だと思う。情事の興奮と期待がこんな簡単な言葉の中にすべて込められている。情事は楽しい。人を夢中にさせる。しかし、その幸福な気分が最も高まるのは、これから好きな相手と抱き合えるということが今すぐ確実にやってくると実感できる瞬間だと思う。菜園の扉がきしむ音。それは、女が来てくれたという確実な報せ。そして、小走りに庭を走り抜けてドアに近づく足音。男は、その物音をひとつ残らず聞き逃すまいと、胸が張り裂けそうな思いで聞き耳を立てている。そして、ドアが開く。女が飛び込んでくる。その瞬間に漂う女の甘い香り。そして、男が広げた腕の中に女が飛び込む。その時に、男が全身で感じる女の体のえも言われぬ柔らかい感触。耳元には、小走りに走ってきた女の興奮と熱い吐息。その吐息を飲み込むかのように唇を合わせた時の目も眩《くら》むほどの快感。

これこそが、お互いに愛し合い求め合う男女の最も幸福な瞬間だと思う。情事そのものも楽しい。しかし、愛し合う男女にとっては、会う直前の一つひとつの細かな経緯が、ものすごく濃厚な快感になる。カバラドッシがこのアリアで歌うのは、そこだと思う。死を前にして思い出すのは、情事そのものの記憶ではなく、情事がこれから始まる、これから女を抱きしめることが確実にできる、そう実感した時のたとえようもない幸福。その幸福の瞬間を思い出し歌い始めるのだ、死を覚悟したカバラドッシは。

こんなにも単純な言葉で、こんなにも美しい旋律で、情事の愉悦を生々しくたたえる歌はそんなにないと思う。」

「ふぅーっ。」今度は彼女が。

「なんだかあついね。」

「そうかな、それほど暑くもないけど。」

「いや、そうじゃなくて、小川さんのこと。」

「あ、そうか。ごめん、つい興奮した。年甲斐もなく。」

「で、小川さん、そういうことがあったの？　そういう経験を積み重ねたの？　なんか、ものすごく実感を込めて話しているような気がしたから。」

「そういうわけじゃないよ。トスカとカバラドッシみたいな恋は、俺にはとてもできない。ほど遠い。でも真似事みたいなことは、ちょっとあった。」

「へーえっ、そうなんだ。なんなら、聞くけど。」

「いやいや、そんな大したものじゃない。人に話せるような立派なものじゃないし。」

「なに照れてんの。いい年して。」


オペラを観て、その後で今観たオペラについて話す。それもまたオペラ。どこかで聞いたことがある。でも、ここまで思うままに話したことは、初めてだった。パンを焼く女の、否、スカルピアの好きな女の話に、完全に触発された。

OK boomer！

それからまた歩き出した。広い通りに出た。しばらく歩いてから横道に入り、小さなレストランに入った。

パスタとカネロニを頼み、半分ずつ取り皿にとって食べた。ワインも飲んだ。

「あのね、前から言いたかったんだけど。」

スカルピアの好きな女が切り出した。

「小川さん、『オーケー・ブーマー』（OK boomer）って言葉知ってる?」

「何、それ?」

「ブーマーって、ベビーブーム時代に生まれた人のこと。たぶん小川さんもそうでしょ。その人たちって、やたら自分に対して自信を持ってて、自分より下の世代に対して、やれ覇気がないとか、人生に向かう姿勢に真剣さがないとか、世間を知ろうとしないとか、あれやこれやと言いたがる。特に、成功して出世して金持ちになった人間たちは。そういう人間に対して、わかったよ、わかったよ、もういいよって、うんざりしている気分を相手に伝えて距離を置く。その時使う言葉が、オーケー・ブーマー。

小川さんがそうだって、言ってるわけじゃないのよ。でもね、正直に言うと、その気配をいつも濃厚に漂わせてる。」

「えっ? 俺が?」

「そう。小川さんも。自分でも認識してないから、平気であちこちで出てくるんだと思う。例えば、会議で。現場で。確かに、長く生きてるんだから、経験値もあるし、知識もある。でもそこが鼻につく。勝手にこっちの方がそう思っているだけなのかもしれないけど、ブーマー世代の男の人が何かしゃべると、どこか、自分の経験をひけらかし、結局は、どうして俺みたいに考え俺みたいに生きないのかって言ってるだけじゃないかって思うことが、たびたびある。

社会状況も全然違うのに。バカみたい。経済が右肩上がりに成長して、給料も毎年バンバン上がって、欲しい物が次々と生み出されて、それを一つずつ手に入れることが楽しくて必死で働いて、そんで、何とか手に入って。家電、車、家。就職口もたくさんあって、仕事をまじめにやれば皆それなりに役職に就けて、結婚もして子供も作って。物が手に入る。職も手に入る。結婚も家族も。結局欲しいものは全部手に入れてきた。小川さんみたいにブーマー世代で成功したという人たちは、こういう時代に生きた人たちだよね。それをまるで、自分の努力の結晶だと本気で勘違いしてる。時代の波に乗っかってただけじゃない、そう思う。

でも、あたしたちの多くはそんなに楽じゃない。就職口は限られている。あぶれたものは、非正規社員として日雇いのアルバイト暮らし。あたしもそうだけど。そして給料の半分近くが家賃で消えちゃうという暮らし。その日々の暮らしの中で、将来の展望なんてなかなか持てない。日々どう暮らしていくか、そこにばかり神経を集中していくしかない。

仕方ないよね。多かれ少なかれみんなそうだもの。

だからね、ブーマー世代が偉そうなことをしゃべり始めると、あたしたちの世代は、心の中で『オーケー・ブーマー』とつぶやきながら、黙って聞いてるしかない。何か言えばすぐに、何も知らないくせに、って潰しにかかるから。

だからさ、さっきあたしオペラについて話したでしょ。何も知らないのに。全くの素人なのに。だけど、小川さんがじっと聞いててくれて、しかも、最後まで真剣に聞いててくれて、それで勇気が持てて、話しながらあれこれ考えが湧いてきて、その全部をそのまま話せたの。これって、すごく珍しい体験だった。あたしには。自分の中にはこんなものがあったのかって自分でも少し驚いてしまった。

でもね、その小川さんでも、仕事となると別人で、やっぱり、自分は物事を一番よく知ってる、経験も積んでる、だから、君たちの話は聞くけど、それは参考程度で、やっぱり自分が責任を持って自分が仕切らなければ、となってしまう。

責任ある立場だからそうせざるを得ない、そうするのが当然。そう思い込んでる節がある。だけど、それが、テレビの現場を一番停滞させマンネリ化させている原因だとあたしは思う。結局、オジサンたちの思うとおりになってしまい、テレビでメイン・キャスターを務める人が、ほとんどすべて、中高年の男たち。これって、あたしは、異常だと思う。ニュース番組でも、ワイドショーでも、バラエティーでも、討論番組でも、ほとんどが中高年の男たち。女がいない。女はほとんどが添えもの。若手もいない。まるで、女子供では仕切れないと言わんばかり。

前から思ってたことなんだけどね、なぜ、テレビ番組では、もう決まりごとのように、中高年の男たちばかりが幅を利かすの？　たけし、タモリ、さんま、池上、林、所、マツコ、坂上、宮根……。安藤とか、大下とか、有働とか、確かにいるにはいるんだけど、わずかだよね。男たちの数の多さと支配力を見ると。」

スカルピアが好きな女の話はなんとなく分かる。が、なんだか釈然としない。でも、反論できない。この場では。仕事を離れたプライベートの空間では。で、自分も真似して、「OK new generation !」って、つい言いたくなった。その時、ああ、そうか、こういう気分になった時、若い世代は、ことに、女性たちは、「OK boomer !」と心の中でつぶやきたくなるのかと少しだけわかった気がした。

第二部　カブ五〇ccで北海道へ

二〇一〇年夏

仕事を辞めた。その瞬間に小川遥が思ったのは、こうだ。

これで自由になったんだから、仕事のことは一切気にせず好きなところへ好きなだけ時間をかけ気ままに旅ができる。

しかし金はない。五〇ccのカブで、野宿をしながら、ということになる。

学生の頃、自転車で東北を回ったことがある。それと比べれば、カブはスロットを回すだけで坂道もすいすいと登れる。自転車のペダルをこいで、くたくたになって坂道を登るあの苦しさと比べれば、カブは、はるかに楽だ。

でも、原付で国道を走るのはかなりきつい。危険でもある。真横を車が追い越して通り抜けるし、大型のトラックともなれば、風圧がある。吸い寄せられるような力も生まれる。で、交通量の多い国道は極力避ける。わざわざ迂回して県道やら交通量の少ない四〇〇番台の国道を選んで走る。時間はたっぷりある。遠回りしても全く気にならない。かえって、のんびりと周りの景色が楽しめる。

目的地に行くだけの旅は、途中の道がすべて台無しになる。あと何キロ、あと何時間、そればかりを気にしながらひたすら目的地を目指して走る。途中は、すべて消化すべき忌まわしい距離となり、ひたすら我慢するしかない。

しかし、時速三〇㌔ちょっとで車もない人もいない道をのんびりと走り続けると、道中そのものが楽しくなる。あたりをきょろきょろ見回しながら、気に入った場所があればバイクを止めてゆっくり休める。道端に花が咲いていたり、小川が流れていたり、野菜の直売店があったり。

北海道まで。行きは太平洋岸沿い。帰りは日本海の海岸沿い。途中、天気が良くて気が向けば山に登り、波の穏やかな海があればシュノーケルと足ヒレをつけて泳ぐ。テント泊。決めたのはこれだけ。

持ち物は、登山用具。寝袋、テント。シュノーケル、足ヒレ。衣類。それと、五リットル用のガソリンタンク。カブの車体のガソリンタンクは三リットル。山道でガス欠の時の用心のため五リットルの携行タンクは欠かせない。

炊事用具は一切持たない。カブ五〇ccでは詰め込む余裕がない。それに、せめて昼時には、それぞれの土地の旨い魚が食べたい。これは、旅の大きな楽しみの一つ。除けるわけにはいかない。思いっきり贅沢をする。

朝はパン、コーヒー、カルパスという名のサラミ。それと、旅先の直売店で買ったトマト、キュウリ、桃やブドウ、梨などのフルーツ。

夜は、スーパーで弁当を買う。味にも値段にも文句は言わない。

朝、まだ暗いうちに起きてテントをたたみ、朝食を取り、五時半か六時頃には出発する。夕方、四時以降は走らない。遅くとも七時には眠る。

テントを張る場所は、行き当たりばったり。決めていない。決められない。海岸、川原、道の駅の周辺の空き地、野営場、登山口の駐車場。

しかし、掟がある。民家に隣接している場所は絶対に無理。自分の家のそばに勝手にテントを張られたら、誰だって気持ち悪い。人家から遠く離れている。私有地ではない。人の邪魔にはならない。火は使わない。ゴミは出さない。朝早く、まだ多くの人が活動する前に出発する。土地の人と会ったら、ニコニコ顔で挨拶する。

しまなみ海道

まず、尾道《おのみち》まで出る。そこから、しまなみ海道を通り、四国の今治《いまばり》へ。そこから徳島。フェリーで和歌山。このルートは交通量の多い関西圏を避けるため。

しまなみ海道というのは、原付にとっては天国である。高速道路のわきに、原付専用道路というのがあり、ここを走っていくつもの橋を渡りながら島から島へと次々と通り抜けることができる。まさに海道。橋から見渡す瀬戸内海の穏やかな景色。ところどころに大小さまざまな島が浮かぶのは内海ならではの趣。海の輝きは柔らかな光を放ち、時間帯によって陽の光が刻々と変化する。あちこちに浮かぶ小舟もまたどこか風情がある。

のんびり、ゆっくり、たっぷり。ここでは、車を気にすることはない。トラックもいない。四国に達する手前に、見近《みちか》島という小さな無人島がある。ここに、キャンプ場がある。この島には車では入れない。原付道からの入り口しかない。だから、ここでキャンプができるのは、一二五cc以下のバイクと自転車と歩行者のみ。

無料。トイレと炊事場がある。近くの島の人たちが手入れや清掃を定期的に行っているのだろう。トイレも炊事場も敷地内もいつも清潔に保たれている。目の前は穏やかな海。泳ぐこともできる。

ここのキャンプ場には、自然と、カブ仲間が集まる。その多くは一一〇cc。何となく話し始め、なんとなくビールを一緒に飲んだり。でも、大体はほんの数台。一人の時もある。こうなると、キャンプ場を占有できていい気分。目の前の浜で、素っ裸で泳ぐ。危険な外敵等はもちろん一切いない。

朝、まだ暗いうちに起きだしテントをたたむ。朝食。歯磨き、トイレ。走行メーターの記録。しまなみ海道を走り、一気に四国、今治。今治駅までの道は明瞭。道路の端に青いペンキの線があり、ここをたどれば自然と駅に着く。いちいち地図を広げて道を確認する手間が省ける。

今治から、吉野川沿いの山道を走り抜け、徳島へ。徳島からフェリーで和歌山港。この港湾の空き地でテントを張る。堤防では釣り客が。バケツをのぞいてみると、小アジ数匹。ひっくり返って白い腹を見せている魚もある。

この空き地は草ぼうぼう。自分のほかにはテントを張る者はいない。野犬が一匹。こちらを興味津々でうかがっている。まだ小さい。ときおり地元の人が餌をやりに来るらしい。車が止まると、そちらの方に駆け寄る。

どうしたわけか、テントではぐっすり眠れる。一日中、バイクに乗っている。だから疲れるのか。それとも、何もかも忘れ、まったくストレスのない状態で刻々と変わる自然の景色や街並みを見ているのが楽しくて、雑念が全部飛んでしまうからなのか。まるで、心も体も軽くなったような気になる。

終日バイクに乗っているときに、気を付けなければならないのは、腰のケアー。座席の後ろに背もたれを立てる。ベニア板で自分で作った。この板を座席のクッションとかごの間に立てる。するとちょうどいい背もたれとなり、深く寄りかかるとハンドルを伸ばす両腕が伸び、気分はハーレーのバイク。

和歌山からは、紀ノ川沿いに走り、紀伊半島の根元を横断。途中、吉野や金峯山寺《きんぷせんじ》を観光。松阪方面に走り、伊勢神宮、鳥羽《とば》。鳥羽からフェリーで渥美《あつみ》半島の伊良湖《いらご》へ。

伊良湖のフェリーターミナルから豊橋方面に少し走り、砂浜で一泊。あたりには、誰もいない。

富士登山

翌朝、富士山でも登ろうかという気になり、富士宮市を目指す。豊橋からは主要国道。車の量は信じられないぐらい多い。でも、この道を走るしかない。あきらめて、道路わきをトロトロ。乗用車もトラックも、とても迷惑そう。後ろにトラックが付けると、道路わきの空きスペースに移り、道をあける。お礼にと、ハザードランプを点滅させてくれる車もたまにある。原付というのは、前は勿論《もちろん》、絶えず後ろにも注意を向けて走らなければならない。意識しない時にぎりぎりで車に追い越されたりすると、ぎくりとする。あらかじめ構えていないと対応がうまくできず、うまくかわせない。交通量の多い国道は、この繰り返しで神経をすり減らす。だからできるだけ避ける。しかし、どうしても通らなければならない時もある。

豊橋、浜松、御前崎《おまえざき》。浜岡原発近くの空き地でテント泊。

一日の走行距離は、大体二〇〇㌔から二五〇㌔。カブの燃費はすごい。ガソリン代は、一日当たり一〇〇〇円もあれば十分。

朝、御前崎の灯台近くの海で、シュノーケリング。快晴。深いところは潜らない。せいぜい二㍍ぐらいの水深。海に浮かんだまま、海底をのぞき込む。まるで、空中を漂うトンビのような気分。海は、陸地から見ると平らだが、海底は、複雑に入り組んでいる。谷があり、山があり、海藻の森もある。その岩の隙間や物陰に、小魚が群れる。たまに、びっくりするほどに大きい魚も。目が合うと、向こうもあわてて逃げる。キュウセンが何匹もいた。

焼津《やいづ》、清水、富士宮。富士五合目は、一四時に到着。

ここでは逆に、原付が有利になる。道の端には、登山客の路上駐車の車の列がずらりと並ぶ。その距離、どこまでも続き相当長い。その最後尾に駐車するとなると、車から降り、登山口まで路上をひたすら歩かなければならない。しかし、原付だと、登山口の間近で駐車できる。だからすぐに登山が開始できる。

この日は、しかし、登らない。山は、可能な限り朝早く登りはじめ、下山時刻は、午後二時ごろ。単独登山なので、常にこのパターンは守る。無理は絶対にしない。

この日は、西臼塚《にしうすづか》という駐車場でテントを張る。車の数は少ない。閑散としている。登山口から結構離れているからか。この日の夕食、明日の朝食、登山の食料と飲み物。これらは、下に降りて行き一番近くのスーパーで買い揃える。

この日は、大雨。しかし、明日は晴れるという予報。登山には最高。初めての富士山。どの山の頂に登っても見える美しい富士山。そして、日本で一番高い山。山はいくつか登ってきたものの富士山は何となく敬遠していた。混むので。で、五〇代後半になって初めて。それも、たまたまその気になったから。

登山の当日、予報通りの晴れ。富士山は目の前。間近か。朝日を浴びたその山容は、やはり立派で神々しい。登山装備を整えて、六時一五分出発。野営した西臼塚の駐車場から五合目までの道。両脇に奥深く伸びる森の美しさに驚いた。

七時。富士山五合目登山口出発。一一時、剣ヶ峰到着。

思っていた通り、富士山の登山道はつまらない。赤っ茶けたコークスのような瓦礫《がれき》の山をジグザグに登り続けるだけ。お花畑があるわけでもない。登山道のわきに樹木があるわけでもない。その木々に止まる小鳥たちがいるわけでもない。見渡す限り瓦礫。そしてそこを登る人間たちの群れ。その群れは、前にも後ろにも続き、まるで難民の行列のよう。

ただ救いは、登山道に立ち止まり、登ってきた道を振り返った時の眺望の素晴らしさだった。海が見える。御前崎の灯台が見える。遠くには、駿河《するが》湾の水平線。自由でどこまでも遠くに広がる空。遮るものはない。陽を浴びて光り輝く海を見れば、心は自然と躍る。

登り続けてやっと鳥居が見えるあたり。ここから急に足が動かなくなる。自分でも情けないほどに登れない。二、三歩登るともう息が苦しくなり立ち止まってしまう。これが、低酸素状態なのかと痛感した。後続の登山者に次々と追い越される。置いてきぼりにされるようなしょぼくれた気分になる。しかし、立ち止まり続けるわけにもいかない。休み休み進むしかない。

やっと鳥居のところまで到着。これが山頂かとずっと思って登ってきたのに、その先がある。やれやれ。ほっとしたのも束の間、また歩き続けなければならない。

しかし、ここからは、火口が見える。振り返れば海が見える。まさにここはてっぺん。その快感は体中にしみこむ。その勢いで、富士山頂の剣ヶ峰を目指す。

道はなだらか。しかし、だ。あとわずかで剣ヶ峰というところで、スロープがある。それほど長いわけでもない。急峻というわけでもない。ところが、この道を全く登れない。足に疲労がたまった感じで動かない。息が続かない。手すりに手を付き、ときおりしゃがみこみたくなるような思いをこらえて、一歩、また一歩と、百歳の老人のように時間をかけてゆっくり登る。高山病の軽い症状が出ていたのかもしれない。三〇〇〇㍍を超える山を登るのはこれが初めて。全く慣れていなかった。高山病に対する知識も乏しかった。

それでもやっと剣ヶ峰に到着。あたりには、人がうじゃうじゃ。こんな状態では、登頂したという達成感をゆっくりたっぷり味わいかみしめる気分には、なかなかなれない。それでもやっぱり、苦労して登り切ったというほっとした気持ちは持てた。

疲れ切り、頭の中は低酸素状態。もの思わず、歩き回る余裕もなく、やっと見つけた小さな場所にしゃがみ込み、へたり込み、ぼーっとしていたら、たちまち一時間が過ぎてしまった。

一二時。剣ヶ峰出発。下山開始。

登りと違い、下山はまるで別人になったかのように元気を取り戻した。足元から遠くの向こうに広がる絶景を前にして、まるでその広々とした空間に飛んでいくような気分で、ガンガン下る。小さな火山礫が敷き詰められた登山道は、下りの時には、ものすごく歩きやすい道へと変貌する。登りの時はあんなにも足元が滑りやすくて厄介だったのに、下りとなると、砂利道を歩くのと同じで、体を少しのけぞるような姿勢で、踵《かかと》から滑り落ちるように足を運ぶ。砂利道同然だから、この姿勢で尻もちをついたとしても、けがすることはまずない。また、急斜面の岩場を下るときのように体が飛んでしまうような怖さもない。

こうして下るとき、意識は常に、丹田《たんでん》に置く。これは、人間の体の重心ともいえるところで、へその下の辺りにある。ここを常に意識して、この丹田を前に押し出すような感じで下る。すると、体全体のバランスが常に保てる。姿勢も安定する。急斜面でも飛び出すこともない。

一四時。五合目の登山口に戻る。

下りは早かった。途中、及び腰でおっかなびっくり山を下る人たちを面白いように抜き去った。これはすべて、丹田を意識して勢いよく降りたおかげである。

三〇分休む。一四時三〇分。五合目登山口、出発。

御殿場、小田原、平塚と経由して、母がいる品川へ。二一時、到着。早朝からの富士登山。その足で、富士山の頂から一気に品川へ。もちろん、登山の後は五〇ccのカブで。この日はさすがに、くたびれた。

三陸海岸

品川の実家で四日ほどゆっくり休んだ後、水戸、茨城大子町《だいごまち》、奥久慈《おくくじ》を経由して、仙台。そこから松島へ出た。本来、太平洋沿岸を走る予定だった。しかし、交通量の多い国道を走るのは、もうこりごりだった。こういう道を走ると、頭の中は常に目的地までの距離しかなくなり、途中がすべて苦行になる。五〇ccのバイクにはとりわけ厳しい。右横すれすれに車が通り過ぎる。トロトロ走るのが法定速度だとしても、他の車の交通妨害になっているのは明らか。そのプレッシャーは並ではない。

で、海岸沿いのルートはあきらめた。地図を見て、少しでも交通量の少なさそうな道を選ぶことにした。仙台を過ぎれば、海岸沿いの道でも少しは車が減るだろう、そう思い、仙台からは海岸沿いの道を選んだ。

奥久慈、六時出発。一四時、仙台。一五時、松島。一六時、奥松島。

松島は、観光地。人と車であふれている。ゆっくり島々をながめる気にもなれない。観光船による島巡りも、なんだか出来合いの観光で面白くもない。で、通過。奥松島へ行った。潜れそうな場所があったので、ちょっとだけ泳いだ。

もう午後四時を過ぎている。野営する場所を探さなければ。ところが、なかなか見つからない。海沿いの道路を走りながら、テントが張れそうな海岸を探す。ほどなくして、浜に出る道があった。松林を抜けると、大きな砂浜。人影はない。ほっとして、今晩はここで野営することに。

その海岸の名は、野蒜《のびる》。広い。静か。カラスが群れていた。

靴を脱ぎ、靴下を脱ぎ、ズボンを膝の上までまくり上げ、海へ。心地いい。足の指が伸びをするような感じで波打ち際の砂にもぐる。久しぶりにゆっくり見る海。いつも見慣れている瀬戸内海とは異なり、水平線はどこまでも遠い。

辺りが少し暗くなってから、浜にテントを張る。海沿いにテントを張るときは、十分な注意がいる。満潮になると、海岸に海水があふれてくる。その分を考慮して、波打ち際との距離を十分保たなければならない。怠れば、寝ているときに海水に浸されるという事態も起こる。

テントを張る時刻は、できれば人目につかなくなる時間帯を心がけている。目立たぬように、できる限り人に知られぬようにひっそりと。これが鉄則。途中、スーパーで買った弁当と缶ビールで夕食。しばらく浜に寝そべり空を見る。そして、つくづく思うのだ。仕事をするようになってから、ずっと長い間、空を一度も見たことがなかったと。空を見ることすら忘れていた。

野蒜海岸。読み方が難しかったのでかえって覚えている。


野蒜海岸、六時出発。

牡鹿《おしか》半島のコバルトラインと名付けられた道を走る。この道は女川《おながわ》へと続く。コバルトか……。これは原発でできた道ですよと言わんばかりの命名。道路の舗装もガードレールも標識も、ピカピカのまま。ついでに、対向車も後続車もほとんどない。人もいないし車も通らないのに、道路だけがひとり威光を放っている。

御前崎の浜岡原発でも似たような体験をした。道路が急に良くなる。それまでの風景とはがらりと変わる。何かと思ったら、ああそうか、原発があるからかと後で知る。

女川を経て、気仙沼、一四時。そこから陸前高田、そして遠野。国道四五号を北上し、ところどころ海を見ながら走る。途中、穏やかできれいな海岸に何度も魅せられて、二度ほどバイクを止めて、シュノーケリングで海に潜る。海の中は、巨大な昆布だらけ。魚は見つからなかった。

遠野まで来たものの、なかなか野営地が見つからない。野営地を探すのは、いつも行き当たりばったり。キャンプ地があれば簡単。しかし、どこにでもあるわけではない。自分で適当なところを探し出さなければならない。この日がそうだった。一時間ほどあちこち探しまわった挙句、結局、サイクリングロードに出て、その広場の脇に、あたりが暗くなってからテントを張った。


遠野、六時出発。田老《たろう》、浄土ヶ浜へ。

浄土ヶ浜もまた観光名所。しかし、ここは、松島とは違って、浜に出るまでは徒歩で一〇分近く歩く。車では横づけできない。海沿いの小道を歩き、小さなトンネルを通りぬけると、目の前にはまさに、極楽浄土のような穏やかで、のんびりした光景。この日は天気も良く海に浮かんだ白い大きな岩も海面も明るく輝いていた。海は透明度が高く底の石もよく見える。

やはりここでも潜りたくなった。人影が見当たらないところで素早く着替えシュノーケルと足ヒレをつけて海へ。海底はよく見えるのだが、魚は全く見当たらない。でも、海の水はこの上もなく気持ちよかった。

宮古の魚市場に寄る。もうセリは終わっていた。人影はない。海沿いの街には漁港がある。うまくセリにぶつかれば、活きのいいとれたての魚を見ることができる。これは、旅の大きな楽しみの一つだ。でも、終わってしまえば、当然のことながら市場は閑散としている。

小浜《こばま》、そして、一四時、南郷《なんごう》。大雨。台風が近づいている。今夜がピークだという。もう走れない。雨宿りの場を探しながら街中を少し走ると、町営の立派なジャズ喫茶があった。とりあえず中に入ってみる。小学校の体育館ぐらいの大きさのホールがあり、正面には巨大なスピーカーがある。入り口横の壁には、本棚のようにレコードがぎっしりと何段も並んでいる。

「レコード、聞けますか？」

そこにいた、若い女性に聞いてみた。

「は、はい。」変な格好をした中年男の問いに、ちょっと戸惑いながら。

「何でもいいんですが、クラッシックはありますか？」

「いいえ、ジャズだけです。」

「そうですか。ジャズはよくわからないんですが、コルトレーンのレコードはありますか？」

「ええ、あると思います。」

すぐに棚からレコードを引き抜き、奥に行って機器をセットしてくれた。

いい音が出る。ホール全体に澄んだ音が響く。しかし、残念なことに、ジャズに対する感性が自分には全く欠如しているらしい。ものの二、三分も聞くとすぐに思いは別の所へ飛んでしまい、台風のことが気になり、さて、今日どうするか、どこにテントを張るか、そのことばかりに気が向いてしまう。客は一人。コーヒーを頼んだ。一応。でも、自分がリクエストをして自分一人のためにわざわざレコードをかけてくれたのに、これでは申し訳ない。

そう感じていたのに、レコードが終わりたっぷりと休憩した後で、ついついこう聞いてしまった。

「バイクで旅をしているんですが、今日の夜台風が来るらしいので、どこにテントを張ったらいいのかちょっと困っているんですが、どこかいい場所を知っていますか？」

「ああそうですか。あたしにはよくわからないので、ちょっとマスターに聞いてきます。」

ややあって、戻ってきた。

「マスターも、わからないとのことです。申し訳ありません。大変ですね。この大雨ですから。お力になれなくてすみません。」

この人に限らない。東北の人というのは、どうしてこうも人に対して優しいのだろう。

ここだけのことではなかった。途中道を聞いても、実に丁寧に対応してくれる。気持ちがこもっている。

たまたまだったのか、運が良かっただけなのか、そこはよくわからない。しかし、そのことを再び痛感したのが、大間に向かう途中の下北半島陸奥《むつ》市大畑町木野部《きのっぷ》という海岸でのことだった。

下北半島　陸奥《むつ》市大畑町木野部《きのっぷ》

南郷での夜は、結局、道の駅に隣接した空き地を見つけ、ここにテントを張ることができ、何とか台風をやり過ごした。翌朝には、もう風も静まり雨もやんだ。そして、函館に向かうフェリーが出ている大間を目指した。

陸奥市大畑町木野部はその道の途中にある海岸。海があまりにきれいだったので、また潜りたくなった。海の中を見たくなった。国道から海側に細い道があり、そっちの方に逸れて、海にもぐろうとした。しかし、もぐり禁止の標識がある。ウニやアワビの密漁を防ぐためらしい。そうか、仕方がない。で、あきらめかけていた時、道の奥から、制服を着た高校生が近づいてきた。お互いに微笑み、軽く挨拶を交わす。

バイクには荷物がいっぱい。旅であることはすぐに判る。

「どうしました？」

もしかしたら、脇道へと降りてきた自分の様子を家から見ていたのかもしれない。今は夏休み。その高校生が来た道の奥には、海沿いに二階建ての木造家屋が七、八軒並んで立っている。

その家から出てきたらしい。

「ええ、ちょっと海にもぐりたくてここまで下りて来たんですが。もぐり禁止の表示があるので、どうしようかと。」

「そうなんです。密漁が多いので。」

「でも、何かを取る気は全くないんです。ただ海の中が見たくて。」

「そうですか。じゃ俺がここで見てますから、どうぞ。俺がいれば大丈夫ですから。」

びっくりした。なんでそこまで親切にしてくれるのか、自分のこれまでの常識では考えられないような対応だった。見ず知らずの行きずりの貧相な中年男に。でも、甘えることにした。その場ですぐに着替えた。シュノーケルをつけ、足ヒレも履いた。

「ありがとうございます。助かります。」そう言って、海に入った。

海の中は生暖かい。大きな昆布がゆらゆら、明るい日差しを受けて密集している。沖へと向かう。ずっと昆布の森が続いてる。と、その昆布の根元に、大きな魚が一匹。偶然、至近距離でその魚と目と目が合ってしまった。双方ともすぐに動けず。しかし、魚の方が先に我に返り、一目散に沖のかなたに消え去った。

満足して岸に帰る。高校生は、真夏の日差しの中、日陰もない岸に立ったままでずっと待っていてくれた。

「本当にありがとうございました。おかげさまで、助かりました。なんか、海の底に、大きな魚がいて、びっくり。楽しめました。」

「そうですか。よかったです。それじゃあ。」

そう言って一礼して、その高校生は立ち去った。

その対応の見事さにすっかり感動して、思わず両手を合わせその高校生の後ろ姿を見送った。ここまで親切にされた経験は今までにない。名前も聞かないままだった。

北海道

大間ではぜひマグロを。そう意気込んで、土地の人にどこかマグロの旨い店を知っていますかと尋ねるも、マグロのいいのはみんな築地に行っちゃうとのこと。それでも、鮪定食と書かれた旗が風に吹かれてゆらゆらするのに誘われて早速食堂に入り食べてはみた。が、とりわけうまいとはこの店では感じなかった。これなら、やっぱり、築地の寿司屋の方が確かにうまい。

津軽海峡夏景色。フェリーに乗っている間ずっと甲板に出ていた。遠ざかる本州、近づいてくる北海道。左右に広がる水平線。いずれも絶景だ。道路を走るのも楽しい。しかし、海の上を移動するのもまた楽しい。まだ見たこともない景色の中へ自分の体が入り込んでいくときに、人は特別の思いに駆られる。これが、たぶん、旅の一番の魅力ではないかと感じた。

函館に着いたのは夕方。どこに野営するか。心当たりはない。どこでもいい。そう思って走り出す。その時いつも心に呟く。今まで、テントを張る場所を見つけられなかったことはない。まるで念仏のようにこの言葉を心の中で繰り返しながら、迫りくる不安を払いのける。

フェリー港の横に広大な空き地があった。柵があり入れない。しかし、幹線道路沿いに走ると、海の方へと向かう道が一本あった。工場群だろうか、それとも倉庫か。あたりに人影はない。その道を走り続けると、雑草が生い茂った空き地があった。駐車場か。砂利が露出しているところもある。もちろん、あたりに人家はない。ここにするか。もう動けない。で、この日はここに野営。

しかし、後になって気づいたことだが、北海道では野営する場所に困ることはこの函館以外どこにもなかった。キャンプ場が充実している。どこにも立派な野営地がある。ライダースハウスというバイク専用の宿もある。至る所で宿泊施設が十分に整備されていてどこに行っても困らない。しかも、安い。野営地は高くてもせいぜい一〇〇〇円。無料のキャンプ場もある。だから、安心してバイクで旅を続けられる。

北海道の道路を走るとバイクの旅行者が俄然《がぜん》多くなる。広い道路。まっすぐにどこまでも続く道。道の両側には原生林や広大な平原。これにあこがれてバイクで。もちろん皆そうだろう。でも、そのライダーたちを迎える施設がどこでもきちんと整備されていて、宿泊の心配が全くないということもこれほどに多くのライダーたちをひきつける理由の一つだろう。

野営を続けながらバイクで北海道一周。その彼らは、一目ですぐわかる。あふれんばかりの荷物をバイクの前後左右に取り付けている。でも、なによりも目立つのは、ぐるぐると巻いた銀色のマット。これは目立つ。小さくたためない。でも必需品。テントの中に敷く布団代わりだから。

バイクとバイクがすれ違うと片手をあげてお互いに合図する。ずっとひとりきりで走り続けていて、たまに対向のバイクとすれ違ったりすると無性にうれしくなり、つい合図も派手になりがち。しかし、どこまで走っても、五〇ccのカブで北海道を走る常識はずれの人間にはまず会うことはない。どう割り引いても、せいぜい一一〇cc。

でも、北海道を走っていて驚くことがある。自転車で旅する人も多い。さらに驚くのは、徒歩で旅行する人間もいることだ。陽に焼けて顔は真っ黒。両腕も真っ黒。重そうなリュックを背負ってガンガン歩く。さらに、リュックは背負わず、トランクを引きずりながら徒歩で歩き続ける人もいる。日照りの中、アスファルトの上を黙々と。

こんな光景は北海道に来て道路を走らなければ目にすることはできない。日本の若者たちは画一化されて個性に乏しい。そういう意見はどこでも耳にする。しかし、彼らを見ていると、そんなふうに、人をひとくくりに論評することの間違いと愚かさを痛感する。北海道を徒歩で歩く若者もいるのだ。今この現在の日本でも。彼らは逞《たくま》しい。論評する大人たちよりもはるかに強くて逞しくて独自性にあふれている。彼らを見ているとうれしくなり力が湧き、なんだか明るい希望が持てる。日本って、悪くないな、と。

だから当然、五〇ccのカブで走っているからといって、調子に乗って威張れない。自転車や徒歩で旅行する人たちと比べれば、スロットを回すだけでぐいぐい坂を登れるのだから楽も楽。まるで、ズルしているような気分。となれば、ここは、謙虚にならざるを得ない。


函館六時出発。洞爺湖《とうやこ》一三時。札幌一六時三〇分。

走りながら、道の両側に広がる原生林に驚いた。道のすぐそばまで森が来ている。その樹木の幹は白い。白樺か。ダケカンバか。あるいは別の何かの木か。葉は陽を浴びて明るい緑。それらの樹木が連なる森の奥はどこまで続くかわからない。北海道を走ると、このような道が至る所にある。知床《しれとこ》半島だけではない。北海道全土を世界遺産に登録してもいいのではないかと思った。

札幌ではさすがに疲れた。洗濯物もたまった。安宿を探して、とりあえずこの日は休息。

雌阿寒岳《めあかん》
札幌六時発。日勝峠《にっしょう》一一時。帯広一二時四〇分。
のびのびした気分で、広い国道をゆっくり走る。北海道の道は、原付バイクにとっては実に走りやすい。道幅があるので、原付専用道路が確保されている。だからどの道を走っても、後続車が気にならない。自分のペースで安心してトロトロ走れる。これは、実にありがたい。

一六時近くになる。さて、今日はどこに泊まるか。どこにテントを張るか。走りながらあたりをキョロキョロして、適当な場所を探す。その時、雌阿寒岳登山口という標識が目に飛び込んできた。へーっ、そんな山があるんだ。聞いたこともない。でも、ま、登ってみるか。そんな軽い気持ちで登山口へと続く道へ右折した。

「オンネトー」と書かれた標識がある。どうやら地名らしい。北海道のところどころに、先住民のアイヌの地名がそのまま残っている。その多くは、無理して漢字表記に改めたものが多い。だから、カタカナ表記のまま残っている地名は珍しい。行く道のところどころにあるほんの小さな橋でさえ名前がついていて、いかにも当て字で漢字表記されていると思われる名もあった。

登山口には大きな池があり、その周りに野営地があった。テントの数はかなり多い。管理人もいた。よかった。今日はここに泊まろう。ほっとした。

翌朝、天気がいい。登ることにした。一応、とりわけ難易度の高い山をのぞけば、どの山にでも登れる装備は整えている。しかし、地図はない。予備知識もない。管理人のおじさんに昨日聞いただけ。大丈夫だよ、みんな登ってるよ、の一言。

五時四五分。雌阿寒岳登山口出発。山頂、八時一五分。三〇分ほど休み、下山したのは一〇時一五分。快調だった。北海道に来て初めて登った山。しかも、偶然に。山頂では、火口が大きく口を開け、見下ろすのが怖かった。風も強かった。

国後島《くなしり》

雌阿寒岳から阿寒湖、摩周湖。阿寒湖はマリモで有名。摩周湖は北海道随一の名所。そのくらいの前知識は自分にもある。で、その二つの湖に行ってみて、つくづく思った。観光名所というのは、初めて訪れたとしても、既視感がたっぷりあり感動が薄まる。ああ、写真とそっくりだ、なるほど透明度がすごくいいというのが分かる。ガイドブック通りだ。SNSの写真と同じだ。こうなる。つまり、あらかじめ頭に詰め込んだ情報を自分の目で確認して、それで満足して喜ぶというパターンに落ち着く。

それもいい。しかし、偶然見つけた自分だけのオリジナルな驚きや感動というのはまず得られない。得られにくい。筋書き通り、型通り。これがオチ。逆に、そうしないと何となく居心地が悪い。自分だけがなんか、はみ出しているような気がして。

だから二つの有名な湖は、さっと見てすぐ離れてしまった。見た。そこに行った。それだけ。残ったのは、人も車も多かったな、混んでたな、有名なんだな。それだけ。これは、松島でも同じだった。というわけで、観光名所は通るが、一応。でもほとんど素通り。ガイドブックは持たない。ネット情報も見ない。手元にあるのは、日本全国道路地図。これ一冊のみ。

摩周湖から中標津《なかしべつ》。標津、一七時着。テント泊。

標津町に着いて、久々に海を見た。びっくりした。目と鼻の先に島がある。国後島だ。こんなにも間近に島があり、その島はロシアが占領している。

北方領土の問題というのはもちろん知っている。しかし、その島が、まさか、こんなにも近くにあるなんて思いもよらなかった。後で地図で調べてみると、利尻《りしり》島と本土との距離とそう変わらない。当然、この国後島で生まれ育ち、親もまたという人たちは多い。その人たちにしてみれば、生まれ故郷を奪われ、もう二度と住めなくなってしまった。その人たちが標津町から国後島を見たときどう思うのか。この標津町に来て、目の前の国後島を初めて見た瞬間、北方領土の問題がいかに切実なものなのかということが実感として理解できた。

しかし、逆の思いもある。北海道にはもともと先住民のアイヌがいた。自然と闘い、自然の恵みを受け、自然と調和して暮らしていた。そこへ和人が開拓と称して入り込み、アイヌの人々の土地と言葉と文化を奪い生活を破壊し追い出した。アイヌ民族にしてみれば、先祖代々平穏に暮らしてきた故郷を奪われ、もう二度と住めなくなった。その境遇は、国後島の人々と同じだろう。

どうすればいいのか、どう考えたらいいのか、自分にはわからない。ただ、目の前の巨大な国後島をじっと見つめた。

知床へ

標津から海沿いの道を通って知床半島へ。行けるだけ行ってみるかという気分で、羅臼《らうす》町を経て相泊《あいどまり》。知床岬の先端までは道は続かない。相泊というところが終点。引き返すしかない。

この相泊の海岸に、天然の露天風呂がある。板囲いに屋根、無人、無料。ごろごろした大きい石で囲まれている。その石には波がかかり、しぶきがあがる。

熱い。温泉の温度は片足を入れただけで飛び上がりそうに熱い。昆布漁や沿岸漁業の漁師たちが、陸に上がり体をすぐに温めたのか。海水を桶で取り込み、湯を薄める。ゆっくり、ゆっくりと体を沈める。すぐに体が温まる。ちょっと落ち着く。目の前は海。その向こうに国後島。

「そんなに冷ましちゃだめじゃないか。」

自分の後から湯に入ってきた男に叱られた。土地の人らしい。首筋が赤く日焼けしていた。土地の人には、この湯のもともとの熱さがちょうどいいらしい。

でもこの露天風呂は、不思議と記憶に残った。偶然見つけ、まさに海岸ぎりぎりに風呂があり海水も入り込む。それが珍しかった。何となく心がわくわくしながら、熱いのを我慢し続けて浸かった。

温泉に入った後はもと来た道を引き返し、今度は、知床峠への山道へと右折。ピークの知床岳からは、目の前に羅臼岳。しかし登らない。ヒグマが怖い。知床の観光案内所でヒグマの出没状況をしつこいほど確認した。ヒグマによる深刻な人身事故はここ数年全くないという話も聞いた。でも、ヒグマはいる。ことに知床は。これは確か。で、生来怖がりの自分はこの羅臼岳は回避。迷いは全くない。自分は単独登山。ヒグマに出会ってしまったらおしまい。たとえ数年事故がなかったとしても、ヒグマに会わない保証はない。パスしても何の悔いも残らなかった。

知床峠を越えウトロへ。初めて見るオホーツク海。

さっそくシュノーケルをつけ足ヒレを履き海へ。ちょっとした入り江になっている。ここでは、監視員が岸辺に座り密漁者を監視している。密漁の野心は全くなく、海に浮かぶだけの遊び人だとわかると、たちまち関心を失い、睨《にら》んでいた視線を外してくれた。

オホーツクの海に浮かんだのは初めて。こわごわ進む。すぐに水深が七、八㍍。透明度は抜群にいい。海底には、ウニがぎっしり。なるほど、これなら見張りが必要だなと納得。しかし、魚はいない。藻もない。少し沖に出ても変わらない。ちょっと怖くなり、すぐに引き返してしまった。

網走《あばしり》刑務所

斜里《しゃり》に出て網走に向かう。

せっかく北海道に来たのだから。高倉健の映画でも歌でも有名な網走刑務所を見学してみるか。それとも、どうせ型どおりの展示だから、それに、一〇〇〇円の観覧料もちょっと高いし。どうしよう。結局、バイクで走り続けて疲れてきたので、休みがてら見学することにした。

ところが、である。展示を見て説明文を読んでいくうちに、ぐいぐいと引き込まれた。その理由は、囚人たちを見る姿勢の素晴らしさだった。囚人たちが、まさに命を懸けて網走から北見までの道を切り開いてくれた。そのことに対する感謝の気持ちであふれている。真冬の原野に道を通すために、巨木を切り倒し、その木を運び出し、凍土を掘り起こし、平坦にならす。その作業のためにおびただしい囚人たちが命を落とした。その記録がつぶさに語られている。囚人たちは過酷な労働と容赦ない寒さのため次々と死ぬ。そして失った労働力の補充のために、当時の政府によって、罪人が意図的に作り出され、囚人として新たに網走刑務所に送り込まれる。そして彼らは道路建設のために苦役に駆り出される。この繰り返しの中で北見への道が完成した。その記録が克明に示されている。

このような出来事が過去にあったということは、まったく知らなかった。さらに、まさか、こうしたしっかりとした視点で刑務所の歴史が示されているとは思いもよらなかった。ただ単に観光名所として浮かれているのではない。ここならではの、ここで実際に起こったことをできる限り正確に伝えて後世に残す。その立派な姿勢に感動した。

大雪山系、赤岳、白雲岳《はくうん》

気まぐれで富士山に登ったのがいけなかった。いつの間にか自分の心の中で、その土地その土地での一番高い山に登ると、まるで子供のように決めてしまった。で、北海道で一番高い山は大雪山だと思い、この山を登ることにした。

しかし、大雪山という山はない。大雪山系という名称があるのみで、いくつかの山を総称して大雪山といっているらしい。そこで地図を見て、登りが一番短い楽そうなルートを選ぶことにした。

はなはだ不謹慎なのだが、登山地図というのは持たない。あるのは、日本全国道路地図のみ。この地図を頼りに目指す山の近くに行き、その地にある観光案内所で登山のためのパンフレットをもらい、同時に、山登りについての情報をそこにいる係の人に聞く。近くの駅でもいいし、土産物屋でもいい。道で出会った土地の人に教えてもらうこともある。パンフレットには、最新の詳細な地図も載っている。だからこれで十分。だいたいこれで間に合う。

赤岳というのが登りやすそうだった。山頂まで二時間ほどだという。その登山口の銀泉台というところまで行く。前日は、網走湖畔のキャンプ場。ものすごく快適でよく眠れた。体調はいい。

ところが、この銀泉台までの道に難渋した。砂利道。舗装されていない。バイクのハンドルがぶれるほどに厄介。おまけに、晴天続きで砂塵が舞い上がる。カブは、三段のギアチェンジができる。平坦な道ならトップで十分。しかしここは、ローギアでゆっくりとしか進めない。登山口に着くまで、思いのほか時間がかかってしまった。そしてこの道が帰りに問題となる。

何とか銀泉台の登山口に着き、登山開始。一〇時五〇分。北海道で一番高い山の一つに登る。気分は上々。わくわくした。天気もいい。

一二時二〇分、赤岳山頂。見晴らしは素晴らしい。三六〇度全方位、遮るものがない。ところどころに雪渓がある。山肌の緑と白い雪のコントラストが青空のもと映える。

直ぐ目の前、手が届くようなところに一つのピークがある。山頂にいた登山客に聞いた。

「あの山、なんていうのですか？」

「白雲岳。一時間ぐらいで行けるよ。」

数人で登ってきたグループのおじさんが教えてくれた。

すると、そばにいた別の若い人がこう教えてくれた。

「あの山頂に立つと、まるで別世界のような光景が見えますよ。」

うむ、うむ、そうか、そうか、一時間で別世界か。じゃ、行ってみるか。天気もいいし、風もないから。などと調子に乗って、白雲岳へと続く登山道へと降りていく。しかし、よくよく見れば、この登山道を歩く人間は先にはいない。後ろにもいない。さてこれはどういうことか。まるで、はしごを外されたような気分。ちょっと気にはなったが歩き始めた。もう引き返せない。少し不安のまま、しかし、ぐんぐん歩き始め登り続けた。

白雲岳の山頂に着いたのは一三時三〇分。だいたい一四時ごろまでには登山口に帰ることにしているので少し腰が落ち着かない。それでも、ここの山頂で、三〇分ほどゆっくりしてしまった。自分としては結構速いペースで飛ばしてきたので疲れた。それに、ここの山頂での景色にも見とれた。山頂ではひとりきり。大空のもと、たった一人でこの絶景を独り占めにできる時の快感は抑えがたい。やはり、先ほど教えてくれた人が言うように、別世界の広がりがそこにはあった。山肌の緑の上のところどころに乗っかっている雪渓。穏やかだった。静かだった。深い沈黙が支配していた。そこに自分も息を止めて浸る。これは、富士山でのあの賑《にぎ》わいとは全く逆。まさに、静謐《せいひつ》の世界に入り込むような甘い感覚だった。

ところがやはり焦る。おじさんは一時間ぐらいだと言っていたが、精いっぱい飛ばしても一時間では着かない。時間は一四時。帰りもまた急いだ。そして、赤岳に戻り銀泉台への下山道の途中で、おじさんたちのグループに追いついた。

「白雲岳まで一時間以上かかりましたよ。」

嫌味を込めて言ってやった。

「そうかい。白雲岳まで行ったんだ。早いね。」

それだけ。やはり、人の話は当てにならないこともある。おじさんたちのグループを抜き去り登山口へと急いだ。銀泉台到着一六時。ほっとした。

例の砂利道をローギアでゆっくり引き返す。すると、後ろから白い煙を立てながら一台の車が砂利道をものともせず騒がしく突進してくる。すれ違いざま、先ほどのおじさんが窓越しに手を振る。まるで、登山道で抜かれた憂さを晴らすかのように満面の笑顔で。くそっ。しかし、どうあがいても、カブではかなわない。

やっとの思いで舗装道路に出た。そこからは層雲峡目指して一気に。下り坂。車はほとんど通らない。アクセルを全開にして爆走。パトカーに捕まったらアウト。しかし、食料も飲み物もない。泊まるところも決まっていない。急がないと。ともかくスーパーのあるところ。セイコーマートのあるところまでは。と、自分に言い訳しながら。

この年の夏、日本列島は異常な暑さだった。北海道も例外ではなく、至る所でこんな暑さは北海道では珍しいという話を聞いた。でも、北海道。陽が落ちて夕暮れともなれば冷える。バイクで山道を下りながら、真夏の北海道で寒さを感じた。

層雲峡に着いた。一七時。スーパーで夕食の弁当と、朝食用のパンを買う。弁当は賞味期限が迫り廃棄寸前のところで買うことができた。もし弁当が手に入らなかったら……。旅先で、いつでも気軽に入れる食堂を見つけるのは、そう容易ではない。

黒岳の湯というのがあった。冷えた体を温めたかった。真っ黒な湯につかる。不思議なことに、湯の中には金粉があちこち。ところが、その湯を桶に汲み取ってみると金粉がすっかり消えてしまう。あまりにも不思議だったので、番頭さんに聞いてみた。

「そうなんです。そういう湯なんです。不思議なんですけど。」

その夜は、すぐ近くにあった層雲峡のキャンプ場でテントを張ることができた。無人、無料。こんな有名な温泉地にもキャンプ場がある。さすが北海道。

大雪山系の山に登ったという満足感。一仕事やり遂げたという気分。その夜のビールはうまかった。

宗谷岬、稚内《わっかない》

層雲峡、五時三〇分発。音威子府《おといねっぷ》、一〇時。宗谷岬、一四時。

ここが日本の最北端か。とうとうここまで来たか。何とか無事で。宗谷岬に着いた時の感動は、やはり大きかった。一本の石碑が海岸に立っている。日本最北端の地、とそこには書かれている。それを見ると、なんだかしみじみとした感慨がこみあげてくる。人並みに。

そんな思いでその石碑とその背後のオホーツク海を見ていた時、なんと、一台のカブがすぐそばで停まった。まさに、自分のカブの隣に並べるように。びっくりした。まったく同じ型のプレスカブ。

実はカブには様々なタイプがある。ヴァリエーションが豊かだ。おじさん用の定番のタイプの他に、若者や女性用のリトルカブというオシャレなものもあれば、ツーリング用の機能を備えたかっこいいのもある。そうした中で、プレスカブというのは、新聞配達用に特化した車体作り。前のかごも新聞（press）が大量に積めるように大きな鉄製のかごが据え付けられている。後ろの荷台は通常のカブよりも一回り大きく、ここにもかごを据え付ければかなりの量の新聞が積める。

この機能が、長期のツーリングには役に立つ。前輪の上にも後輪の上にも大量の荷物が載るので前後のバランスがいい。かごがいっぱいになれば、その上にさらに荷物を載せてロープで押さえればかなりのものが積み込める。

そのプレスカブどうしが、偶然にも、日本最北端の地で出会ったのだ。乗り手は二十代の若者。京都からだという。京都から舞鶴まで行き、そこから小樽まで日本海フェリー。そして小樽から宗谷岬に来た。この人のプレスカブは一一〇cc。しかし、見た目はほとんど変わりない。まるで、旅先で友人に会ったような気分。二人ともにこにこして、とりあえず、並べたカブの前で写真を撮ることにした。その後、どちらからともなく手を差し出し握手を交わして、今後の旅の無事をお互いに祈って別れた。

その宗谷岬から一時間ほどして稚内。ここの駅は、日本の鉄道の最北端に位置する。当たり前か、何でもやっぱり最北端か、とここでもしみじみ。人並みに。

この駅から丘に登ること二〇分ほどで、稚内公園キャンプ場がある。きれいに整備されていて管理人もいる。無料。ありがたい。

しかし、だ。それだけに人が多い。夜遅くまで騒ぐ奴らがいる。騒ぎまくる連中に年齢は関係ない。若者の集まりもあれば中高年の集まりもある。このキャンプ場は、バイクでも車でもOK。駅から近い。礼文島、利尻島へ向かうフェリー港もある。このため、ここを旅の経由地と設定するツーリストは多い。だから、やたらと混む。当然のこととして。

やっと目的地に無事到着した。バイクであろうと自転車であろうと車であろうと、長旅が一段落した。人は祝福したい気分になる。皆で酒を飲み道中の苦難を共に分かち合った友情を大声でたたえ合う。というわけで、にぎやかな酒宴は、ともすれば、人もかまわず深夜まで延々と続く。

独り身のテント泊の者は、たまらない。眠れない。テントというのは、雨風はある程度しのげるが、音はまったく防げない。防音効果というのは皆無。すべての物音は直接耳に。だから、宴会が終わるのをじっとこらえて待つしかない。すみません、静かにしてください、眠れないので、などといったら、盛り上がっている宴会に水を注すことになり、白い目で全員から睨みつけられるのは必定。何を言われるか分かったものではない。なにしろ酒が入っているのだから。さらにまた、そういう修羅場でのことがしこりとなって、その時に受けたダメージでかえって眠れなくなることだってある。などと、弱気な自分はあれこれと自分に言い訳し、自分と折り合いを付けながら、ひたすら我慢し続け宴が終わるのをじっと待つ。

サロベツ原野

稚内のキャンプ場での夜、結局、いつの間にか眠った。終わりのない宴はない。これからはこの文句も頭に入れておこうか。でも、これって月並みか。朝の来ない夜はない、のパクリじゃないか。

しかし、よくよく考えてみると、昨夜のことでは自分の方にも問題がある。朝、夜明けとともに起き六時頃には出発したい。だから、夕方の七時ぐらいにはテントに入り眠る準備をする。山小屋ではこれが普通だ。でも、キャンプ場。夜の一〇時ぐらいまでみんなで飲み食いし語り合うというのは、それほど悪くはない。むしろ普通。常識外れというのではない。

そして、キャンプ場というのは様々な人が利用できる公共施設。その利用目的は人それぞれ。と、ここまで思い至り、昨晩、文句を言わなくてよかったと胸をなでおろした。そして、テントを張るのは、やっぱり、人気《ひとけ》のない川原とか海岸とかが自分には一番似合っているなと改めて感じた。

朝六時三〇分。稚内出発。サロベツ原野へ。

旅の折り返し。ここまで、結構走ってきた。今まで見たこともない景色と出会った。その連続の中で、胸が躍り、わくわくしたり、時には、まるで昼寝でもしたくなるようなのんびりとした気分に誘われたり。次から次へと真新しい景色が目の前に展開する。その景色の移ろいとともに、自分の心がその都度、風景の一コマ一コマに反応してあれこれと動く。それが新鮮で楽しい。これこそが、時速四〇キロ前後で車の少ない道をトロトロ走るカブの旅の最大の魅力だ。そうした風景の中でも、サロベツ原野は特別だった。心の奥底にずしりとその風景の重さが入り込んできた。

道の左側に広がる原野には、人の痕跡が全くない。その原野は遠くの空にある地平線まで果てしなく広がる。道の右側には海。その海の向こうには、利尻島があり雄大な利尻山が海の上に聳え立つ。その左右の景色のど真ん中を一本の広い道がまっすぐ通る。その道の先を走る車はない。人影もない。後ろから来る車もほとんどない。大空のもと、強い風を受けながら、一人バイクで走る。

こんな体験は本州ではまずできない。荒涼としている。果てしない。原野も海も。その真ん中を走り続けながら、北海道に来てよかった、本当によかったとしみじみと感じる。そこに、なにかの観光名所があるわけではない。店も家屋もない。そうか、自分が求めていたのは、このような手つかずの自然の中に自分の身を置くことだったのかと、この時わかったような気がした。

手つかずといってももちろん舗装道路の上。そこは承知している。でも、人工物はこの道路のみ。空も海も原野もそこに吹き渡る風も光も自然のまま。

カブで少しは日本を走った。しかし、このサロベツ原野ほど自分の心が求めていたものとぴたりと合致した場所は他にはない。そうか、自分の心はこういう風景を求めていたのかと、サロベツ原野を走りながらはっきりと感じ取ることができた。

その風景は、自分の心の中の風景か。自分でも気づかない自分の心の中の心象風景を、このサロベツ原野がはっきりとしっかり示してくれた。しかし、その風景は悪くはない。妙な言い方だが居心地がよかった。粉飾のない自然のままの荒涼とした広がり。空の高いところも目の前の遠くの景色にも遮るものはない。自由とは、たぶんこういう風景だ。一人取り残され追放され、しかし痛みもなければ悲しみもない。まして寂しさなどみじんもない。どこかで命の根源的な力さえかすかにわき起こるのを感じてしまう。自由とは、こういうものかもしれない。悪くはない。心地いい。少なくとも自分には似合っている。風にあおられバイクが時々フラフラする。夏だというのに頬は冷え。それでもスロットを回し続けまっすぐに未知の道を走り続けた。

そして、ここはまた来よう、この今のこの感覚をもう一度味わい確認するためにここにまた来ようと思った。

小平《おびら》町、小樽、積丹《しゃこたん》、岩内《いわない》、そして函館

小平町には温泉があった。道のわきに温泉があれば、誘われるままに入ってしまう。テントの旅だ。風呂はない。でも、日本各地には温泉がある。しかも、その温泉は土地により微妙な違いがありそれぞれに味わいがある。入らぬ理由はない。そして当たり前のことだが、ゆったり、のんびり、たっぷり、くつろげる。だいたい五〇〇円ほど。一日、二ヵ所の温泉に入ることもある。

それほど温泉に詳しいわけではない。しかし、強く感じるのは、北海道の温泉は入るとすぐに体の芯まであったまるということ。段々とゆっくり体が温まるというのではなく、いきなり芯まで湯の温かさがしみ込んでくる。

身も心もさっぱりして函館を目指す。途中、入り江があり波が穏やかだと海岸まで下りていき、相変わらず潜る。海の中を見回し小魚を探す。しかし、日本海のこの時期の沿岸には魚が見当たらない。海岸の選び方がまずいのか。理由はわからない。それでも、走りながらきれいな海岸があると素通りできず、いちいちバイクを止めて、シュノーケルと足ヒレをつけて、とりあえず海に浮かんでみる。

そんなことを繰り返しながら積丹《しゃこたん》に来た。ここでも潜る。しかし、魚はいない。それから神《かむ》威《い》岬。海に突き出した半島の上に細い道がついている。その道を海に向かって下っていくと、突き当りの目の前に、海の上に聳え立つ巨大な塔のような岩の全容が見える。

確かに、これは神《カムイ》だ。すごい。図抜けてすごい。こんなものはめったに見られない。海の上に勢いよく飛び出して、堂々と偉大な姿をあたりに誇っている。何の予備知識もなく、偶然こここにきて、偶然目にしたこの巨岩の雄姿にほれぼれとしてしまった。

しかし、とても有名なのだろう。やたらと人が多い。外国人も多数いる。早々に引き上げるしかない。

と、バイクに乗って帰路に向かおうとした時。右折しようと思った。しかし、交通量が多くてなかなか道路に入れない。イライラし少し焦りながら左側から来る車の列が途絶えるのをじっと待っていた。その時、やっと、向こうの車線に入り込めそうなチャンスが来た。急いで道を渡る。

その瞬間、ものすごい音のクラクションが鳴る。あわててバイクを止めた。なんと、左側から来る車にばかり気を取られていて、右側から来る車を確認しなかったのだ。最も初歩的なミス。間一髪で衝突は避けてもらった。全部自分が悪い。自分のせい。クラクションを鳴らしたドライバーはバイクをかわしてすぐに走り去ってしまった。

ひやりとした。事故でも起こせば旅は続けられなくなる。だから、運転は慎重にと心がける。運もよかったのだろう、ここに来るまで危ない目に遭ったこともなかった。それなりにヒヤッとしたことは数回あったが。しかし、ここでのような間一髪セーフというようなことはなかった。

冷や汗が出た。気を付けよう。もう二度とこのようなことはやるまい、と、けなげに殊勝にこの時ばかりは反省した。そして、思った。きっとカムイの神様が助けてくれたんだと。こういうのを、たぶん、ご都合主義というのだろうか。でも、自分はこの時、自分の愚かさと惨めさのどん底に突き落とされ縮み上がっていた。だから、自然とそう感じてしまった。そして、命を助けてもらったので、なにかに感謝したい思いも強く働いた。

それからカムイ岬を出てゆっくり走り続ける。しかし、少し前から気になっていることがあった。走っているとガラガラと音がする。ちょっとでも登り坂になるとチェーンと歯車がかみ合わないのか、ガクンガクンと物が落ちた時のような音。登り道でのパワーは明らかに落ち、走れば走るほどそのパワーは落ち続け、ついには平坦な道でもカックンカックンと妙な音が出始めた。

やばい。バイクが走らなくなる。それに、ここは北海道。どこにでもバイク屋があるわけではない。ガソリンスタンドさえなかなか見つけられないのだから。どうしよう。このままバイクが故障したら、もう旅は続けられない。そうなれば、バイクを置いて電車で帰らなければならない。しかし、電車で、といったって、駅まで行くにはどうすればいいのか。そもそも駅は近くにあるのか。

ものすごい不安に駆られる。バイクをだましだましゆっくり走らせ街に出る。バイク屋さんありますか、道行く人に聞く。しかし、よくわからないという返事ばかり。チェーンがチェーンカバーに触れる音は、心なしか、ますます大きくなる。

その時、思った。そうか、あの大雪山の赤岳に登るときに無理して走った砂利道のせいだ。

あれで、チェーンが伸びきってしまった。たぶん。あるいは、チェーンと歯車に砂塵が付着して双方がかみ合うたびに摩滅し、食い込みが悪くなった。いずれにしても、あの砂利道を往復したせいだ。

それに、迂闊《うかつ》なことに、ここまでまだ一度もチェーンに油をさしてこなかった。毎日二〇〇キロ以上は走る。当然、油は毎日でも注さないと。

今更悔いたところでどうにもならない。なんとか、バイク屋を探すしかない。ガソリンスタンドがあった。そこで聞いた。この先をもう少し行くと、小さなバイク屋があるという。

岩内、という地名だった。商店の並びがある。バイク屋は見つかった。古ぼけていて、どこか昭和風の建物。バイクがあちこちに並んで放置してある。

「こんにちは。バイクが調子悪いんで、見てもらえますか。」

おずおずと尋ねる。祈るような気持ちで。

「いいよ。」

中から出てきたおじさんは、すぐにバイクのそばにしゃがみ込み点検してくれた。

「チェーンが伸びきっていて、いかれてるね。歯車は大丈夫だろう、たぶん。チェーンの換えがあると思うので、ちょっと見てくる。」

ああ、どうにかチェーンが残っていますように。ドキドキしながら待つ。

すぐにおじさんが古ぼけた薄い箱を持って奥から出てきた。

「あったよ。あった。一つ残ってた。」

やれやれ、ありがたい。Gott sei Dank！すぐに直してもらった。

この時、しみじみと感じた。カブというのは、五〇年以上も前からずっとある。日本の全国各地でくまなく皆が乗っている。その状況は今でも変わりがない。だから、通常、どのバイク屋さんでもカブの部品がある。常備している。これがありがたい。例えば、ハーレーのような高級バイクが旅の途中でもし故障したら、換えの部品の調達が、こんなにも簡単にはできない。他のバイクでも事情はさほど変わらないだろう。カブだからこそ、助かった。つくづくそう感じた。

「七〇〇〇円。」

よかった。この程度の金額でまた旅が続けられるのだから。

この日、ここの岩内のキャンプ場で野営。もし、岩内であのバイク屋がなかったらと思うと、ぞっとする。

翌日からは快走。もうガラガラという音はしない。馬力もある。

五時四五分に岩内を出発。快晴の青空のもと、ニセコパノラマラインを経て一気に函館へ。

函館着、一二時。青森に向かうフェリーまで時間があったので回転寿司に。これまで、寿司、刺身、蕎麦のいずれかが食べられるのであれば、どの店にも入った。土地の旨いものを食べる、それは旅の大きな目的の一つだ。しかし、残念なことに、なかなか旨いものを出す店に出会わなかった。これは、ただ単に自分が知らなかっただけのことだろう。いわゆる、ガイドブックの類は持たない。昼時に偶然目に入った店に飛び込む。その連続。

函館もそうだった。しかし、函館の回転寿司は大当たり。まず、本州の回転寿司と比べると、具が一様にでかい。シャリの上に、はみ出し分厚い。けちけちしてない。イクラ、赤貝、アオリイカ、全部二貫で一二〇円。そのどれもが惚れ惚れするほどに旨い。新鮮でたっぷり。申し分ない。しかも、安い。腹いっぱい寿司を食べて、計一〇八〇円。考えられないような安さ。味にも値段にも感動した。

ここ函館で、北海道の旅は終わる。北海道だけの走行距離は、二二八五キロ。八泊九日。充実した旅だった。天気にも恵まれた。

青森から八甲田、奥入瀬《おいらせ》、十和田湖、八幡平《はちまんたい》、そして田沢湖

函館からのフェリーで青森に着いたのは、一八時。さて、どうしよう。どこにテントを張るか。北海道ではほとんど心配がなかった。どこにでも野営場がある。しかし、本州に着いたとたんに、また毎日野営地を探すことになる。この日はもう夕暮れ。探しようがない。フェリー乗り場の近くを少し走り、海に面したところに草地があるのを偶然見つけた。行き止まりになっているので人通りはない。ここに決めた。

さて、これからどのようなルートで帰るか。青函連絡船の中で日本全国道路地図を広げた。道はいつも行き当たりばったり。だいたい前日に決める。細かくは決めない。決めたとしてもその通りに行かないことがしばしば。でも、とりあえずどっちに行くかは決めないと。

そこで、道路地図を見ながら大まかにどの道を通るかを決める。

青森、十和田、八幡平、岩手山、盛岡、亀田、本荘、鳥海山、寒河江《さがえ》、会津、尾瀬。一応この線で行くか。道路を見ながら、交通量の多そうな道は避けて、街と街をつなぐ国道や県道の番号も記す。

で、青森、朝六時出発。テントを張った場所は行き止まりで誰も来ないと思っていたら、早朝、まだ五時ごろ、犬の散歩に来ていた人たちが何人か集まり立ち話をしていた。目が合ったので軽く会釈。幸い、とがめられることはなかった。やれやれ。

八甲田に続く道に入りしばらく走ると、ほどなくして酸ヶ湯《すかゆ》というところに着く。この名前は聞いたことがある。大雪情報でよく出てくる。有名な温泉なのだろう。駐車場には車がいっぱい。どうしよう、入ってみるか。しかし、走り始めたばかり。それに人も多そう。で、素通りすることにした。

その酸ヶ湯から十和田湖への道は、素晴らしかった。道の両側に、ものすごく太い幹のブナが連続してあらわれる。ブナの原生林の中を国道が走り抜けているという風情。こういう道路はそうない。ブナというのは高山《こうざん》にのみ繁茂する樹木。ブナの森を見るためには、通常、深い山に入らなければならない。しかし、この道の両側には、堂々たる幹をしたブナの巨木が並んでいる。その原生林は、奥入瀬までずっと続いていた。

十和田湖を経て、八幡平市。一二時三〇分着。しかし、霧が深い。眺望は全くない。

ここから、八幡平や岩手山に登ることも可能だ。すぐ近くにある。しかし、天気があまり良くない。そして、富士山に偶然登ってしまってからいつの間にか、その土地で一番高い山に登ると決めてしまっていた。東北地方で一番高い山は、尾瀬の燧ヶ岳《ひうちがたけ》。ここは登ると決めていた。それに、八幡平と岩手山は、学生の頃登ったことがあった。で、今回は見送ることにした。

盛岡を経由して雫石《しずくいし》、そして田沢湖、一七時。ここにはキャンプ場があった。ありがたい。六〇〇〇円。毎日そうだが、泊まる場所が決まるとホッとする。いつも行き当たりばったりなので。

鳥海山

翌朝五時四五分、田沢湖発。天気がいい。快晴。で、すぐに考えを変える。こんな晴天はそうない。鳥海山に登ろう。方針も何もあったものではない。すぐに変わる。ころころ変わる。その時々の天気や気分次第で。宿を予約しているわけではない。帰らなければならない日が決まっているわけでもない。文句を言われる人間はどこにもいない。というわけで、何の規制もないから、その日その日で、思うまま気の向くまま。鳥海山もまた、学生の頃に登った山ではあった。しかしここでは、どうしたわけかそういうことは考えないようにしていた。ちょっとでも頭をひねれば、自分自身のいい加減さに自分でも十分に呆れていいと思えるのだが。

鳥海山に向かう途中に、中島台獅子ヶ鼻の湿原というのがあった。あたりのブナの森がすごい。ここで昼食。ついでに温泉にも入る。

鳥海山五合目、鉾立《ほこたて》。一四時三〇分着。ここの山小屋に泊まることに。素泊まりで一三五〇円。安い。

しかし、困った。宿泊客は自分のほかにはもう一人だけ。平日のためか客はそのほかにはいない。この人が大変だった。ものすごく大きな鼾《いびき》をかく。がらんとした山小屋にこの人の堂々たる鼾がところ狭しと広がる。逃げ場がない。とても頑丈な鼾で、休むことがない。力に満ち溢《あふ》れ臆するところがない。というわけで、こっちは眠れない。その鼾につきあうしかない。やはりテントの方がいい。心底そう思った。

ここでもまた、止まらない鼾はない、とも一瞬考えた。でも、自分でもなんかあまりに月並みに思えたのでその思い付きをすぐに放り出した。

翌朝五時、鳥海山登山口五合目、鉾立出発。九時山頂。四時間の登り。

山頂付近までは順調だった。しかし、山頂部にかかるとごろごろとした岩だらけの道。ここで、登山道を外してしまい、迷った。すぐ目の前に頂上があるというのに、そこになかなか到着できない。少し行っては道が難しくなり引き返す。それを何度か繰り返した。

そのためもあるのか、以前登った時の記憶とまるっきり重ならない。まったく新しい初めての山のような印象。ちょっとひやりとして、登頂の気分をのんびりとは味わえなかった。

山頂には小さな祠《ほこら》があり、そのそばに、自分と同じくらいの年恰好をした一人の男がいた。軽く会釈をかわした。その男はすぐに下山道へ入った。

それから一休みした後、自分もまた下り始めた。途中で、先に行った男に追いついた。しかし、この人、なかなか道を譲らない。意固地に思えるほどに道をあけてくれない。で、仕方がないのでこの人の後ろに張り付いて山道を下るしかない。

狭い道だ。急な下りもある。なかなか抜けない。無理に追い越せば危ない。これじゃあ、まるで、渋滞中の一般道路と同じ。そのうち、踊り場のようなところがあったので何とかかわすことができた。

登山口近くの平坦な道に出た時である。向こうから外国人が登ってきた。ひげを生やしている。へたくそな英語でどこから来たのですかと声をかけた。ドイツからだという。それを聞いて、これまた学生の頃に習った片言のドイツ語を英語の中に無理やり突っ込み話した。ドイツ人は喜んでくれた。そして、ドイツのどこから来たのかとか、日本にはどのくらいいるのかとか、あれやこれやの立ち話をしていた。と、その時である。その二人の横をものすごい勢いで下って来た者がいる。よくよく見れば、先ほど山頂で会った男。その顔は、得意満面。抜き返したぞ。

勝ち誇ったような面構え。あれよあれよという間に登山口の方へとまっしぐらに消えて行った。誰かと似ている。このおじさんは。そうだ、あの大雪山の赤岳の山頂で会ったおじさんとそっくりだ。もしかしたらあのおじさんか。そんなバカな。でも姿かたちといい、行動様式といい、とてもよく似ている。こういうおじさんは、もしかしたら、全国の山々の頂きにいるのかもしれない。

登山口の鉾立に戻ったのは一二時二〇分。そこから、真室川《まむろがわ》町、新庄市を経由して寒河江。一七時三〇分着。最上川の河川敷にテントを張る。快眠。ぐっすりと眠った。やはりテントは最高。

尾瀬、燧ヶ岳《ひうちがたけ》

尾瀬の燧ヶ岳を目指したのは、東北でこの山が一番高いから。二三五六㍍。日本全国道路地図で確認。

最上川、寒河江、五時一五分出発。山道を走り米沢を経由して喜多方を目指す。山道は走りやすい。なんといっても車両が少ない。日本の道路は、幹線道路を外せば、どの道も交通量は少ない。五〇ccのカブで、ゆっくりのんびりマイペースで、あたりの景色を眺めながら走れる。

喜多方から会津若松。ここからは国道二五二号を通り只見《ただみ》町へ。車はほとんど走っていない。

大きくえぐられたような貯水池のふちを狭い道が縫うように続く。道路の左端は断崖。見下ろすと身が縮こまるほどに怖い。左車線を走ることができず中央寄り。場合によっては山際の右に。ゆっくり慎重に。

只見町からは檜枝岐《ひのえまた》を目指す。道はいよいよ険しくなり四〇〇番台の国道に。川沿いの道。くねくねと曲がる。道の横には断崖。川。怖い。ここでも真ん中寄り、時には反対車線。

檜枝岐には思い出があった。学生の頃、会津若松出身の友人がいた。この友人の実家に、東北を自転車で回っていた時に泊めてもらった。その折、友人のお父さんが檜枝岐のことを話してくれた。地元では陸の孤島と呼ばれている。でも、蕎麦がうまい。岩魚《いわな》で出汁を取り蕎麦汁にするのだと。そして、わざわざその蕎麦を取り寄せてごちそうしてくれた。温厚で優しい。青二才で生意気だった当時の自分にも十分すぎるほどの敬意を払ってもらい、人の優しさが身に染みた。

若い時というのは何の自信もない。先々これからどうするのか、どう生きるのか、そこがまだ全然見えてこない。そんな時に、そういう自分にすら人として敬ってもらえることは、ものすごくうれしいし力になる。その時の記憶は今でも大切にしている。

会津若松でその家を探してみたが見つからなかった。その友人とは、大学を出てからはずっと音信不通のままだった。檜枝岐をどうしても通りたいと思ったのは、その友人と友人の家族との温かい思い出があったから。

檜枝岐では、雑貨屋があったので、熊よけの鈴を買った。どうしても、記念になる何かの品がほしかった。

尾瀬の登山口、御池《みいけ》。一五時四五分到着。七入《なないり》キャンプ場というのがあった。この日は、険しい山道の連続。にもかかわらず、必死で走り続けていたのだろう、三三〇キロも走っていた。

燧ヶ岳登山口、御池、五時三〇分発。晴天。快調。自分でも不思議なくらい体が軽い。ガンガン登れる。今回、いくつかの山を登ってきたせいか、足の筋力が付いたらしい。太ももに筋肉の割れ目がかすかに出てきた。心肺機能も増した感じ。登りが続いてもさほど苦しくはない。などと、一人でいよいよ調子に乗る。

尾瀬は初めてではない。会津若松の先の友人の案内で、学生の頃、尾瀬ヶ原と尾瀬沼に来た。こんなにも美しい世界がこの世にはあるのだとわけもなく感動してしまった。都会で育ち、家と道路と人と車と電車と線路しかない空間で過ごしてきた自分にとって、ここは別世界だった。自分がいかに世界を知らないか実感した。美しい自然がある、この世界には。そんな当たり前のことが実感できた。それが、とてもうれしかった。自分のようなものにもこのような体験ができたことに有頂天になった。

山にも登りたかった。友人に言ってみた。

「土地の人間は地元の山になんか登らないよ。自分も登ってない。でも、いいか、この機会に。

だけど燧はちょっと大変だから、至仏《しぶつ》ならいいよ。」

というのがこの時の友人の答え。というわけで、一緒に至仏山に登ることにした。

尾瀬には、燧ヶ岳と至仏山の二つのピークがある。燧ヶ岳の方がやや高い。

山に登るのは、基本的にはいつも一人。集団で登ると目の前を歩く人間のリュックばかりを見ることになる。人のペースに合わせなければならず、自分の好きなような速度で歩けない。休憩の取り方、景色を見るための立ち止まり、すべてが人に合わせなければならない。これらは、自分にとってはかなりの苦痛。道に迷うとか、けがをした時のこととか、単独登山のリスクはあるものの、それらのリスクを覚悟の上でも一人で登る方がいい、そう決めている。たぶん、だからこそ、細々とだがずっと続けられたのだろう。

それとは別にもっと大きな理由もある。複数で登る。単独で登る。ここには、根本的な違いがあるような気がする。その違いとは、自然との向き合い方。複数で登ると、安心感がある。安心感というのは、いつも周りに人がいるということ。逆に言えば、いつも人を意識しているということ。対して、一人だと自分のほかには誰もいない。だから、自然と一対一でじかに向き合う。自然との距離や自然と触れ合う密度が複数の時とはかなり異なるように思える。

気候の変化、景色の変化、静けさ、鳥の声、風に揺れる木の葉や枝の音。風がその隙間を通り抜けるときの音。木洩れ日《こもれび》の輝き。森の香り。水際の水のにおい。どこかに隠れているかもしれない獣の気配。一人だと、ありとあらゆるものが、じかに自分に向かってくる。それら一つひとつとじかに触れ合う。

確かに、多少の不安はある。怖さもある。しかし、その緊張感の中で、自分の感覚がいつもより研ぎ澄まされ鋭敏になる。その感覚だけであたりのすべてを感知する。そこに、余分なものはない。

対して複数で登れば、周りに気を遣わなくてはならない。仲間意識やお互いの絆を深めるということも大切になる。しかし、みんなで一緒に頑張って登り切ったという充実感や達成感はとても大きいだろう、たぶん。さらに、同じ美しい景色を一緒に味わえるという喜びもある、たぶん。

つまり、一人で登るのと、複数で登るのとでは登山の性格が微妙に異なる。自然そのものとじかに接するか、自然を共に味わうことで人と人との絆を深めるか、この違いか。どちらを求めるのかは、人それぞれ。どちらにも良さがある。と思うのだが、実のところ、誰かと登ることの良さが自分にはよくわからない。危険回避のため、という言葉はよく聞く。でもそれだけだとしたらちょっとさびしい、と思ってしまう。余計なことだが。

しかし、至仏山にはこの時二人で登った。尾瀬を案内してもらっているのだし、山登りは自分の方から頼んだことなので当然文句は言えない。それに、こいつはたまらなくいいやつだった。好きだった。だから、さほど苦ではなかった。結構気楽だった。

今回の燧ヶ岳の登山は一人。山頂八時。燧ヶ岳には、ラクダのこぶのような二つのピークがある。最も高いところへ登るには、一つ目のピークを登り、それからすぐに下り最高峰を目指す。ちょっと損した気分。それでもなんとか勢いで登り切った。

さすが、尾瀬の山。人が大勢。気になったのは、女性の登山客の多さ。若い人もいれば、年配の人もいる。ほとんど各世代くまなく。そして目立つのは、登山のファッションである。おしゃれだ。カラフルだ。メイクもばっちり。四〇年前とは全然違う。以前は山男という言葉がはやっていた。きつい、危険、汚い。いわゆる、三K。山というのは、重い荷物を背負い汗まみれでハアハア言いながら男たちが根性で悪天候にも悪路にもくじけずに登りきるというイメージがどこかにあった。

しかし、今は全く違う。ミニスカートのようなピンク色のものを腰に巻いている女性もいる。まるで、街角のカフェから出てきたかのように口紅鮮やかで目元パッチリという派手なメークの女性もいる。上着は、明るいトーンの色が主流で、色とりどり。上下のアンサンブルのセンスも抜群にいい。

こうなると、こっちは登山どころではない。ついつい、めかしこんだその女性たちへと自然に目が行ってしまう。これを、気もそぞろ、というのか。時代は変わった。登山も変わった。どちらかといえば、こっちの方がはるかにいい。断然いい。しかし、もうこうなると、自然と一対一で向き合うなどという呑気な気分はたちまちどこかへ引っ込んでしまう。というわけで、早々に下山。

尾瀬沼に降りた。一〇時半。時間はある。尾瀬沼を一周することにした。木道《もくどう》の上。思ったほどに人はいない。やはり、平坦な道を歩くのは楽だ。一歩ごとに変わる沼の景色を楽しみながら、二時間ほどで一回り。

途中、長蔵《ちょうぞう》小屋があった。やはり昔とは変わっていた。小屋周辺の風景にも変化が。あの時は、この小屋に泊まった。シャンプーが禁止だった。尾瀬の生態系を壊すとの理由で。その時は、そこまでして尾瀬の自然を守るという考えがあることに驚き、自然保護とはそういうものなのかと初めて教えられた。

沼山峠に着いたのが一三時一五分。御池に戻ったのが一四時。そこから、魚沼を目指す。

尾瀬から魚沼、野尻湖、白馬、戸隠、糸魚川、滑川《なめりかわ》

海が見たい。山道ばかり走ってきた。日本海へ。海へ。山に登った後、衝動のようなものがこみあげてくる。その前にまずは山道を通過しなければならない。

国道三五二号。一車線。断崖のふちすれすれを道が通る。起伏もあり蛇行もある。その断崖のはるか下には奥只見湖。走りながら見下ろせば、怖さのあまり脛《すね》のあたりが縮こまる。こわごわと、ゆっくり、山側にバイクを寄せながら慎重に進む。どうしてこんな道に来てしまったのか、悔いまで出てくる。しかし引き返せない。日本海に行かないと。

この道に入る前に、尾瀬で道を尋ねた。これから魚沼方面に行く、と。するとその道を通るバスの運転手が、「距離は短いけど、すごく時間がかかるよ」と言っていた。

なるほど、これならものすごく時間がかかる。この道を一気に進もうとすれば自殺行為だ。見渡す限りあたりに人の気配はない。と、その時、大きなカーブを曲がったら、向こう側から一台の車が来た。一車線の道。バイクを思いっきり山側に寄せて道をあけた。これがもし、断崖側にバイクを寄せなければならないとしたら、もう絶望的になっていただろう。対向車の運転手はこの道に慣れているのか、笑顔で軽く挨拶してうまくかわしてくれた。なんだか、この時ばかりは人を見てホッとした。

枝折峠《しおり》というこの国道のピークまでは、緊張の連続だった。あまりに怖いと、あたりの景色を見る余裕はない。

やっとの思いで、魚沼に到着。一七時。魚沼に来て驚いた。これまで通ってきた東北の町とは明らかに違う。どの建物も堂々としていて新しい。ピカピカといってもいいぐらい。神の湯という町営の温泉に早速入ったのだが、その施設の豪華なこと。まさに、高級リゾートホテル仕様。目を見張った。人も多くいた。魚沼と言えば、コシヒカリ。日本全国、否、世界でもその名をとどろかせた米の超一流ブランド。町全体に勢いがあり繁栄の様が一目でわかった。

神の湯のすぐ近くには、オートキャンプ場がある。車が何台も並び、ここの施設にも人が多い。温泉に入り、テントを張る場所もすぐに見つかり、ほっとした。湯のありがたさと、安全安心のありがたさをしみじみと感じた。

翌朝、六時一五分。魚沼発。野尻湖、戸隠を経由して白馬一二時四五分着。白馬まで来てやっと一息。ひたすら山道を走り続けた。白馬からは、国道一四八号に沿って糸魚川。一四時着。ここから富山に向かうには、幹線道路の国道八号を通らなければならない。大量の車が通る。後続車をバックミラーで確認しながら道路の一番端をトロトロ進む。ここはもう、ひたすら耐えるしかない。そして富山の滑川着一七時。懸命に走り続けた。尾瀬御池から二日間での走行距離は三九六㌔。ぐったり疲れた。もう進めない。富山湾をゆっくり見ようとする気力も失せてしまっていた。滑川の道の駅のそばに芝生の空き地があった。この日はここで野営。

能登半島、金沢、そして越前岬

翌日、能登半島を目指した。一周するつもりだった。しかし、風が強い。空にも黒い雲が。久々に目にした海は荒れていた。白波が立ちしぶきが勢いよく飛散する。台風でも近づいているのかもしれない。海沿いの道を走るも、風にあおられ、ときおり風圧でバイクも思うように進まなくなる。それでも昼頃までにはなんとか輪島まで行った。そこの土産物店で、輪島塗の箸の夫婦セットを買った。

旅立ちの前に、できる限り植木鉢を整理した。でも、二鉢だけ残ってしまった。たいしたものではないのだが、枯らすのはかわいそう。隣の人が、ついでだから水やりをしてあげますよと言ってくれた。お土産はその人のため。バイクの旅では、スペースに全く余裕がない。でも、箸ぐらいなら何とかなる。

輪島から引き返し、羽咋《はくい》市を通過したあたりから、天気はますます荒れ模様。雨も降りだす。海側からの雨まじりの強い風を自分の体とバイクがもろに受け、バイクごと山側に揺り動かされる。ヘルメット越しに雨水が入り、カッパを通過して下着にまで雨水が浸透し、登山靴の中は水でぐちゃぐちゃ。結構ハード。しかしどうしたわけか、こうなると、逆に闘志のようなものもわずかだが湧いてくる。これも結構面白いと、どこかで楽しんでいる。しかしそれはほんの一部。自分の中の九割以上は、早く何とか落ち着きたい、テントを張れる場所を見つけたい、そればかり。そんな思いで走り続けて、一七時。金沢、内灘《うちなだ》に着いた。広い砂浜があった。この浜でなんとかテントを張る。

翌朝、内灘、六時三〇分出発。昨日とは打って変わって快晴だった。青空が目の奥に染みる。気持ちまでわくわくして、はしゃぎたくなるほど。天候によってこんなにも自分の気分が変わる。天候に大きく左右される原付バイクだからこその体験だろうか。

福井に向けて海沿いの道を走り出すと、白山という標識がやたら目につく。快晴だ。登りたい。まだ一度も登っていない山。こんなチャンスはそうない。そう、思った。しかし、その一方で、鉢の水やりを頼んだ隣人のことも気になった。このまま白山を素通りして家に帰ったとしても、一か月間、水やりをずっと頼んでいたことになる。一か月というのはそれだけでも異常。これをさらに数日伸ばすというのは、いかがなものか、気が引ける、とも考えた。どうせ、長期には変わりないのだから、目糞鼻糞《めくそはなくそ》の差。ここで、人から受けている世話について急に思い直したとしても、どうも偽善者っぽい、とも。青空の元を走りながら、白山の標識を見るたびにあれやこれや。

結局、見送ることにした。白山は、次の旅のために残しておこう。今回は、そのそばまで来たということを心に刻んで、次の楽しみにとっておこう。と、いちいち、自分の心の迷いに自分で付き合っていくのは自分でもめんどくさい。でも、何とか折り合いは付けなければならない。こういうことは、旅先でも、日常でも、起こる。仕方がない。その面倒な自分と付き合うしかない。

そんなことを心の中でぶつぶつつぶやきながら、加賀市まで来た。

ここからは、越前岬に向かう国道三〇五号へ入る。この道は、原付にとっては日本有数の至福の道路。多くの車両は内陸部を貫く幹線道路に向かう。この幹線道路は道幅も広く起伏もない。当然早く目的地に着く。対する国道三〇五号は、海沿いを走るため起伏が多い。

この道は港と港をつなぐ。一つの港を通り過ぎると、すぐに急峻な山道を登りその後に下って次の港に降りる。この繰り返し。だから、時間もかかる。このため、ほとんどの車は幹線道路に流れ、三〇五号の方はガラガラ状態。後続車も少ないし、対向車もまれ。だから、五〇ccの原付でも、ゆっくりのんびり走れる。これは、実にありがたい。

しかも、この道は海沿いだ。だから、目の前に展開する景色の一つひとつが抜群に美しい。この日は快晴だった。あたりには真夏の陽射しの名残がたっぷり。太陽の強い光を浴びて、日本海は遠くの地平線まで明るい。これをコバルトブルーというのか。海辺まで下りていける場所があると、その海の中を見たいという誘惑に駆られてバイクを止めて海に潜った。海の中にも陽射しがたっぷり届き明るい。小魚もいる。グレ（メジナ）の幼魚だろうか。小さな群れで泳いでいる。その群れを追いかける。海藻が揺らめき、岩礁があちこちに。小魚たちと遊び戯れ、海水の心地よい冷たさを肌で感じ、まるでそのまま眠りたくなるような夢の中と似た世界。そこではひとり。あたりには誰もいない。

海から上がり体を拭きそのまま裸で陽を浴びれば、すぐに体は乾く。そしてしばらく遠くの海を見ながらくつろぐ。それにも飽きれば服を着てまたバイクに乗る。

港では、海に向かって家がいくつか並んでいる。人はほとんどいない。その家並みの前を通過し、今度は山道に入る。急な登り。そして登りきるといきなり前方に視界が開ける。バイクを止める。エンジンを切る。そこでは、遠くの果てまで遮るものがない。明るく輝く日本海の全貌が見渡せる。その海はあくまで穏やか。鉛色の空の下、強い風にあおられ白波を立てて荒れ狂う冬の日本海のイメージとは遠く離れている。

足元のすぐ下は断崖。その底は真っ青な海。浅瀬では水の中に揺らめく海草も見えるほどに澄んでいる。海岸のあちこちには、大小さまざまのごつごつした岩が海から突き出ている。こらあたりの海に特有の景色だ。それらの厳《いか》つい岩たちも、夏場の今は一つひとつの姿かたちに趣があり風情がある。

それにも見飽きれば、バイクにまたがり、またカーブの多い急な山道を下る。すると次の港に着く。これでは当然、急ぎの用事の車は通るわけがない。そう納得して、にんまり。道も海も景色も独占したような気分。人気《ひとけ》のない港の風景も、曲がりくねった急な坂道も、キラキラ光る海の全景も、それぞれが心にしみこんでくる。ゆっくり、たっぷり、のんびり。自分が求めていたのはこれなのかな、と感じた。

サロベツもいい。しかし越前岬を通るこの道もまた心に残る道だった。

敦賀《つるが》、舞鶴、天橋立《あまのはしだて》

その国道三〇五号も敦賀の手前であっけなく終わってしまう。敦賀からは舞鶴、そして天橋立まで幹線道路を通るしかない。海辺へと続きそうな脇道があれば寄り道したい誘惑にもかられる。しかしそこに入り込めば、途中で道が分からなくなり、また国道に引き返すことも。結局あきらめて、天橋立をひたすら目指すことにした。

一七時三〇分。天橋立着。東尋坊《とうじんぼう》もそうだった。とにかく観光地というのはやたら人が多い。それだけでもう敬遠したくなる。しかし、この日はもう走れない。この日だけで二九三キロ走った。敦賀からは、緊張の連続。幹線道路を走るのは五〇ccではきつい。今更ながら痛感する。しかし、どうしても通過せざるを得ない時もある。

ところが、である。この天橋立に来て驚いた。そして得意になった。なんとこの天橋立は、原付バイクしか通れない。入り口に、はっきりと書いてある。徒歩と自転車と原付バイクのみ、と。その理由は、松の根を傷めてしまうからということらしい。こうなるともう、カブの天下。車や大型バイクから降りて松林を歩いている通行人たちをしり目に、堂々とカブで突き進む。たぶん、こんなにも五〇ccの原付が威力を発揮し優先される道は日本では他にないだろう。

松並木に両側を囲まれた道をゆっくり進む。中ほどまで進むともう通行人はほとんどいない。だいたいの観光客は、ちょっと歩くと途中で引き返してしまう。人気《ひとけ》が無くなったところでバイクを止め浜に出る。確かに、不思議な地形だ。海の真ん中に長くて太い一本の道が通っている。人が作ったものではない。自然にできたものだ。こんなところは余所にはまずないだろう。その道に沿って並ぶ両側の松はどれも巨木で、人がいなくなれば、暗い森の中のような妖気があたりに漂い始める。

誰もいない砂浜に腰を下ろし、海を見ながら、街のスーパーで買った弁当を食べる。缶ビールをちびちび飲む。近くにはトイレがあり水道もある。もう夕暮れ。今日はこの浜にテントを張ることにした。

天橋立、鳥取砂丘、三次《みよし》、そして広島

翌朝、六時三〇分、天橋立出発。丹後半島の付け根を横切り網野に出て、日本海沿いを鳥取まで。この道も心地いい。久美浜、香住《かすみ》、岩美。まるで女の名前のような美しい地名が続く。この道もまた、港と港をつなぐ山道が多く、車は少ない。越前岬を通る国道三〇五号と似ている。一つの港を通過すると急な山道になり、その坂を上りきれば、目の前に日本海の全景が見渡せる。その日本海には、奇岩や巨大な岩や、小さな島が点在する。通り過ぎてしまうのがもったいないと思うほどに、様々に美しい景色が目の前に展開する。こころなしか、海の色がここにきて明るくなったような気がした。

旅も終わりに近づいている。その一つひとつの光景を味わい心に刻みつけながら、陽光と海風を体全体で感じ取りゆっくりとカブを走らせる。

そして鳥取砂丘、一一時。なんでこんなに人が多いのかと腹を立てても仕方がない。ここは観光地。人が集まるのは当然。文句があるなら来るな。当然、そう言われる。でも、やっぱり見てみたい。で、バイクを止め、砂丘に出る。確かに、海岸沿いの道を走ってきて、突然こん

なにも広大な砂山が広がっているのに出会えば、自然が作り出す造形に驚嘆するしかない。砂の薄い黄色と青空とのコントラストが美しい。その砂山を登る人たちが残した足跡が網目のようにあちこちに。ハングライダーか。空には優雅にいくつか浮遊している。うらやましい。あそこから見る砂丘も海も、きっとここことは違ってもっと雄大だろう。

一二時、鳥取。ここから先、米子、宍道湖《しんじこ》へと行くなら、幹線道路を通るしかない。もうこれはできない。で、山道に。海はたっぷり見た。新温泉町（兵庫県）というところの近くに入り江があり、そこで少し潜ってもみた。もう、心残りはない。瀬戸内海、太平洋、オホーツク、そして日本海。一通りすべての海に浮かんで海の底を見た。これで十分。

山道といっても、奥只見の道のような怖さはない。鳥取から南下し、国道四八二号に入り、蒜山《ひるぜん》高原を抜け、江尾《えび》まで行き、そこからは国道一八三号。道後山《どうごやま》のわきを通り庄原《しょうばら》、三次《みよし》、そして広島。車は少ない。後続車も対向車もほとんどない。自分のペースで好きなように走れる。景色も穏やかで道もいい。広島の自宅、二〇時三〇分着。

八月一日に出発して、帰ったのは九月一日。別に予定していたわけでもないのに、ちょうど一か月の旅となった。全走行距離七一四六㌔。

旅から帰って

翌朝、畑を見る。草ぼうぼう。真夏に一か月も放置していれば、畑には腰のあたりまで伸びた草が一面。これを根元からシャベルでほじくり返し、雑草を土の中に押し込む。のんびりしてはいられない。大根と白菜の種まきの時期は過ぎている。しかし、今からでもなんとかなるかもしれない。ともかく一日でも休んでいられない。

シャベルでほじくり返した後、耕運機をかける。耕運機は中古を買った。二万円ほど。ホームセンターの倉庫の奥で売れぬままに残っていたものが、在庫整理のためか、たまたま外に出ていた。まだ使用していないという。ためしにエンジンをかけてもらった。動く。たくましい音を立てて。幾らかと聞いたら、結構高い値段を出してきた。ふーんという感じで、そこは無視して、こっちは機械のあちこちを触ったり動かしたり。全体に古ぼけた感じがある。でも、それは一向に気にならない。

「取扱説明書はありますか？」と聞いてみた。

店員さんは店の奥に行く。なかなか帰ってこない。で、やっと帰ってきたのだが、浮かない顔をしている。

「探したけど、すいません、見つからないんです。」

しめた、と思った。これなら値切れる。

ホンダとかクボタとかの一流メーカーの品ではない。ここも、値切れるポイントだ。

「じゃいいです、説明書もないし、二万円でどうですか？」

ということで、即購入。

この耕運機は、ミニ耕運機というらしい。それでも、ガソリンエンジンで排気量はなんと九〇cc。生意気なことに、カブよりも馬力があるではないか。北海道まで往復したあのカブよりも、である。当然、働いてもらえるはずだ。

ところが、この耕運機で耕せるのは表層のほんのわずか。一五センチか二〇センチぐらいの深さまで。でかい音をあたりかまわずまき散らすのだが、音のわりにはたいして働かない。そこで仕方がないので、まずシャベルで三〇センチほどまで深く掘り起こし、その後で、掘り起こした土を耕運機で砕いて柔らかくする。というわけで、耕運機があれば楽、というわけではない。土の掘り起こしはシャベルで手作業。これが軟弱な自分にとっては相当の労働。畑仕事というよりは、ほとんど土木作業。ちなみに、耕運機だけで全部耕すとすれば、相当に大型のものが必要となる。

雑草、生ごみの処理

雑草の処理というのも大きな課題。畑は、もともと宅地。七〇坪。結構広い。そこに一面雑草が茂っていた。倒木もあった。これらは、ゴミとして出すわけにはいかない。ゴミ出しには手間がかかる。それに、工夫すれば全部肥料になり畑に土として返せる。

畑の一角、日陰の所に、雑草や枯葉や枯れ枝を次々と放り投げ山にして放置しておく。すると、一年もすると全部やわらかい土に変わる。これがそのまま腐葉土になり、畑に入れれば肥料になって土を柔らかくする。この方法で、畑を始めてから雑草や枯葉をゴミとして出したことは一度もない。ゴミを出す手間が省けるし肥料にもなるし、一挙両得だ。

料理の時に出る生ごみも同じ。魚を釣ってくる。うろこを落とす。腹を裂く。当然、生ごみが大量に出る。野菜の皮や切りくず、フルーツの皮。これらの生ごみもゴミとして出さなくなった。

コンポストというドラム缶ほどの大きさのカップがある。そこに、これらの生ごみを入れ発酵させる。といっても、生ごみだけではものすごいにおいが発生する。だから、まず大量の枯葉をコンポストの底に敷きつめる。その上に、生ごみを散らす。そして、その生ごみの上に石灰を撒く。さらにその上を、米ぬかで覆う。これがワンセット。次にまた枯葉、生ごみ、石灰、米ぬかという順に積み重ねる。これで、発酵が進む。コンポストの中は、二、三日ですぐに温度が高くなる。不思議だ。夏でも冬でも変わりない。

夏なら二週間。冬なら一か月。これで発酵が一段落する。そしたら今度は二次発酵。コンポストの中では、まるで固いせんべいのようにいくつかの層ができている。これを砕いて手でもみほぐす。この時にはもう、生ごみ特有の臭気はほとんど消えている。枯葉は焦げたような黒い褐色に代わり、生ごみの元の形はなくなる。米ぬかは燃えカスのように灰色に。これらを混ぜ合わせ再びコンポストに。するとまた熱を出し二次発酵が始まる。なんか、パン作りと似ている。

この二次発酵が終われば、堆肥になる。この堆肥は効き目がある。なにしろ、食物連鎖の頂点に立つ人間の食べ残しだ。残りかすといえども栄養は豊富。他方、せっかくの畑だから農薬とか化学肥料は使いたくないという思いがある。そんな時、この生ごみで作った堆肥はとても貴重だ。

天ぷらの廃油は、直接畑の土に埋める。これも肥料になる。というわけで、畑さえあれば生ごみは一切出さなくて済む。それどころかすべての生ごみが有機栽培のための有効な肥料になる。

人から聞いた話だが、スイカの皮をゴミとして燃やすのには相当の燃料が必要になるらしい。スイカの皮だけではなく、生ごみの多くは水気を含んでいる。だから燃やすには燃料がいる。さらに、ゴミの収集場所からゴミ処理場にまでゴミを運ぶにはゴミ収集車の燃料が必要となる。しかし畑さえあればすべてが簡単に片付く。

しかし、当然のことながら、都会には畑はない。だから生ごみはとんでもない厄介物になる。例えば、魚を捌いた後のはらわたを台所のゴミ入れに一晩放置すれば、マンションの部屋中に生臭いにおいが拡散する。ビニール袋のふたをしっかり閉め、ゴミ出し日まで保管しておいたとしても、その間、当然腐るし気持ち悪い。というわけで、生ごみをまるで仇《かたき》のように忌み嫌うことになる。

こうして、魚は家で捌かなくなる。当然だ。ついでに魚そのものも敬遠する。食べるのは刺身、そしてサケの切り身ぐらい。これなら、ゴミはそんなに出ない。野菜も、できればゴミの出ないもの、と考えてしまう。土の付いたゴボウ、ハス、ジャガイモ、サトイモ。土を落としてきれいにするにはいずれも手間がかかる。それに、皮をむけば大量の生ごみが出る。場合によっては、一度に使いきれず残りを腐らせてしまうことだってある。これが続けば、これらの野菜も敬遠することになる。

たかがゴミ。しかしゴミ処理の問題が、人間の食生活に影響を与える。従来の食文化をじわじわとその基盤から変えてしまう。

一九六四年の東京オリンピックの数年前、自宅近くに畑があった。その頃は肥溜め便所で、近くのお百姓さんが肥桶を前と後ろに天秤《てんびん》でつるし、定期的に便を汲み取りに来た。そのお礼として、一束のねぎをくれた。東京の大田区馬込での話である。

その頃でも、ごみ屋さんは定期的に来ていた。出すのはほとんどが生ごみ。路上にこぼれたゴミはごみ屋さんが二つの板で素早く挟み、リヤカーを少し大きくした板囲いの車の中に勢いよく放り投げる。子供の頃、その様子をじっと見ていた記憶がある。ゴミがきれいに片付くと、母がごみ屋さんに心付けを渡していた。

朝食

旅から帰ってきた。新しい日常が始まる。
毎朝、腹が空く。朝食が楽しみだ。パンを焼く女あらためスカルピアの好きな女に教えてもらったミッシュブロートは欠かさず作り続けた。一度焼くと、五日ぐらいは持つ。バケットの三倍くらいの太さ。長さはバケットの半分くらい。形状はコッペパン。これを一㌢ほどの幅に薄く切り毎朝四切れ食べる。

　サラダは特別豪華だ。畑で育ったサンチェ、サラダ菜、レタスなどの葉類。夏ならキュウリ、トマト。これらを大量に、好きなだけ。それと、ポテトサラダ。これは、ジャガイモを茹で、大量のマヨネーズであえる。作るときは、四五〇㌘のマヨネーズのボトルを一本全部使う。ジャガイモは子供の握り拳ぐらいのを五、六個。出来上がるとジャガイモのペーストといった感じになる。これをドレッシング代わりに。このペーストは冷蔵庫で保存すると、一〇日ぐらいなら楽々もつ。

　このサラダにハム。ここは贅沢をしたい。ホワイトロース、ペッパーハム、サラミ、ソーセージ。スーパーや肉屋で様々なものを買ってきては試す。気に入れば一つのものを食べ続けるが、気まぐれで別のものを食べたらうまかったので切り替えるということもしょっちゅう。とにもかくにも、ハムは、ミッシュブロートとの相性が抜群。

そしてチーズ。これもまたうまいものなら何でも。ゴーダ、チェダー、エメンタール、かびチーズ。ナチュラルチーズならどれでも試す。ゴーダが終わったら次はチェダー。チェダーが終わったらエメンタールという順で。これらのチーズもまた、ミッシュブロートとは抜群の相性。

つまり、朝食はパンが基本。ミッシュブロートは毎朝必ず。欠かすことはない。万が一欠けた時のことも想定して、だから、ミッシュブロートがあればそれだけでもう朝食が華やかになる。冷凍庫にもストックを置く。焼き立てをビニール袋で密封し冷凍保存をすれば数週間は十分に保存できる。

そしてコーヒー。サイフォンで淹れる。時間はたっぷりある。手間暇かけて薫り高いコーヒーが毎朝数杯ゆっくり飲める。

朝食の準備、食事中。この間ずっと音楽をかける。仕事をしているときは、気まぐれでCDを買っていた。オペラや演奏会の録画もした。友人からCDを借りてコピーしたのもある。しかし、どれもこれも見たり聞いたりしない。時間がない。ゆとりもない。買い集めただけ。録画しただけ。コピーしただけ。そのまま放置。これを、こんぐらがった糸の塊をほぐすように一つひとつ取り出しては毎朝聞く。聞き慣れ聞き飽きるまでずっと何日も。そして飽きれば別のものに。

たっぷり、時間をかけて、飽きるまで聞き続けたのはグレン・グールドのピアノ。バッハ、モーツァルトは、朝食のＢＧＭにすれば心地いい。平均律クラヴィーア、パルティータ、モーツァルトのピアノソナタ全集。いつも聞きたいと思っていた。しかし、ほんの一部しか聞けなかった。そのすべてを一つずつゆっくり慣れ親しむまで聞き続けた。

仕事をしていて、金の余裕が多少あるときに購入したLUXの真空管アンプとタンノイのスピーカーがここで十全の能力を発揮する。柔らかい。優しい。ぬくもりがある。ピアノの音に、ついつい引き込まれてしまう。しかし、最もその威力を発揮するのは、レコードだ。CDと比べてもっとも異なるのは音の奥行。遠くの方から優しく、しかし確実に一つひとつの音が調和して鳴り響いてくる。だからいつまで聞いていても疲れない。逆に、心地よくなり夢見心地になり半眠状態になる。

勤めているときには、音楽を楽しむゆとりはほとんどなかった。高価な機材を買い揃えても、聞く時間はほんのわずか。今更ながら、そうした生活をずっと送り続けていた自分の貧困に気づく。その時に思ったものだ。ずっと一日中音楽を聞いていたい。毎晩レコードを楽しみたい。オペラも全幕通して一気に見たい。いつも心のどこかで欲望していた。しかし、かなうことはない。時間が取れれば、テレビの前でその日の番組をだらだら見るだけ。ほかの何かをしようとする気力など、仕事と仕事の間にぽっかり空いたスペースでは生まれるわけがない。

そうした思いが長年、鬱積していたのだろう。仕事が無くなり、呑気になり、ためておいた音楽を毎朝聴く。自分でこしらえた自分にとっての最上の朝食を楽しみながら。これぞまさに、贅の極み。などと、ひとりで悦に入る。

二〇一一年三月一一日

東日本大震災が起きた。津波が東北地方の太平洋沿岸部を襲った。どす黒くなった津波が陸地を這い上がり、車や家を押し流す映像を見た。

その時心配したのは、あの陸奥《むつ》市大畑町木野部の高校生。自分が海に潜っている間、じっと見ていてくれた。俺が見ていれば密漁だとは誰も思わないから大丈夫ですと言ってくれた。あの高校生は無事だったか。その子の家は流されていないか。何しろ海辺間近だった。住所も名前も聞いていない。せめて写真ぐらい撮らせてもらえばよかった。その時のあの笑顔や、真夏の強い日差しをうけながら家に帰っていく後ろ姿が心の中で甦った。

無事だろうか。生きているだろうか。家族はどうしただろうか。黒い津波が不気味な生き物のように陸地を這う映像を見ながら、思っていた。

松島、野蒜、石巻、南三陸、気仙沼、陸前高田、釜石、山田、宮古、浄土ヶ浜、田老。昨年の夏、国道四五号に沿って走り抜けて覚えた地名が次々に出てくる。名が出てくれば、訪ねた時の記憶が鮮明に戻ってくる。あそこには寿司屋があった。でも、ちょっと高そうだったので敬遠した。あそこの市場ではセリがあり、マグロが大量に並んでいた。それを見ていたら、あんたは誰だ、ととがめられた。いつの間にか、仲買人だけしか入れないエリアに侵入していた。

もうセリが終わり、誰もいない閑散とした市場にも行ってみた。一つひとつの街や港や市場や海の風景はまだ鮮明に記憶に残っている。

それらの街のぜんぶが被害を受けている。気仙沼は大火事。テントを張った野蒜海岸は跡形もない。松島や浄土ヶ浜の景勝地は木端微塵に破壊されている。

あの美しい海岸が、海岸沿いを走りながら、ここでも潜りたい、あそこでも潜りたいと、すぐにバイクを止めてしまい先に進めなくなるほどに海の美しさに魅了され続けたあの海岸の全部が津波に襲われた。テレビの映像には、その美しい海岸の面影はもうない。わずか、半年ぐらいしか過ぎていないというのに。

その時、不謹慎にもこう思ってしまった。あの海を見ておいてよかった。あの海岸の美しさを心に焼き付け心に沁みこませておいてよかった。あれほどに穏やかでのんびりしていて心を慰めてくれる海は、この世にはそうないから。その風景はどれも自分の心の中で宝になっているから。

真夏の三陸海岸を走っているとき、確かに、自分は過去の傷を一切思い起こさなかった。ただ無邪気に海を楽しみ絶景に狂喜していた。

第三部　六〇代後半

二〇一九年春

職を失ってから一〇年目の春。小川遥は六〇代後半になった。

畑は、少しは畑らしくなってきた。土壌改良の必要があり、大量の牛糞を入れた。近くにいくつか牧場があり、大量の牛糞が手に入る。発酵したものを二トントラック一台分で四〇〇〇円。畑まで運んでもらえる。これまでに、合わせてトラック三台分を畑に入れた。

そして毎年、大量の枯葉も。町内で秋に大掃除がある。ゴミの大半は枯葉。これをもらう。畑の一角にうずたかく積み上げビニールシートで覆う。これを生ごみと混ぜてコンポストで発酵させる。使い切れなければ、残りの枯葉を全て畑の土の中に埋め込む。

これを続けた。すると、黄色い土が黒くなった。柔らかくなり、水気も含む。シャベルを入れてもスーッと深く沈む。

夏場は、ナス、キュウリ、トマト、インゲン、カボチャ。秋から冬にかけては、白菜、大根、ネギ、小松菜、ホウレンソウ。そして春先は、アスパラ、絹さや、イチゴ、赤玉ねぎ、ジャガイモ。サンチェ、チシャ、レタス等の葉物は、常時苗を作り時期をずらして畑に植え替える。ことにサンチェはほぼ一年中楽しめる。よく育つ。虫がつかない。しかもうまい。スーパーで売っていないのが不思議だ。焼き肉を挟む韓国の葉物として認知されている程度。

しかし、問題も発生。イチゴが何者かによってすべて食い尽くされた。一つずつつまんで食べるならまだしも、たくさん実のついている茎ごと引きちぎる。その茎には無残にもまだ青い実が幾つも付いている。網囲いをしてみたが効果がない。サルも出没する。夜、狸がよちよち歩くのを見たこともある。庭には掘り返した穴があちこちに、ということもある。アナグマの仕業か、それともハクビシンか。犯人はわからない。ほんの一握りのいちごしか食べられずに終わってしまったシーズンもある。何のために育てたのか。一年分のイチゴジャムを作るのだという強い思いで土を耕し、肥料を入れ、畝を立て、雑草を引き抜き、やっとの思いで収穫にこぎつけたというのに、その成果を何者かによってかっさらわれる。やりきれない。

絹さやも無残にむしりとられる。これは、サルの仕業だ。サルの野郎は、大根も食いちぎる。葉っぱの付いた大根の上部を。しかし、辛いのだろう。全部は食べない。引き抜きもしない。すると、葉っぱの部分が消失した大根が、まるで亡霊のように畑に一列並ぶことになる。糞ったれめが。しかし、罵ったところでサルはもういない。

カボチャもサルが襲う。たくさん採れた時があった。近所に配っても配りきれない。家の裏で、かごに入れて保存しておいた。ある日、隣の奥さんからチャイムが。

「小川さん、大変ですよ、サルが来てますよ。たくさん！」

こっちは昼寝の最中。裏がなんだかガタガタしているのは気になっていた。子供たちが騒いでいるのかな、などと寝ぼけたことを考えてまだ寝足りない分をしっかり確保しようなどとケチな思いで寝床からはい出さなかった。そこに突然のチャイム。しかも、隣の奥さんの形相はただものではない。いつもは穏やかで上品で笑顔を絶やさない人なのに。

すぐに外に飛び出す。裏手に回る。カボチャのかごの周りにはサルの群れ。子ザルもいる。親にしがみついている幼いのもいる。二〇匹から三〇匹ぐらいいたか。箒《ほうき》を手に持ち奇声をあげてそのサルの群れに襲い掛かる。もともと意気地がない。サルの群れを目にした瞬間、背筋が凍るような恐怖を感じてもいた。しかし、そんなことを気にしてる場合ではない。

サルはこっちの迫力に圧倒されたのだろう。たぶん。まさに、蜘蛛《くも》の子を散らしたように逃げた。しかし、遠くまでは逃げない。安全な距離を保ちこちらの様子をうかがっている。しかも、憎たらしいことに、カボチャを手にして。中には、カボチャをこれ見よがしにかじっているものまでいる。他の一匹は屋根に上り、大きなカボチャを両手で抱えて股の間に置き余裕しゃくしゃくでこちらを見下ろしている。やっぱりエテ公にまで意気地のないところを見透かされてしまったのか。

糞っ、なるものか。なけなしの勇気を振り絞り、また奇声をあげ箒を振り上げ追いかけまわす。するとサルの方も逃げる。こっちの様子を逐一確認しながら。そして家並みが途絶える崖のふちまで追う。しかしこの先はもう追いかけられない。崖が怖い。するとサルのやつ、崖の茂みに隠れてじっとこっちの様子をうかがっている。

「なんだか変なのが追いかけてきたね。」

「ったくな、死に損ないのクソジジイが。竿を手にしてわめき散らしやがって。みっともねえったらありゃしねえ。」

「あのクソジジイ、怖がって、崖からこっちには降りてこれねんでやんの。」

「よしなってば。聞こえるよ。聞こえたら面倒だよ。」

「そうだよ。かまわない方がいいよ。ああいうのは。」

「そうだな。どうせそのうちどっかへ消えちゃうだろうし。」

サルたちのそんなひそひそ声が聞こえて来そうだった。

近所づきあい

釣り仲間ができた。と言っても、基本的には一人で釣るのが好き。たまに、近所の人が集まって釣りに行くことがある。それに同行させてもらうという形で年に二、三回。一人が船を持っている。不思議なことに、釣り好きが近所に五、六名もいた。

仕事での仲間というのは、仕事を辞めればそこでおしまい。しかも、仕事だと、優劣とか利害関係とか他の人間との兼ね合いとか、あれやこれやの厄介な干渉があり気を使うしめんどくさい。しかし、趣味での集まりとなると、まったく気楽。好きな時に好きなことで集まるのだから気心も通いやすい。

その船の持ち主の人から、「かぶせ」というこの地方特有の釣り方を教えてもらった。狙うのは黒鯛。地元ではチヌという。大きいものは五〇チセンを超えるものもある。この魚を牡蠣《かき》で釣る。牡蠣というのは、片手で水をすくうときの手の形をしている。その上側に蓋がかぶさっている。この蓋を真ん中あたりで横に割る。小さくたたいて割ることもできるし、牡蠣専用の道具を使うこともできる。金槌のようなもので小さくたたいて割ることもできる。割ると中身が半分見える。金玉の袋のようなものがぶら下がっている。その袋を持ち上げ、その裏の付け根あたりに針を差し込む。これで餌に針を付ける工程が完了。

次に、牡蠣全体を海に沈める。牡蠣の重さだけ。他に重りは使わない。底に着いたら糸を張る。竿は、筏竿《いかだざお》。先端は径二ミリを切るほどに細い。竿自体も細く短め。ほんのかすかな微妙なアタリでも感知できる。

アタリがある。少し待つ。またアタリが。その瞬間、思いっきり竿をあげる。かかれば、ガツンという強い引きが来る。これからは慎重に。糸は細い。一・七五号。向こうが引く時こっちもリールを巻いてしまえば、テンションに負けて糸が切れる。だから向こうに合わせる。魚が強く引くときは、リールを緩めて糸を送る。しかしある程度のテンションはかけながら。糸の張りが無くなると針が外れてしまうことがある。そして、向こうが引っ張るのをやめた時、竿をあげてリールを巻く。

これを繰り返す。向こうが引く。緩める。向こうが休む。竿をあげリールを巻く。そのやり取りを何度か繰り返すうちに、魚の方も体力を使い切り徐々に海面に浮かんでくる。海面に魚が浮かんだら、また潜らせないように竿を高く持ち上げつつ手前まで引き寄せ最後は網ですくう。

　牡蠣で魚を釣る。そんな漁法があることを教えてもらい、これが面白くて夢中になった。黒鯛だけではない。アイナメも釣れるときがある。真鯛やハゲ（ハギ）やフグ（ショウサイフグもしくは草フグ）も。しかしこの釣りは結構難しい。何しろアタリが小さい。ほんのわずか。それを見逃してしまえば餌がとられてしまう。アジやメバルのように放っておいても向こうからガツンと引くようなアタリではない。だから、常に竿先をじっとにらみ続け神経を集中させる。その間、飲まず、食わず、出さず。

　それだけに、釣り上げた時の喜びは大きい。重量感がある。四〇㌢を超えるとかなり大きく感じる。釣れたら、すぐに魚の首に包丁を入れる。その断面に針金を差し込み背骨に沿って針金を上下に動かし神経を抜く。この間、魚体から血が流れ、血抜きもできる。この血抜きを完全にするために、尻尾近くの背骨にも切れ目を入れる。これが終わったら、海水できれいに洗い、氷と海水を入れたクーラーボックスに入れる。そして、その日のうちにうろこを落とし、内臓を取りのぞき、余分な血や脂を歯ブラシできれいに洗い流す。そして一晩寝かせる。

　この黒鯛は、冬場が格別にうまい。一一月下旬から翌年の四月ごろまで脂がのる。刺身には透明感があり、口にすれば甘さがぱっと広がる。まるで、真冬の海の澄んだ気配がそのまま伝わってくるよう。塩焼きにすると、さんまを焼いた時のように煙がもうもうと出て、クリーミーな香りがあたりに漂う。焼いた身は真っ白。口に含めばかすかに生クリームのような味わい。かめば濃厚な旨みが口中に広がる。こんな高級魚が自分にも釣れる。これは、驚きだった。

アイナメが釣れるときもある。これは、言わずと知れた高級魚。煮つけにするというのが定番。しかし、炙《あぶ》りを試みてみた。三枚に下ろし、皮に格子状の切れ目を入れる。魚を焼く網でこれを挟み、ガスのバーナーの上で皮の表面と裏側の身を交互に炙る。その後すぐに氷水に浸す。その後紙タオルで水気を拭き取り、刺身包丁で斜めに薄くスライスする。これをショウガ醤油で頂く。

その味はたとえようもない。この世の天国。脂と甘さが程よく調和し、歯ごたえは口の中でとろけそうにやわらかい。炙ってほんのり焦げた皮と、少しだけ火の通った皮近くの身と、レアの身とのアンサンブルが絶妙。ショウガと醤油がそのアンサンブルを引き立てる。これぞ、釣り人のみが味わえる特権だろう。たまりません。申し訳ないけど。

まぐれで、黒鯛が四、五枚も釣れることがある。一人では食べきれない。大きいものだと、一匹あれば四日連続で刺身にすることができる。神経締めの処理をすれば、四日ぐらいなら十分に刺身で。熟成の度合いにより日ごとに味が変わりその変化を楽しめる。

しかし、それじゃあ、他の三匹は。一部は煮つけにする。しかし、煮つけなら、頭とカマがうまい。カマというのは、頭部に付いている大きなヒレ。農作業用の鎌に似ているのでこう呼ぶ。これを頭と一緒に煮る。これを地元では兜《かぶと》煮ともいう。

中骨や尻尾はあら汁にする。塩とほんの少しの醬油で味付け、細かく切ったネギを浮かせる。赤だし味噌の時もある。アラは新鮮だと海の香りが漂い、その出汁は濃厚な味わい。奥が深い。

こうして、食べられる部分はすべて味わう。それでも一人では食べきれない。で、近所の人に手伝ってもらう。しかし、ここにも問題が。黒鯛が釣れましたからどうぞと丸々一匹渡されて喜ぶ隣人は今となっては、まず、いない。うろこを落とす。うろこが台所に飛び散る。内臓の処理は不慣れでどこか気持ち悪い。それに、出刃包丁を持っている家庭はそう多くはない。魚を、いわゆる文化包丁で処理するなどという芸当は至難の業。せっかくの魚をめちゃくちゃにしちゃう。たとえなんとか三枚におろしたとしても、皮むきがある。これも文化包丁でとなると困難は極まる。何とか皮がむけたとしても、刺身包丁がなければ、刺身の切り口はズタズタぼろぼろ。

で、仕方がない。近所に配るときは刺身にする。大根とネギとショウガでツマを作る。これを、きれい洗ったトレーに盛り付けてラップでくるむ。つまり、スーパーのお刺身コーナーで売っているのと同じ仕様。こうして手渡すと、どの家でも満面の笑みで受け取ってもらえる。魚がたくさんあるときは、六、七軒配るときもある。一人の家もあれば、四人家族もいる。家族の人数を考えて盛り付ける。

どうせ自分でも刺身にして食べる。だからたいした手間ではない。それに、お米をいただいたり、タケノコをもらったり、旅行に行ったからどうぞとお土産をもらうこともある。バイクでの長期旅行中に植木の水やりを頼むこともある。また、お父さんが入院したので、もう畑仕事はやらないと言ってるからと、農作業用の支柱やネットや軍手を大量にいただいたこともある。お互い様だ。

それに、近所づきあいでとりわけ考慮していることがある。音楽を聴く。大きな音で。どのくらい大きな音かというと、聞いていて限界に近い大音量で。そもそも、街から遠く離れたこの場に住まいを選んだ理由の一つに、音楽を思う存分の音量で聞きたいという願望があった。ここの地域は、一戸当たりの敷地が七〇坪はある。街中と違って家と家がそれほどくっついてはいない。家から音は洩れる。しかし、密集した都会ほどではない。これがマンションとなるともうカタストローフ。上下左右前後、全方位に気を配らなければ生きていけない。こんな状態では音楽は安心して聞けない。周りのことばかりが気になり音楽に集中できない。

それに、音楽を聴く者というのはわがままだ。自分では大きな音を出すくせに、周りの騒音は許さない。人声は勿論のこと車の騒音や物売りの声など耐え難い。音楽とは、静寂の下地があって、それを条件に音が出てくるものだから。そこに、騒音や調子っぱずれの音が混入すれば音楽はたちどころに台無しになる。

自分は大音量を出す。周りには静寂を求める。これはとんでもないわがまま。典型的なエゴイスト。でも、オペラは大音量で聞きたい。合唱のパートなど部屋中に響かないと満足できない。シンフォニーなど、音量によって音楽の雰囲気自体が変わる。などと、いつまでもぐだぐだと自分勝手な屁理屈《へりくつ》ばかり並べ立てたくなる。

そこで、近所づきあいである。できるだけ平身低頭。ニコニコ顔でのあいさつ。たくさん釣れれば魚を刺身にして配る。野菜がたくさん収穫できたら、玄関先にそっと置いておく。全部、音楽のためのご機嫌取り、という下心。さらに、畑を耕運機で耕せば、バイクの騒音の二倍ぐらいの音があたりかまわずとどろき渡る。偉そうなことは言えない。生意気な理屈もご法度。天気の話、釣りの話、地元の野球チームの話、これに尽きる。

騒音というのは、人間関係が大きく影響する。それを何でもないとやり過ごすか、ものすごく不快で耐え難いと感じるか、同じ音でもそれを出す人間とそれを受け止める人間との関係で大きく変わる。人間関係がこじれていれば、どれほど小さな音であっても気に障り、ものすごく不快で攻撃的なものにすら感じる。逆に、人間関係が良好なら、ある程度我慢できるし寛容にもなれる。だから、人との関係がとりわけ重要なものになる。

ずっと暮らすつもりで選んだ住まい。まさに、終《つい》の棲家《すみか》。そこで何よりも大切なのは近隣の人たちとの交流。ここが悪化したら、毎日が地獄。その地獄からは死ぬまで逃げ出せない。しかし、人とある程度仲良くすれば、楽に過ごせる。人は人。自分は自分。違いはそのまま放っておき仕方がないと諦める。深く付き合うでもなく、会えば挨拶をかわし、気が向けば立ち話もする。しかし、それ以上はお互いに入り込まない。うまくいくときもあれば、なかなか難しい時もある。しかし、それはそれ。

蕎麦《そば》

昼は麵類。蕎麦。蕎麦には天ぷら。これが基本。蕎麦と天ぷら、これに寿司。これは、自分が生まれ育った地方のソウルフード。

ところが、今暮らしているエリアには蕎麦屋がない。東京だと、どんなに小さな駅でも駅近くに必ず蕎麦屋がある。その蕎麦屋もそれぞれに微妙に味が異なる。蕎麦そのものの味も多少違う。蕎麦汁にも微妙な味の違いがある。甘みが濃いとか、ちょっと辛めとか。そして、その蕎麦とその蕎麦汁のアンサンブルでまた一つの新たな味が生まれる。蕎麦というのは、蕎麦と蕎麦汁の調和の妙を楽しむ食べ物だ。

さらには、蕎麦を盛るざるとかせいろ、蕎麦猪口《ちょこ》によっても、味わいが違ってくる。店の外観、店内の雰囲気、これも蕎麦を楽しむ気分に影響を与える。また、蕎麦の食べ方によっても味が変わる。たっぷり汁をつけるか、それともほんのちょっとだけつけるか。ずるずると音を立てて吸い込むか、あるいは、そっと口に入れるか。薬味はどうする。ネギにわさび。そのわさびはどこのわさびがうまいか。実にさまざま。

その妙がこの地では味わえない。蕎麦屋がない。あっても数件。遠い。で、仕方がない。どうしても蕎麦の旨いのが毎日食べたくて、自分で蕎麦を打つことにした。

偶然にも、地元の公民館で蕎麦打ち教室というのが開催された。一回一〇〇〇円で教えてくれる。広島の北部に豊平町という小さな町がある。そこに、通称だるまと呼ばれている蕎麦打ち名人の高橋さんが蕎麦打ちを広め根付かせた。

この高橋さんについては、NHKのテレビ番組で特集があった。蕎麦のことだったのでしっかり記憶している。もともとは、高田馬場で蕎麦の屋台を引いていた名人がいた。その名人に弟子が二人いた。一人は天才肌。自分の勘を頼りに蕎麦を打つ。もう一人は秀才肌。計量を重んじ事細かに工程を数値化する。高橋さんは後者。そして高橋さんの方法が広く受け入れられ広まった。勘は伝えにくい。しかし、すべての工程が数値で示されれば客観的になり多くの者に伝えやすい。

公民館の蕎麦打ち教室の講師は、その高橋さんのお弟子さんだった。高橋さん同様、この講師の方も、蕎麦打ちを長年やってきた人特有の体つきになっている。両肩が盛り上がり、やや猫背。いかにも、いつでもそばを打ちますよという体形。

この教室で、一から教わった。しかし、年二回だけ。でも、この公民館では、地元の愛好家が集まり、月一回みんなで蕎麦打ちをしていた。その数、七、八名。かなりうまい人もいれば、自分のようなまったくの初心者もいる。同好会なので講師は特別にはいない。多少心得のある人に付いて、見よう見まねで習う。公民館も積極的に蕎麦打ちを支援し、こね鉢、のし台、包丁、のし棒等の道具はすべて人数分一通り揃えている。

で、その仲間に加えてもらった。ところが、である。簡単には蕎麦にはならない。パンと比べると、はるかにむずかしい。何よりも、長い蕎麦が作れない。ゆでると短い。その短さたるや、場合によっては米粒ほどの長さ。これじゃあ、ざる蕎麦にはならない。あったかいつゆで食べると、蕎麦ではなく、おじやになる。

何度もこの失敗を繰り返す。上達者に聞くと、水回しが何よりも大切と言う。水回しというのは、そば粉と水を混ぜること。その混ぜ方、水の分量のことらしい。こね鉢に粉を入れる。そこに水を入れる。両手でかき回す。これだけのことなのに、そのやり方にはどうやら熟練の技が必要らしい。

二年近く懲りずに続けた。しかし、思うような蕎麦はなかなかできない。短い。相変わらず。その長さ、やっとどうにかこうにか一五<ruby>㌢</ruby>《セン》《チ》ほど。これでも、ここまで来るのに相当試行錯誤を続けた。

しかし、包丁だけは最初から上手くできた。これは、毎日三度の食事で包丁を扱っているから。細く等しく素早く切れる。だから、見かけはきれいだ。しかし、茹でるとどうしたわけか短く切れてしまう。茹で方にも問題がある。固さがある程度残らないと蕎麦ではない。大きなパスタ鍋で、そばを入れ再び沸騰する直前で蕎麦をざるですくう。これでも、なかなか思うような蕎麦にはならない。

　そこで思った。これはこれでいいじゃないか、と。麻布十番永坂更科のような蕎麦が打ちたい。どこかで固定観念がある。でも、それはそれ。自分で打った蕎麦は短い。しかし香りはいい。味もいい。やたら自分で自分に文句をつけたってしょうがない。これはこれでいいと思えば、これはこれで上出来だ、と。苦肉の策だが、見方を変えれば諦観であり、悟りに近い。などと、ここでも苦し紛れの言い訳。それに、どんなに不細工でも、自分で打った蕎麦の味を一度覚えてしまえば、自分で蕎麦を打つことを諦めることはできない。

　下手くそながら、同好会とは別に自分の家でも蕎麦を打った。打ち続けた。一度に、五食分。道具も一通り揃えた。といっても、こね鉢はフリマで偶然見つけた鉄製の鍋。これが、こね鉢と全く同じ形状。大きさもちょうどいい。これだ、と思った。五〇〇円。ヤッホーっという感じで飛びついた。のし棒はホームセンターで。のし台はテーブルで代用。蕎麦切り包丁だけは、かっぱ橋で、そこそこのものを買った。


　次に、蕎麦汁《そばつゆ》である。

　蕎麦は蕎麦汁との調和を楽しむもの。これは、何度言っても言い足りない。ところが最近は、蕎麦を塩で食べるなどという輩もいる。考えられない。邪道にも程がある。などと一人で腹を立ててしまう。ついでに言えば、天ぷらもまた塩で食べるのが、何か、食通でもあるかのような雰囲気まで広まっている。これも、邪道。蕎麦と蕎麦汁、天ぷらと天つゆ、これは切り離せない。双方ががっちりと固く組み合わさったからこそ、蕎麦や天ぷらが江戸で爆発的に広まり蕎麦や天ぷらの文化が生まれ継承されてきたのだ。などと、一人息巻いても、聞いてくれる人は周りに一人もいない。

ま、いいか。そうだよね、いつまでも古い考えに縛られているのもどうかな。伝統とは、古いものに常に改良を加えていくものなり、などとどこかのお偉いさんも言っていることだし。とまあ、自分の頭でひねり出した訳のわからぬ言説で、自分をなだめようと試みてはみるものの、わだかまりは絶対に消えない。ま、人は人、それでいいじゃねえか。行き着く先はここ。ここが、落としどころ。

蕎麦汁は自分で作る。

まずは、「かえし」。この作り方は、築地場外の鰹節屋でもらった資料で学んだ。その資料によれば、「かえし」とは、醤油を再度煮返すことからできた言葉らしい（「ですって」などという言葉は絶対に使わないぞ、オレは。山本リンダじゃねえんだから）。醤油一リットルに対して砂糖一八〇グラム。これを、弱火で灰汁《アク》を取りながら一〇〜一五分ぐらい煮詰める。

醤油は地元で製造している一升瓶入りのものを使う。一本一〇〇〇円弱。天気のいい日にカブで近くの山を走った帰り道、通り過ぎた鄙《ひな》びた町でたまたま一軒の小さな醤油屋を見つけた。そこで製造しているという。で、ためしに買ってみた、一本。これが、抜群にうまい。醤油とは、黒ずんでいるものとばかり思っていた。しかし、ここの醤油は赤い。味も、これまで口にしたものとは違う。さわやかで香りも立つ。これだ、と決めた。

砂糖は、きび砂糖。煮物でもこの砂糖以外は使わない。ことに、ジャムを作るとき、この砂糖の旨味が際立つ。白く精製されてはいない。薄茶色。砂糖本来の香りも味も残っている。一袋、七五〇㌘で三〇〇円程度。普通の砂糖よりちょっと高い。でも、自分で手間暇かけて作る。どうせなら、昆布も醤油も砂糖も納得のいく品物を使いたい。

醤油と砂糖、これを混ぜて火にかける。灰汁が湧いてくる。これを丹念にすくいながら煮詰める。火が強いと灰汁が吹きこぼれてしまう。弱火で少しずつ灰汁をすくい続ける。一五分ほど。これを冷ましてからガラス瓶に入れ、冷蔵庫で一週間ほど寝かせる。これで「かえし」の完成。


次に、出汁《だし》。

水は、近くの山で湧き出る天然水を使う。この湧水は、江戸時代から地元でずっと使われてきたものらしい。小さな社があり、案内板には、この湧水の効能や歴史が事細かに記されている。二〇㍑のポリ缶をカブの後ろのかごに積み欠かさず水汲みに通う。蕎麦打ちでもコーヒーやお茶や焼酎のお湯割りでも、この水しか使わない。水道水との違いは、さほどないかもしれない。しかし、湧水には雑味がない。透明な味がする。口の中で柔らかにとろけるような感じがある。カルキがないから当然なのか。

しかし、どうしたわけか、地元の人間はこの水を使わない。大腸菌が出た、とか、この水を飲んでいると歯や骨が黄色くなるとか。その真偽はわからない。でも、大腸菌に関しては、明らかに偏見。天然水であれば当然、獣や鳥の糞や体液が紛れ込むことはありうる。南アルプスの仙丈ヶ岳に登った時、水温四度の湧水が飲める山小屋があった。その山小屋の主人はこう言った。

「飲んでもいいですけど、自己責任でお願いします。山には動物がいますから糞が紛れたりすることもありますから。」

良質な湧水が出ることで有名な南アルプスですらこうだ。天然水を飲むのなら、それなりの覚悟と注意がいる。日常で使うために容器で運ぶとなれば、基本的には火を通して使うのが当たり前。水にあたったとするなら、あたった人間の方が悪い。天然水のせいではない。

出汁を取るために、この天然水に昆布と椎茸を浸し一晩置く。昆布は利尻産、椎茸は地元。弱火でゆっくり煮る。途中、浮いてくる灰汁を取る。沸騰する前に、昆布と椎茸を取り出す。その後、出汁節を入れる。サバ、アジ、カツオの混合節。一分から二分ぐらい弱火で。その後この出汁節もすべて掬《すく》い取る。すると、黄金色の出汁ができる。これが、一番出汁《だし》。

次に、取り出した昆布と椎茸と混合節を、新しい別の天然水につける。これもまた、冷水から弱火でゆっくり煮る。灰汁を取る。沸騰する前に、すべてを取り出す。そのあと残ったのが二番出汁。一番出汁より色がやや薄い。

一番出汁は、ざる蕎麦の汁《つゆ》。二番出汁は、あったかい蕎麦用。一番出汁は鋭い切れ味。濃厚な味が詰まっている。二番出汁はこれに比べるとまろやか。柔らかい。どちらもそれぞれに味わいがある。

取り出した昆布と椎茸と出汁節は、佃煮《つくだに》にする。昆布は固く丸めて包丁で千切りに。椎茸はヘタを取り除き薄切りに。出汁節は包丁で細かく砕く。これを今作ったばかりの二番出汁で煮る。砂糖、みりん、かえしを加える。砂糖も醤油もやや濃い目に。そうすると長持ちする。一週間くらいなら全く問題なくおいしく食べられる。

蕎麦汁は、かえしを一番出汁で割る。これに、みりんを少量加える。甘さが増す。あったかい蕎麦は、二番出汁を使う。二番出汁に、かえしとみりんを入れて温める。

自分で打った蕎麦と自分で作った蕎麦汁で、茹でたての生蕎麦を味わう。極上の楽しみだ。時間があるからこそ味わえる贅沢。金はさほどかからない。その代わり、手間と時間は結構かかる。でも、旨い蕎麦を食べたいという情熱があれば何とかなる。たぶん、蕎麦打ちの技術も続けていればそのうち少しはましなものになるだろう。

蕎麦というのは、しかし、限られた地域での食べ物だと痛感することもある。関西より西では、蕎麦よりもうどんが主流だ。ことに、四国のうどんはうまい。腰がある。うどん自体の味もいい。さらに、汁も薄口で、うどんとのアンサンブルが実にいい。出汁もよく効いている。

これに対して、東京圏のうどんの汁は蕎麦汁と同じ。食べていると、うどんに汁がしみ込んですぐに黒くなる。これが普通だと思っていた。それに、うどんには腰など全くない。箸で挟めば切れるほどに柔らかい。一度、讃岐うどんを食べてそのうまさに驚いた後は、もう東京圏のうどんを食べたことはない。うどんは腰がないと、うどんではない。そしてうどんには、やはり、出汁の効いたあの透明の汁がいい。などと、ここでは平気で鞍替《からが》えする。

さらに、ぶっかけという食べ方もある。釜揚げというのも。うどんのこういう食べ方は、知らなかったし馴染《なじ》みもなかった。しかし、これが実にうまい。ショウガを効かせた濃い汁で腰のあるうどんの歯ごたえを楽しみながらすする。なるほど、これなら人々を魅了するわけだ。食べながらその味に感心し納得した。

カブで四国の香川や徳島を旅するときは、昼はうどん屋に入る。東京の蕎麦屋と同じぐらいの頻度でこの地にはあちこちにうどん屋がある。驚くのはその安さ。ぶっかけなら一杯三〇〇円以下。しかも、旨い。量もある。

だから、うどんの旨い地区では蕎麦は流行らない。当たり前か、と感じた。そのためでもあるのか、逆に、そばに付随する文化もまたここでは育たない。蕎麦打ち教室でそのことを痛感することになった。

講師の方の指導で蕎麦打ちを体験する。その後、講師の打った蕎麦を参加者全員で頂くことになる。その時である。蕎麦は、カレーライスの皿のようなものにどかっと入れる。蕎麦猪口はない。湯呑み茶碗で代用する。蕎麦汁は市販のものを水で薄める。ネギは薄切りにして、何と水につけてから薬味にする。わさびは使わない。辛み大根を使用する。

その一つひとつに胸が潰れる思い。蕎麦は超一流の手打ち。それなのに、なぜ。これじゃあ、心を込めて育て上げた娘の成人式に、ジャージを着せるようなものじゃないか。そう心で思いながら、ここではもう黙っていられず小声でおずおずと言ってみた。

「いくら何でも、刻んだねぎを水につけるのは。それじゃあ薬味にならないんじゃないですか。」

「いんだ。これで。」

参加者の長老格の男が一言。これでおしまい。

「わさびは？」

これで終わり。

「蕎麦は、辛み大根で食べるのが一番うまいんだ。」

納得ができない。で、それ以降、周りからの顰蹙《ひんしゅく》を覚悟で、蕎麦のせいろと蕎麦猪口、蕎麦汁とわさびは、蕎麦打ち教室のたびごとに持っていくことにした。

こういうことがいけないのかなとも思う。妙なところで自分の意地を張る。そのことで、すでに成立している周囲の調和を乱す。考えてみれば、今までの自分の人生というのはいつもこの繰り返し。そのたびごとに、周りから浮き、周りに入っていけなかったこともしばしば。にもかかわらず、妙なことで意地を張るという癖は、一向に改まらない。ここでも、つくづく自分の偏屈さと向き合うこととなった。

でも幸いなことに、この時に限っては周りの人たちは大目に見てくれた。講師の方も。珍しそうに横目で見て、黙って見逃してくれた。

「すいません。家の近くに蕎麦屋があって、小学校の頃から一人で蕎麦屋に入ってましたから。理由は、ただただ、その店に置いてあったテレビが見たかったから。その頃はテレビが珍しくて一般の家にはまだなかったので。小遣いをためて週に一度か二度。いつも一番安いかけ蕎麦。それを重ねるうちにいつの間にか、蕎麦そのものも好きになってました。だからね、どうしても、ああだのこうだのとこだわって。ごめんなさい。」

と弁解。でも心の中ではもちろん、悔い改めて、みなと同じように蕎麦をカレーの皿と湯呑み茶碗で食べる気など毛頭ない。生意気は、やっぱり治らない。何度も痛い目に遭ってきたというのに。ま、仕方がないか。

蕎麦とテレビ。考えてみれば、この二つが後の自分の生き方に大きな影響を与えた。蕎麦と蕎麦汁との調和が生み出す味わいは、その後の自分の味覚の基本を決定付けてしまった気がする。そしてテレビ関係の仕事に就いたのも、小学生の時の蕎麦屋通いで白黒テレビの画面を食い入るように見続けていたあの時の興奮があったからかもしれない。

フリーマーケット

仕事を辞めた。金がない。金はもう好きなようには使えない。そこで、フリマに通うことにした。フリマというのは、百貨店でもある。ありとあらゆる品物が揃っている。しかも、安い。びっくりするほどに安い。だから、一度でも好みの品物を超格安で手に入れた経験をしてしまうと、もうフリマ通いは止められない。

フリマは早朝に行くに限る。まだ店が開いていない頃がいい。地べたに売り手が品物を並べ始めるあたりがいい。いい品物はすぐに売れてしまう。価値のあるものから先に無くなる。フリマには、商売人のバイヤーも来る。フリマで安く仕入れて、セカンドショップに売りさばき、利ざやを得る。もしくは、セカンドショップの関係者が買いあさりに来ることもある。さらに驚きは、フリマのプロの出店者が素人の出店者の品物を物色する。これらの輩は目利きだ。どの品に価値があるか一目で見抜く。だから、バイヤーらが通り過ぎた後は、めぼしいものは何一つ残らない。

そのために早起きをして、フリマの会場に一番乗りぐらいの気分で乗り込む。自分にとってここで最もありがたいのはレコードである。一枚がだいたい一〇〇円。信じがたいほどの安値だ。

学生の頃、どうしても手に入れたいレコードがあった。しかし、高値。一枚二〇〇〇円から二八〇〇円程度。その頃、下宿生活に憧れて家を出た。学徒援護会というのがあって、そこで、東京都内で当時一番安い下宿を探した。三畳。トイレ共同。風呂なし。家賃は、光熱費込みで五二〇〇円。なんと、レコード一枚は、家賃の三分の一から半分の値段。これじゃあ、そう簡単に買えるわけがない。

だからレコードというのはとても高いものだという固定観念ができていた。それが、なんと一〇〇円。当然、バンバン買った。そのうち、フリマの売り手と親しくなった。フリマの売り手には、一般の人とプロがいる。フリマ会場によっても多少の違いはあるだろうけれど、どちらかと言えばプロの出店者の方が多い。レコードを常時持ってきてくれる人はプロ。その人から、レコードをいつも買っていた。そのうち、向こうがこんなことを言い出した。

「レコードは重いからなかなか持ってこれない。どう、うちに来ない？」

「えっ、いいんですか？」

「いいよ。クラッシックばかりいくつか用意しておくから。」

で、その方の事務所に行ってみた。事務所の前に机があってレコードが本のように立てて置いてあった。

ベームのバイロイト音楽祭での『ニーベルングの指輪』全曲、三〇〇円。ハイティンクのハイドン交響曲集、三〇〇円。グルダのベートーヴェン・ピアノソナタ全集、三〇〇円、等々。こんなことが世の中にあるのだ。興奮の度合いは頂点を突き破る勢い。信じられない。その他のレコードも見せてもらった。名盤がたくさんあった。カブのかごがいっぱいになるほど買いあさった。何度も何度も頭を下げてお礼を言い、その場を去った。

レコードの音は柔らかい。真空管アンプで聞くとその柔らかさが際立つ。体全体に音が馴染み、心に沁《し》み込んでくるようなやさしい感じがする。しかも、今はレコードが安い。学生の頃にはとても手が届かなかった名盤の数々が手軽に手許に。フリマは途方もなく貴重な場となった。

レコードだけではない。釣り道具もフリマではよく見かける。釣り道具というのは意外に高い。リールで高いものは一つ五万円もする。竿も同程度の値段。もちろん、安いものもある。しかしすぐに駄目になる。だいたい五〇〇〇円から一万円ぐらいのリールと竿を使う。自分にはこれで十分。そのリールや竿が、フリマだと五〇〇円から三〇〇〇円程度。やはり、シマノとかダイワがいい。使っていて傷まない。長く使える。機能性もいい。というわけで、釣り道具はすべてフリマでそろえる。

その他に、針や糸やサビキなどの仕掛けもフリマで調達する。これもいちいち釣具店で買っていたら結構な値になる。さらに、網、竿ケース、クーラーボックスなどもフリマで探す。ある時はある。ない時はない。だから何度も通い、見つかればその都度買う。どうしても手に入らない時にはしばらく待つ。それでもだめなら釣具屋で買う。

フリマというのは、使い古したものを放出するというイメージがある。しかし、実際には、そうした品ばかりではない。持っていても使わないから、家に置いておいても邪魔なだけだから、だから、たとえわずかな値段でも処分してしまった方がいい。そういう事情で出てくる物も多い。

レコードなどその典型。クラッシックでは、一度も針を落としていないと思われるレコードも多い。全集物は特にそうだ。ポピュラーな音楽とは異なり、クラッシックを何度も何度も繰り返し聞くということは、そう多くはない。だから傷みが少ない。多くは、そのままクリアーな音が出る。もし汚れていたら、水道水を流しっぱなしにして汚れや塵をガーゼで洗い流せばいい。その後ガーゼで拭き取る。これだけでもずいぶん改善される。

しかし、釣り道具となると新品は少ない。針や糸や仕掛けは勿論新品。しかし、竿やリールはほとんどが中古。もう釣りを止めた、もしくは、釣る人がいなくなった、だから放出というパターンが多い。このため、よく確かめて買う必要がある。場合によっては、見かけは古くても、さびを落とし油を差せば十分に使えるリールもある。また逆のケースもある。見かけは新しくても、すぐに動かなくなり使い物にならないということもある。フリマでは返品はきかない。失敗はいつも付きまとう。

台所用品もフリマで結構そろう。

これまでで一番の収穫は、WMFの大型の圧力鍋。三万円以上はするだろう。それが、二二〇〇円で。ほとんど新品。これを自分で使ってみて納得した。圧をかけると、ピーッと鋭い音が出る。これが怖くて手放したのではないか。しかし、音が出るのは当たり前。圧のかけ方次第で音も消える。でも、他にも事情があるのかもしれない。大きすぎて使い勝手が悪い、とか。が、そこは詮索しても仕方がない。この鍋は、カレーを大量に作るときなど欠かせない。大量に作って小分けにして冷凍保存。これで、いつでもカレーが食べられる。

蕎麦打ちの道具も探した。しかし、これはどうしたわけかフリマには出ない。定年退職した男たちがまず手を出すのが蕎麦打ちらしい。どこかの誰かのように。で、蕎麦打ち用具はまったく見かけない。親しくなったフリマのおじさんに聞くと、出てもすごい高値になるという話だった。蕎麦猪口もなかなか出ない。たまに出ると、ほぼ買う。しかし、蕎麦猪口一個で五〇〇〇円となると、もう手が出ない。湯桶やせいろが出ることは、まずない。これらは、かっぱ橋か築地で探すしかない。

蕎麦切り包丁もまず出ない。しかし、普通の包丁はよく出る。これは、まさに玉石混淆。どうしようもないものが圧倒的に多い。しかし中には逸品が混じる。狙うのはもちろん和包丁。鋼《はがね》入りで、刃の部分に日本刀のように波型が出ているもの。これしか相手にしない。新品もあれば中古もある。その違いはたいしたものではない。研げば、物さえよければ中古でも鋭い切れ味が得られる。

菜っ切り、出刃、刺身包丁。かなり買い集めた。出刃は大小様々。魚によって使い分ける。アジやイワシの小物は小さい出刃で。アナゴはさらに小さな出刃で。サバや真鯛や黒鯛はやや大きめの出刃で。刺身包丁も、その時の気分によって使い分ける。

買値はだいたい一〇〇〇円前後。中には五〇〇〇円というのもあるし三〇〇〇円のものもある。今もっともよく使う出刃は、五〇〇円で買ったもの。錆びていた。刃も少し欠けていた。これを砥石で研いで使ってみた。すると、他の刃物とは明らかに違う切れ味。魚を捌くとき、ややかすれるような軽い手ごたえがある。しかし、引っかかるのではない。刃が奥へと深く切り込むときに伝わってくるかすかな感覚。これこそが切れ味だと自分では実感している。もちろん、切り口はものすごくきれいに仕上がる。作業も手早く進む。

そのほか、手鍋や大鍋、様々なタイプのまな板、ステンレスやガラスのボール、テーブルクロスやランチョマット、サイフォン、コーヒーカップ、マグカップ、どんぶり、漆の椀や皿などの様々な食器類。台所用品や食器は場所を取る。長く使う。だから、置く場所と用途をしっかり頭に置き、良品を慎重に選ぶようには心がける。しかし、いざ家に持ち帰ってみると、どうしてこんなものを買ってしまったんだろうと頭を抱えることもしばしば。

これが、フリマの落とし穴。安い。すごく安い。それに驚嘆して買ってしまう。しかし、使わない。服だと着ない。靴だと履かない。レコードも聞かないものが多くなる。そして、つくづく思うのだ。フリマというのは、物を手に入れるための行為ではなく、買うという行為そのものを楽しむものだと。びっくりするような値段で買うのが楽しい。エキサイティング。それを使うかどうかは二の次。これもまた、買い物依存症候群の一つの立派な症例だろう。

この病が嵩《こう》じると、家の中が物置と化す。レコードは一つの部屋では収まりきれない。別の部屋に。でもその別の部屋もいっぱいになる。食器はもう目いっぱい食器棚に。入りきらないものは、流し台の上下の棚の中。何を入れたのかすぐにすっかり忘れてしまう。

釣り道具も。竿やリールはどんどんたまる。竿とリールのペアがいつの間にか三〇組ほど。そんなに集めてどうするのか。自分でフリマの店を出すつもりなのか。いざ釣りに行くとなると、好みの釣り具が決まってしまい、多くのものはただ置くだけ。フリマで手に入れた時の喜び、家に帰ってきてリールならぐるぐる回し、竿なら振ってみる。でも、それで終わり。使いもしないで場所を取るだけ。なんとまあ、あほらしい。

そろそろ死ぬ。その時どうするのか。大量の物品を抱えたままで。自分にとって大事なものや必要な物の多くは、他人にとってはゴミ。厄介で邪魔で面倒な廃棄物。どうする、余命わずかなのにあれこれとフリマで衝動買いを続け、それを承知していてもやめられない。ここまで来ると、買い物依存症。ギャンブルの依存症と大して変わりない。

フリマは怖い。これが、ネットとなると症状はもっと深刻だろう。暇に任せ、退屈に耐え切れず次から次へとめぼしいものに手を出す。ここで危険なのは、フリマの会場とは違い、ネットでは自分の手で触れて確かめて、じかに品物を感じることができないことだ。写真だけでは見かけしかわからない。だから、いざ手元に届いて手に取ってみたら、写真から得たイメージとは違うということが起こりうる。それに、ネットで出品される物品の価格というのは、総じて値段が高い。中間マージンもバカにできない。

金がない。だからフリマで。そう思って通い始めたら、いつの間にか買い物依存症の兆候が出てきて、フリマが無駄遣いの元凶に。物との関係をどう保つのか。物への欲望、物を手に入れたいという衝動、物を手に入れた時の喜び。そういうものを内に抱え込む自分とこれからどう付き合うのか。たかがフリマ。金の動きは知れてる。新車を次々と買い換えるほどの金額が動くわけではない。この程度の楽しみは、人生を生き続けるための必要経費だとみなすこともできる。つまり、お祭りのとき屋台をのぞきながら駄菓子を買うようなもの、あるいは、骨董趣味と同様にこれも一つの道楽、だと。いずれにしても、自分の意では制御できない自分の一部とこれからも付き合い続けるしかない。ま、ほどほどにというのが一番いいのだろうが。

世は物にあふれている。人の欲望を新たに発掘し刺激するために次から次へと新しいものが生まれ派手に宣伝され流行になる。ケインズの言説通り、これが資本主義の基本的な構造だ。その中に身を置き流行に浸り流行を身に着けることは、喜びであり誇りでもあり優越感の誇示にもなる。他人よりも高額なものを、他人よりも新しいものを、他人よりも見栄えのする物を。一言でいえば、それは虚栄。

どんなものであれ、上には上がある。一つのマンションを買う。手に入れた時はうれしい。

しかし、もっと都会に。都会にも、様々なグレードが細かく区分されている。東京なら、二三区がいい。二三区でも港区がいい。港区でも高層マンションがいい。高層マンションでも最上階がいい。最上階でも、ニューヨークやパリの高級マンションがいい。際限がない。

車でも同じ。軽自動車は新車がいい。軽自動車よりも普通車がいい。同じ普通車でも外車がいい。ベンツやフォルクスワーゲンよりも、ポルシェやランボルギーニやフェラーリの方がいい。おそらく、さらにその上を行く特注車というのもあるだろう。

人は、その細かく区分されたグレードのどこかに落ち着く。自分より下のランクのものには優越感を持つ。しかし、同時に自分より上のランクにいる者たちには嫉妬し我慢がならずそいつを見るたびに胸がむかむかして自分がみじめに思われ情けなくなる。虚栄の戦場で日々暮らす人間たちは、どこのレヴェルにいても落ち着かない。虚栄心が強くなればなるほど、自分が得た富を誇示し、同時に、まだ手に入れていない物への不満が増大し、どこかで自分を不幸だと感じてしまう。

漱石はその虚栄を戒めた。自らもその虚栄に支配された。虚栄の一番の問題は、自分が自分から離れてしまうこと。だから幸福はない。虚栄のために得た物で嬉しがるのは人に見せびらかすときのみ。手に入れた時には歓喜したとしても、一度手に入れればその途端に色褪《いろあ》せ関心を失う。あんなにも憧れ渇望していたというのに。物に左右され、物に振り回され、物に支配され続け、自分が自分からどんどん遠ざかる。そしてそれが続けば、不幸は澱《おり》のように心の底に沈殿していく。

サラダ

朝は、自分で焼いたミッシュブロートと野菜サラダ、チーズ、ハムの類、それとジャム、コーヒー。これが定番。九年間、変わることはない。

サラダの具材は、道路一つはさんだ向かいの畑で採れる野菜が基本。レタス、サンチェ、チシャ。これは、ほぼ一年中採れる。厳冬期は、白菜と大根。白菜は十分サラダになる。大根は薄切りにしてサラダにすると実にうまい。冬のダイコンには甘さがある。水気もたっぷり含んでいる。パンにもよく合う。春は、これに、絹さやや、アスパラが加わる。絹さやも大量に収穫できるので茹でてサラダにする。これが、甘くてうまい。茹でたてのアスパラの甘さは言うまでもない。夏場はなんといってもキュウリとトマト。それにインゲン。

野菜は刺身と同じ。採れたての新鮮なのがうまい。その日の朝、畑から採ってきてすぐに食べる。しゃきしゃきでみずみずしい。なんという贅沢。これは長年の夢であった。それが毎朝。九年たってもその嬉しさやありがたく思う気持ちに変わりはない。農作業は大変だ。土を掘り返し畝を立てる作業は土木工事。酷暑の雑草取りは拷問に近い。蚊やアブにも悩まされる。猿やカラスや得体のしれぬ動物たちにせっかくの実りを横取りされる。害虫の被害もある。しかし、何があろうとも、新鮮なサラダを味わえる毎朝のこの喜びがあれば十分に耐えられる。旨いものが食いたい。自分の手で作りたい。その一心ですべて耐えてきた。根性なしの自分が。それはひとえに、ただただ旨いものが食いたいという、がつがつした執念のせいだ。

そして、どうせ自分の手で作るなら化学肥料や農薬は使いたくない。手間暇かかっても枯葉と生ごみをメインにした堆肥を基本に、鶏糞や牛糞や油粕を混ぜて使う。だからなのか、どの野菜にも甘みがあり濃厚な味がある。買ってきた物とは違う。トマトやキュウリ、白菜や大根や長ネギ、絹さややインゲンなどの豆類。口にしたときに驚くのはいつもその甘さだった。

ブルーベリーの男

ジャムは自分で作る。イチゴ、ラズベリー、ブルーベリー、リンゴ、栗、さつま芋。イチゴは畑で作る。しかし、赤く実ったおいしい実を猿が来て食い尽くす年もあった。そういう時は、仕方がないのでイチゴを買うことになる。これで一年分のジャムを作る。しかし、不思議なことに、ラズベリーは、猿は食べない。毎年、一年分は確保できる。

ブルーベリーは、近所の知り合いから頂いた。面白いもので、自分とまったく似た境遇で似た考え方をする男がいた。その男は、東京でサラリーマン生活をしていた。定年で退職した後、田舎暮らしに憧れた。しかし、妻は田舎暮らしを嫌い東京の自宅にとどまった。そして離婚したという。

その男は、しゃれたログハウス風の家を建てた。家の中には薪ストーブがあるということだった。家の横には広い畑がある。それとは別に、ブルーベリー専用のちょっとした農園もある。ブルーベリーの木の本数と種類はかなりのもので、ラビットアイだとかあれこれと名前を教えてもらったけど、種類が多くてとても覚えきれない。

この男と知り合いになったのは、家を探していたころ。不動産屋が紹介してくれた。退職した後に畑をやりたがる男は世の中に結構いるらしい。その参考として、不動産屋がこの男の家を案内してくれた。土地を購入し自分好みの家を建てたという。その際、この男とあれこれと立ち話をした。これがきっかけで親しくなった。同類と思ってくれたのかもしれない。

この男から、ブルーベリーの栽培方法を教わった。さっそく自分の畑でも試してみた。しかし、どうしたわけか全く育てられない。ブルーベリーの苗木を何本買ったことか。一本として育たなかった。酸性の土を好むとか、ピートモースを土に混ぜるといいとか、すべて試してはみるもののうまくいかない。で、あきらめてしまった。

その結果、ブルーベリーの季節になるとこの人に毎年分けてもらうしかなかった。一人では食べきれないから好きなだけどうぞと言ってくれた。そしてこちらの方も、海でとれた魚を刺身にして届けた。ちょっとした山彦と海彦のお話。

そのブルーベリーで作ったジャムの旨いこと。ブルーベリーときび砂糖とレモン数滴。これ以外は一切使わない。

ジャムを作るときは、具材と砂糖は等量。甘さ控えめのジャムなど、ジャムではない。漱石もジャム好きで、夜にこっそり台所に行ってジャムをなめていたという話を何かで読んだことがある。

具材と砂糖を鍋で煮る。その間、空のビンを煮沸する。その後、ビンを取り出し煮詰めたジャムをビンに入れる。ジャムの入ったそのビンを鍋に戻す。ビンの肩口まで湯を満たす。そのまま一五分ほど煮沸。それからビンを取り出す。蓋をして、湯に戻す。今度はビンが沈むまで湯を満たし、やはり一五分ぐらい沸騰させる。火を止める。そのまま放置。冷めた後、ビンの蓋が内側にへこめば完成。これで、二年間ぐらいは保存できる。

この作り方を習得すると、どんなものでもジャムにして保存できる。栗とさつま芋は、生クリームを加えて煮る。いわゆる、マロンペースト、さつま芋ペースト。これも実にうまい。毎朝、必ず、自分で作った四種類のジャムをミッシュブロートにたっぷり塗ってそれらの味を楽しむ。その他に、タケノコもこの方法でビン詰めにして保存できる。

そのブルーベリーの男は、こんなことを話したことがある。

「離婚すると、男の寿命は平均で五年ほど縮まるらしい。」

けっこう深刻そうに。それに対して、こう答えた。

「女といると、寿命が五年縮まる。」

二人とも大笑い。

そのブルーベリーの男は、一匹の犬を飼っていた。この犬はかなり年老いていた。でも、この犬がいるおかげで、畑やブルーベリーの農園には猿やイノシシが来ない。おとなしい犬で人は怖がらないから、放し飼いにしていた。その犬の名はマックといった。

「マックより自分が先に死んだらちょっと困るけどね。」

そんなことを言っていた時もあった。

ある年、ブルーベリーが採れる頃、この男の家に行った。ところが、びっくりする。ドアから出てきた男の顔色は、明らかに悪い。無精ひげも生やしている。目は窪み頬が出ている。家の周りには雑草が生え、久しぶりに見る畑も荒れていた。

「心臓が悪くて。前から悪かったんだけどここのところまた急に悪化して。医者から、外に出ないようにと言われててね。畑にも出られないよ。なんだか情けないことになっちゃってね。ブルーベリーの手入れもほったらかし。少し実がなってるから、好きなだけもってっていいよ。」

そう言うと、ブルーベリーの男はちょっと悲しげに笑った。

それからほどなくして、ブルーベリーの男に電話した。アジがとれたので。しかし、電話に出ない。で、男の家に行ってみる。すると、男の家では、大掛かりなリフォーム工事が始まっていて、数人の職人が忙しく働いていた。

その職人の一人に聞いてみた。

「ここに住んでいた方のこと知ってますか？」

「わからん。わしら、ただ頼まれて仕事しちょるだけじゃけん。」

「前の持ち主の方は今どこにいるのかわかります？」

「そんなこと、わしらに分かるわけないじゃろ。」

「ああそうですよね。お仕事のお邪魔をしてすみませんでした。」

ブルーベリーの男には、娘さんが一人いた。この家にも来たことがあると聞いていた。しかし、詳細はわからない。

近所の農家のおばさんにも聞いてみた。

「なんか、突然出て行ってしもうてね。うちの家にも、なんも連絡なかったけん、どこ行ったか分からんのんよ。なんだか、どっかで知り合ったらしい近くの人が来て、家の中のいろんなもん、ようけ持ってった。心臓が悪いっていうのは前から聞いとったけどね。どうしたんじゃろ。体でも急に悪くなったんかな。」

ログハウス風の家を建てる。畑や農園を作る。農具を揃える。そして、自然と共に生きる憧れの新しい生活を始めてから十数年後。体を壊し、もう畑には立てなくなる。すべてを放り出すしかなく、家をたたみどこかへ消え去る。その姿は、まさに、自分の数年先の姿。

意気揚々と始めた田舎暮らし。しかし、体が壊れてしまえば、すべての投資が無駄になり、夢は基盤から瓦解する。その様を、ブルーベリーの男は教えてくれた。

食

仕事を辞めてから九年余り。その間の生活を振り返れば、いつも食べることが中心にあった。自分でも意識して食を中心に据えていた。そういう生き方を続けていくうちに、これこそが自分が求めている真の生き方だと日々感じ始めた。

食というのは、人間が自然と向き合い自然のありがたさ豊かさ奥深さをしみじみと日々感じ取れる行為なのだ、そう実感し始めた。海で魚を採り、畑で野菜を作り、その海の幸や土の恵みを毎日三度の食事で感じ取る。それが、人の体の滋養になり心の滋養にもなる。旨いものを食べたいという一心でそれらの自然の恵みを調理し、それを旨いと誰はばかることなく感動し、ゆっくり存分に味わう。そのゆとりがある。その幸福は、体にも心にも沁みわたる。

金がない。だから外食はしない。それから始まったこと。それに、近くに店はない。だから、朝昼晩と三食すべてを自分で作る。惣菜や冷凍食品を買うこともしない。コンビニで何かを買うこともない。カップラーメンの類は、この九年間一度も食べたことがない。理由は簡単。高い、まずい、ゴミが出る。

やむなく始めた自炊。しかし時間はたっぷりある。何をするのか、毎日が自由。すべて自分の裁量で決められる。そこで本格的に身を入れて取り組んだのが漁と農。この二つは、自分の食生活の基本を支えるまでになった。そして思うのだ。勤めていた時の食生活がなんと貧しいものであったかと。それが、体と心にいかに多くのダメージを与えその疲れがどれほど蓄積していたかと。

もう、どんなに金をもらおうが、どれほどの名誉ある地位であろうが、戻る気はしない。銀座の料亭で高額な料理を食うことが最高の食だと自分は思い込んでいた。しかし、そのような食事は、毎日三度三度食べていたらたぶん飽きるし体も壊すし美味さも感じなくなるだろう。忙しい日々が続けば、そこへ通う気力も時間も無くなり、コンビニ弁当とカップラーメンでとりあえず空腹をごまかす。もう、そのような貧しい食生活はごめんだ。食の貧困は、体を衰退させ精神の貧困につながる。

ブルーベリーの男が教えてくれたように、今のこの生活がいつまで続けられるのかはわからない。体を壊せばそこですべてが終わる。しかし、そこに至るまでの間だけは、せめて、この至福の生活を続けていきたい。苦しんだ果てにやっと手に入れた生活だ。無駄に苦しんだのではない。食を通して、一度は滅びかけた身が蘇ったのだから。

鯛を釣る男

石牟礼道子は『苦海浄土―わが水俣病―』（一九六九）という作品を書いた。自分も含めて世界の誰もがこの作品に込められている奥深い広がりを見渡すことはできない。それほどにこの作が秘める奥行と広がりは果てしない。過去を見渡し、現在に目を凝らし、未来の遠くまでしっかり見据えたこの作品を超えるものを自分は知らない。日本の水俣《みなまた》だけのことではない。水俣で起きたことは世界規模で起きている。土地の言葉で土地のことについてのみ語った日常の出来事が、地球全体の規模でそのまま普遍化される。地球全体で過去に起こったこと、今起こっていること、そしてこれから起きること。そのすべてを『苦海浄土《くかいじょうど》』は語ってしまう。いずれこの作品は聖書のように世界中で読まれるだろう。

その『苦海浄土』に、こんな一節がある。夫婦二人で不知火《しらぬい》の海へ漁に出た時のことである。

「かかよい、飯《まま》炊け、おるが刺身とる。ちゅうわけで、かかは米とぐ海の水で。沖のうつくしか潮で炊いた米の飯の、どげんうまかもんか、あねさんあんた食うたことのあるかな。そりゃ、うもうござすばい、ほんのり色のついて。かすかな潮の風味のして。かかは飯たく、わしゃ魚ばこしらえる。わが釣った魚のうちからいちばん気に入ったやつの鱗ばはいで舷の潮でちゃぷちゃぷ洗うて。

（中略）

あねさん、魚は天のくれらすもんでござす。天のくれらすもんをただで、わが要ると思うしことってその日を暮らす。

これより上の栄華のどこにゆけばあろうかい。」

『苦海浄土―わが水俣病―』　石牟礼道子著　講談社　昭和五十六年十月二十六日　十七刷

たったこれだけの語りの中に、食の本質がすべてある。食というのは、人間が自然のありがたさ豊かさ奥深さをしみじみと感じ取れる行為なのだ。そのことを、この男はこんなにもわかりやすく教えてくれる。水俣の方言で語られるその優しい語り口が、人の心を和ませ、嬉しげに楽しげに話すこの男の頰のゆるみや目の輝きさえも生き生きと思い浮かばせてくれる。

海の水で米を炊《た》く。それを知ったときは衝撃だった。そんなことができるのか。そんなことができるほどにきれいな海があるのか、と。その海で炊いた米は、かすかな潮の香りがして「どげんうまかもんか」と鯛を釣る男は言う。男が、海の水で炊いたご飯をどれほどうまいと感じて食べているのかがとてもよくわかる。それを表すには、「どげんうまかもんか」という言葉以外にはない。話す内容と言葉が、ここではぴたりと一致している。ずれがない。

そして、米が炊けるまでの間に、釣れた魚の中から一番うまそうな鯛を山盛りの刺身にして焼酎を飲みながら妻と一緒に味わう。これがなんと、すべて海に浮かべた船の上でのことだ。「これより上の栄華のどこにゆけばあろうかい。」ここでもやはり、これ以上に的を射た美しい言葉はない。鯛を釣るこの男の満ち足りた気持ちや幸福な気分がそのまま聞く者の心に伝わって来る。さらに、不思議なことに、初めて触れるこの方言に懐かしささえ感じてしまう。

石牟礼道子

石牟礼は、地元に根付いた方言の言葉が秘める表現能力の確かさと力強さに気づいていた。だから、そのまま書き記した。そこに手を加えてしまったら、鯛を釣る男の話の魅力はたちどころに色褪せてしまう。石牟礼は、この男の言葉以外では、この男が感じた内容は言い表せないことを強く感じ取った。だからそのままこの男の言葉で記録した。

一八世紀後半のドイツにヘルダーという学者がいた。若きゲーテに多大な影響を与え、ゲーテとともにシュトルム・ウント・ドラングという文芸運動を興した。そのヘルダーは、精神が肉体に宿るように、語る言葉とその内容は不可分に結び付いていると唱えた。それゆえに、よそ行きの言葉ではない土地に根付いた言葉である方言の重要性を説いた。

この説は、後に、ドイツ・ロマン派に決定的な影響を与え、土地の言葉や土地の伝説や童話を重んじるノヴァーリスやグリム兄弟への道を切り開いた。また、ゲーテと共にドイツで高く評価されている一九世紀前半の劇作家ビューヒナーは、『ヴォイツェック』（一八三六）という戯曲で、土地固有の民謡を大胆に取り入れ、主人公には方言のみを語らせた。

イタリア語でのオペラをもっぱら作曲していたモーツァルトが、最後のオペラでドイツ語の台本による『魔笛』(一七九一)を創作したのもこの流れにある。そしてこの流れは、ヴェーバーの『魔弾の射手』(一八二一)、そしてワーグナーのオペラへと絶えることなく続いていく。

どのような言葉で語るか。それはとても大切なことだ。鯛を釣る男は土地の方言で話した。そして、この男が語る話は、『苦海浄土』というこの本の中心に位置する。

浄土とは、ここでは抽象的なものではない。まさに、海の水で米を炊き、自分で釣り上げた魚のうちから一番うまそうな魚を船の上でさばき刺身にして、焼酎を飲みながら妻と一緒に二人で味わう、これである。あたりは凪《なぎ》。穏やかな海の上。その海はどこまでも広がり、空には遮るものがない。その大空のもと、船を浮かべる。これこそが浄土。「これより上の栄華のどこにゆけばあろうかい。」その浄土を男は、日常のこととして余すところなく肌で感じ取り、絶えることのない豊饒《ほうじょう》な天の恵みに日々感動している。浄土は別のどこかにあるのではない。この男にとっては、今ここにある。ここが浄土だ。海に浮かんでいるこの小船の上が浄土だ。

しかし、そう語る男の膝の上には水俣病で「五体のかなわん体にちなって生まれてきた」九歳の孫がいる。歩けない。両肘は「曲がり尺」のように固定し動かない。言葉はなく、おしめをしたまま。体重は、「木仏さま」のように軽い。その写真も掲載されている。すべては、海の水で米を炊いたあの海と同じ海で採れた魚を食べたためだった。で、わかるのだ。鯛を釣る男の話を、この孫は男の膝の上で全部聞いていたということが。さらに、鯛を釣る男が語る浄土はもはや消え失せ、今、苦しみの元になってしまったということが。そう、海は、浄土から苦海に変わった。苦海に変わってしまった浄土。これが、苦海浄土だ。

苦界《くがい》とはもともとは仏教用語で、この世が苦しいものであることを海にたとえた語である。しかし、ここでは海は比喩ではない。海は、まさに、水俣の海そのものである。

石牟礼は、鯛を釣るこの男から学んだ。人が自然と共に生きるということはどういうことなのかを。そして、このことが石牟礼を変えた。真の学びというのは人の生き方を変える。そしておそらく、石牟礼もまた、鯛を釣る男のように「天のくれらすもん」を肌で感じ取りながら生きることに憧れた。そのような生き方こそが、人の心も体も豊かにし人を幸福にするものだと確信した。そして、鯛を釣る男を手本とし、この男の生き方をその後の人生の指針にしたものと思われる。

だからこそ、石牟礼の書く文にはブレがない。同じ水俣病のことを論じるにしても、学者や知識人の言葉とは肌触りが違う。石牟礼には、鯛を釣る男との出会いがあった。しかし、学者や知識人にはそうした出会いがない。水俣の名もない貧しい一人の漁師との出会いが、その後の人生を変えてしまうほどの真の出会いがない。

ゲーテのもっとも有名な作品の一つに『若きヴェルテルの悩み』（一七七四）という小説が

ある。この作品をナポレオンは遠征中に持ち歩き何度も読み返したという。作品の序盤、主人公のヴェルテルは道端で名もない一人の若い農夫と出会う。その農夫は、自分が雇われている女主人に対する恋情を抑えきれず、その想いをヴェルテルに切々と話す。その時ヴェルテルは生まれて初めて、自然のままの感情で人を恋するということがどのようなものかを学んだ。そしてこの体験がその後のヴェルテルを根本から変える。ヴェルテルがロッテと出会い恋をしたのはこの直後である。その時、この若い農夫がヴェルテルの手本となった。言い方を変えれば、ゲーテはこの名もない貧しい若い農夫を作品の原点に据えた。

鯛を釣る男が語った「天のくれらすもん」。この「天」は、漱石の「則天去私」の「天」に通じる。どちらも、「天」とは自然である。そしてどちらも、天に則り天と共に生きることが最も尊い生き方だと感じている。漱石は、自我を重い荷物のように抱え込んでしまっている自分に苦しみ続けた。しかし、どれほど苦しみ痛い目に遭おうがその自我を放り出せなかった。しかし、「天」に則る生き方が人間本来の生き方であることには気づいていた。オースティンはそのことをわかりやすく伝えた。『道草』の健三の妻もそのことを身をもって示した。しかしだからと言って自我を消せはしない。

しかし、鯛を釣る男は呑気に楽しげに「天」を賛美し「天」と共に生きている。そこに、窮屈な自我はない。まさに、「則天去私」を絵に描いたような姿だ。

日本窒素肥料株式会社

石牟礼は鯛を釣る男の言葉の一つひとつを重く受け止めた。その男が語ったのは、小舟の上の極楽だけではない。水俣病の最も根本的な問題もまたその方言で語る。

「会社さえ早う出けとればわしげの村の人間も唐天竺までも売られてゆかんでもよかったろに。しゃりむり女郎にならんちゃおなごでも人夫仕事なりとありだしたて。

わしげふきんの村じゃことにおなごは生まれた村を出てゆくのがならいで。わしどもがこまかときゃ、判人《はんにん》ちゅうのが村をまわってやってきよったばい。

判をつかせておなごば連れてゆく。目立ってきりょうのよかむすめのおる家や、ちいっと魂の足らんような娘のおる家に目をつけて、その判人が談判にゆく。」

『苦海浄土―わが水俣病―』 石牟礼道子著 講談社 昭和五十六年十月二十六日 十七刷

村は貧しかった。身売りが横行していた。判人という商売人が村に来て幼い娘を買い取りに来る。その娘たちは玄界灘を渡って大陸に連れて行かれ女郎になる。そういう現実があった。その娘たちの一人に、鯛を釣る男が好きだった幼馴染がいた。その幼馴染は、大陸に渡ったきり帰ってこなかった。だからこそ男は言うのだ。「会社さえ早う出けとれば」と。ここでの会社とは、まさに、チッソ（日本窒素肥料株式会社）のことである。

そのチッソの垂れ流した水銀のために、水俣の海は、もう、かつての海ではない。その海で採れた魚を食べれば重度の病にかかる。だから、海だけを頼りに生きてきた男には、もう行き場がない。にもかかわらず、「会社さえ早う出けとれば」と話すのだ。この男にとって、チッソは救済者としての側面もあった

鯛を釣る男には一人の息子がいた。

「わしに息子がうんとおれば、一人どま会社にとってもろて会社ゆきになしてみるのもよかろとおもうとった。一人息子でやしたけん、高等小学まで上げて漁師をつがしゅうとおもうて本人も三つ四つの頃から魚釣りをおぼえた子でやしたけん、その気になって漁師になったが、水俣病にちなって、役せん体になってしもうた。」

『苦海浄土―わが水俣病―』石牟礼道子著　講談社　昭和五十六年十月二十六日　十七刷

息子が他にもいたら、そのうちの一人ぐらいは会社に雇ってもらおうと思っていた。ここでの会社もまた、チッソである。でも息子は一人だった。幼いころから漁を仕込み、漁師にした。

しかしその一人息子は水俣病にかかり、「役せん体になってしもうた」。ここで初めてわかるのだ。鯛を釣る男の孫ばかりではなく息子も水俣病に苦しめられていることが。

これらもまた、鯛を釣る男が話したことである。船の上の極楽を懐かしむ。しかし、海は汚れ苦しみ、その海で魚を採ることで生計を立てていた息子も孫も、命まで脅かされるところまで追いつめられた。にもかかわらず、鯛を釣る男の口からは、その海を汚し台無しにしたチッソへの怨嗟《えんさ》がない。それどころか、チッソがもっと早く水俣に来てくれたらと思っていたとか、息子がもっといれば一人ぐらいはチッソで働かせたかったと話すのだ。あの船の上の極楽の話をしたその後に続けて。

船の上はいい。しかし、貧しさは切迫していた。娘を身売りするほどに不知火の村々は貧しかった。そこに、チッソが来てくれて、働き口が見つかり、もはや娘を判人に連れて行かれるような暮らしはなくなり、水俣の街は繁栄し豊かになった。チッソは地元に雇用を作り出し、多くの市民がチッソに勤め、チッソから給料をもらうことで自らの家族を安定して支えることができた。街にはチッソの社員が通う店が立ち並び、市の建造物や道路などの社会的インフラも整い始め、市民生活は格段に向上した。

実際、水俣病が公然と社会問題になった頃の一九六一年、水俣市の税収入は二億一〇六〇万円で、そのうちの一億一五六〇万円がチッソからの税収である。つまり、水俣市は当時、税収の半分以上（五五パーセント）をチッソに頼っていた。チッソは明らかに、水俣市の最も重要な財政基盤になっていた。

有機水銀の垂れ流しはその代償でしかない。水俣病で確かに多くの漁師が犠牲を払った。しかし、水俣市の成長と発展のためには、やむを得なかった。

石牟礼は、その動物的な嗅覚で水俣市の市民たちのこうした意識を嗅ぎ付けていた。そこから目を離さなかった。その市民たちの中に、もしかしたら鯛を釣る男の息子もまた紛れ込んでいたかもしれないという可能性も頭の中に入れながら。

昭和三四年（一九五九）一一月二日

チッソと市民と漁師たち。この三者の関係が最も鮮明になったのは、昭和三四年（一九五九）一一月二日である。石牟礼は、まさに渾身《こんしん》の力を込めてこの日の出来事を記録する。

この日、国会派遣議員団が初めて水俣市に来た。国会派遣議員団一六名、その他に県議員、水俣市関係者。その彼らを十重二十重《とえはたえ》に取り囲む形で、不知火海区漁協（八代、芦北、天草各漁協）から三千人余りの漁師たちの集団と水俣病患者互助会代表が水俣市立病院前広場に集まった。国会議員に対する陳情のためである。

この日の午前中に行われたその陳情は成功したかのように思えた。国会議員団は漁民たちに深々と頭を下げ、粛然たる面持ちで、「平穏な行動に敬意を表し、かならず期待にそうよう努力する」と答えた。漁民たちの訴えは受け入れられた。国が動き出してくれる。漁民たちはそう受け止めた。

午前中の陳情は成果が出た。そしてその日の午後、不知火海区漁協三千人ほどは総決起大会を開き、水俣工場責任者に会見を申し入れ、決議文を手渡すことになっていた。そのために、漁民たちは病院前広場からチッソ工場までデモ行進をした。石牟礼はその最後尾に付いて行った。市民たちもその行進を遠巻きに見ていた。

その時、前方からただならぬ物音が聞こえてくる。先頭にいた漁民たちが工場の正門から乱入し、事務所に向かって石を投げ、事務所から椅子や机を取り出し、それらを排水溝めがけて投げ入れていた。

「こんちきしょう！　こんちきしょう！

こげん溝！

うっとめろ！

うっとめろおっ――――」

『苦海浄土―わが水俣病―』石牟礼道子著　講談社　昭和五十六年十月二十六日　十七刷

石牟礼はこの出来事をこう説明する。

「漁民たちは午前中の陳情からみて、情況は一歩前進したと判断していた。しかしその数日前、水俣漁協組合員に暴れ込まれた工場は、不知火海漁協が正門広場に到着する目の前で、鉄条網の補強工事をしており、門を閉ざし、会見に応ぜぬそぶりをみせたのであった。このことは先頭にいた者たちをいちじるしく刺激し、屈強の者たちが激昂して門をよじのぼり、内側からこれをひきあけたのであった。触れれば飛びあがりそうに、彼らの心も暮らしも追いつめられていたのである。」

『苦海浄土―わが水俣病―』　石牟礼道子著　講談社　昭和五十六年十月二十六日　十七刷

国会派遣議員団への陳情はうまくいった。あとは、工場責任者に決議文を手渡すだけ。そういう予定で漁民たちの集団が工場に行ってみると、工場は、これ見よがしに目の前で鉄条網の補強工事をして門を閉ざし会見すら拒否した。チッソのこのような拒絶が漁師たちの感情を逆なでし、事件発生の原因になったと石牟礼は言う。

先頭集団近くにいて正門をよじ登り内側から門を開けた漁民は、それから一週間ほどして水俣病の症状が悪化し一か月後に死亡した。漁民たちの暮らしも命もぎりぎりのところまで追いつめられていた。石牟礼はそこを見ていた。

しかし、乱入はこれだけでは終わらなかった。漁民たちは、正門付近の本事務所、特殊研究室、守衛室、配電室になだれ込み、手当たり次第に電子計算機やテレタイプをたたきこわした。その直後機動隊が導入される。漁民と警察官・機動隊員の双方にけが人が多数出た。これが、昭和三四年（一九五九）一一月二日の乱入事件である。

この日に起きた事件は、大きな転換点となる。

二日後の夜、チッソの従業員大会が開かれた。「我々は暴力を否定する‼／工場を暴力から守ろう」。被害者はむしろ自分たちである。こうした暴力に対抗するには工場擁護のため実力行使も辞さない。こんな声も飛び交った。乱入事件がきっかけとなり、従業員は会社に寄り添い会社と団結した。両者は一つになって、漁民たちに対抗する姿勢を明確にした。

石牟礼は後にこれを、「一夜にして反漁民的となった市民感情」と述べている。そして、「おのれの大量殺人には口を拭い、漁民を暴徒に仕立てあげ」るチッソとその従業員の手口も見抜いていた。

市民の方もこの乱入事件を契機に変わる。

乱入事件から九年後の昭和四三年九月一三日、水俣市が主催した初めての「水俣病死亡者合同慰霊祭」が行われた。その時、一般市民は石牟礼をのぞいて一人も参加しなかった。その理由を石牟礼は、「三十四年暴動直後にくっきりと変わって行った市民の水俣病に対する感情がそっくり再現しつつあったから」と断定する。

一九五九年の乱入事件で市民感情は変わった。その変化した感情が、一九六八年にそっくり蘇る。具体的にはこうだ。「水俣病患者の百十一名と水俣市民四万五千とどちらが大事か、という論理が野火のように拡がり、今や大合唱となりつつあった。」不知火海区の漁師たちに対する反感はその後定着し拡大し今や世論となりつつある。簡単に言えば、あのような暴動まで引き起こしたならず者の集団の命などよりは、四万五千の有徳な市民の暮らしの方が大切だということだろう。

水俣病で確かに多くの漁師が犠牲を払った。しかし、水俣市の成長と発展のためにチッソが多大な貢献を果たしたことは否定しようのない事実で、少数の犠牲はやむを得なかった。その思いは、チッソの従業員にも一般市民の多くにも共有されていた。

しかし、そこには悪徳の気配がある。自分たちの裕福な暮らしの実現のために苦しんでいる人々を見殺しにする。それでは居心地が悪い。それがあるから、おおっぴらには口には出せない。そこに、暴動があった。漁民たちが工場を破壊するような行動に出た。許せない。断じて。あのような暴力だけは。そしてこの事件がきっかけとなり、良心の呵責《かしゃく》というようなものはどこかにすっ飛び、自分たちこそが正義であると胸を張り、あのような行動をした漁師たちのことなど考える必要はないという世論が堂々とまかり通る。つまり、一九五九年の乱入事件はきっかけを与えただけである。もともとチッソの従業員や一般市民の胸の中にあったエゴイズムを正当化する口実を与えただけだった。

石牟礼はここを見ていた。水俣市の発展のためにという理由で、チッソの従業員はもちろん一般市民からさえも邪魔者扱いされてしまう漁師たちのことを思い続けていた。

その一般市民の中のある者は、水俣病患者に対して直接牙をむく。


「タダ飯、タダ医者、タダベッド、安気《あんき》じゃねえ、あんたたちは。今どきの娑婆では天下さまじゃと、面とむかっていう人のおるよ。」

『苦海浄土―わが水俣病―』　石牟礼道子著　講談社　昭和五十六年十月二十六日　十七刷

「小父さん、もう、もう、銭は、銭は一銭も要《い》らん！　今まで、市民のため、会社のため、水俣病はいわん、と、こらえて、きたばってん、もう、もう、市民の世論に殺される！　小父さん、今度こそ、市民の世論に殺さるるばい」

『苦海浄土―わが水俣病―』　石牟礼道子著　講談社　昭和五十六年十月二十六日　十七刷

水俣病は公認され補償金が患者に支払われる。そうなればチッソの経営は傾く。チッソが業務を停止すれば、たちどころに自分たちの生活基盤が脅かされる。一般市民の側にもまた危機感があった。いい加減やめてくれ。みんなのことも考えてくれ。自分たちだけ銭もらって。そういう冷たい視線もまた水俣病患者に浴びせられる。直接の言葉だけではない。ほんのちょっとした日常の中で、たとえば道でのすれ違い、買い物、役所の窓口。水俣病患者はどの市民からも冷たい視線を浴びているような気がして怖気《おじけ》づく。

水俣病で苦しむ。さらに、その病に罹《かか》ったことで市民たちの冷酷な視線に怯《おび》える。どちらも、命を縮み上がらせるほどの苦しみだ。

その苦しみは、水俣市だけに限ったことではない。

「お前どこから来たんかて、もうどこに行ってもきかれるんで。うちは水俣のもんじゃがとはよういいきらん。

ふうん、水俣いうたらきいたことあるで。

そやそや、いつかテレビで出よった水俣病いう病気のあるとこか。まだ何かテレビに出たなあ、それそれ、ストライキや。警察とやりよったなあ。ストライキかける方はフク面なんかしよって、えらいあそこのお前んとこはガラの悪いところやの。お前あそこの水俣か、けったいな所から来たもんやの。そういうて水俣いえばクズみたいな何か特別きたない者らの寄ってるところみたいに思われてるんや。よそに出たら水俣は有名やで。水俣病いうたらできもんができて、うつるんやて、あざみたいに。そんなふうにうちらのいる部落の人たちいうんや。」

『苦海浄土—わが水俣病—』　石牟礼道子著　講談社　昭和五十六年十月二十六日　十七刷

「タダ飯、タダ医者、タダベッド、安気《あんき》じゃねえ」、「市民の世論に殺される」、「水俣病いうたらできもんができて、うつるんやて」。石牟礼が記録したこれらの言葉が、まさに、半世紀以後に起こった二〇一一年の東日本大震災の震災被害者および原発事故の被災者にもそのまま浴びせかけられた言葉であることに驚く。

国や東電からいくらもらってんだ、放射能はうつるらしい、とにかく近づかないようにしよう。人を故意に傷つけ痛めつけようとする憎悪の言葉を被災者に投げつける一般市民。そうした市民は必ずどこにでもいる。そして、被災者が最もひどく傷つくのはこうした無名の隣人からの言葉なのだ。「市民の世論に殺される。」これは決して大げさな言葉ではない。実際、これがために生きる気力を失った人も少なからずいただろう。こうした言葉は凶器となって、人の尊厳を奪い、人の生存に泥を塗り、懸命に生きようとする力を根こそぎ奪う。

石牟礼はそこも見ていた。石牟礼の目は、遠い先に起こることまでも見据えていた。そしてここでもまた、土地固有の言葉の持つ力に圧倒される。どんな言葉よりも、方言で切々と語られる話は、話をする人間が受けた苦しみを直に伝える。石牟礼は翻訳しない。そのままの語りで伝える。なぜなら、語り方もまた意味内容以上のものを伝えることができるから。語りには、リズムがある。間がある。堰《せき》を切ったような勢いがある。それをそのまま伝えなければ。石牟礼には、語り手に対する敬愛と、共苦（Mitleid）があった。だからそのまま伝えた。

安保デモ

漁民たちの乱入事件が起きた一九五九年といえば、日米安保条約改定阻止闘争が最も盛んになった年でもあった。いわゆる六〇年安保の年である。水俣市でも、各分野の労働組合を中心に共闘会議ができた。その中心となったのが、新日窒工場労組の三千人である。これに合流する形で共闘会議に参加した労働組合を石牟礼は異様な執念ですべて挙げる。

「新日窒労組書記局従組。水俣市教職員組合三百。水俣市職組五百、全日自労二百五十。君島タクシー従組、全食糧従組、厚生施設従組（日窒）、摂津労組（日窒下請）、水光社労組（日窒）、谷口労組（日窒下請）、全統計、全逓信、全専売、自由労組、扇興運輸（日窒下請）、国鉄、帝国酸素、高教組、全電通、全林野、全日通、革新議員団、共産党芦北地区、社会党水俣支部、サークル協議会。」

『苦海浄土―わが水俣病―』　石牟礼道子著　講談社　昭和五十六年十月二十六日　十七刷

石牟礼にとって、これらの労働組合を列挙しなければならない理由があった。これほどまでに広範囲の業種の労働者の組合の中に、不知火海区漁協は入っていなかった。労働者であるはずなのに、これほど多くの労働者たちからも相手にされていなかった。石牟礼が異様な執念ですべて列挙したのはこの事実を示すためであった。

安保改定阻止のデモ行進のために結集したこれほど多種多様な業種の労働組合、従業員組合、さらに教職員組合や政党組織。これらの組織のどの一つも、「皆さん、漁民デモ隊に安保デモも合流しましょう！」とは言わなかった。漁民たちは孤立したままだった。どの組織も漁民たちに手を差し伸べようとはしなかった。

にもかかわらず、「労農提携」、「農漁民との提携」、「地域社会との密着した運動」をスローガンに掲げる。「思えばそれはうつろな大集団であった」と石牟礼は断じる。そしてこう続ける。

「〝おくれた、めざめない、自然発生的エネルギーしか持たない、人民大衆〟とは何であろうか。常に組織されざる人びとを、細民、などとわたくしたちはよぶ。おもえば、わたくしたち自身のさまよえる思想が、漁民たちの心情の奥につつみこまれていた。最深部の思想が。」

『苦海浄土―わが水俣病―』石牟礼道子著　講談社　昭和五十六年十月二十六日　十七刷

日米安保条約改定阻止闘争は、戦争反対、民主主義の実現、労働者の地位向上のための革新派の闘争であった。多くの学者や知識人たちもこれを支持し賛同した。いわゆるリベラルの側からの社会変革を求める運動だった。

しかし、水俣市では、そのリベラルの集団が漁民たちを無視した。眼中に入れなかった。安保デモに参加していた石牟礼は、自戒を込めてそのリベラルの闘争に疑念を抱く。

革新派は、口では「農漁民との提携」をスローガンにする。しかし、そこにはインテリ層から見た漁民たちへの卑下がある。「おくれた、めざめない、自然発生的エネルギーしか持たない」。なんという見下しであろう。リベラル派は、我こそは、より良き社会を実現するための理念を共有する革新的な組織であると思い込んでいる。漁民たちも我々の組織を見習うべきだ。しかし、漁民たちは意識化されていない。意識化される見込みもない。だから、当然、「皆さん、漁民デモ隊に安保デモも合流しましょう！」などということは考えられない。

リベラルが、最底辺にいる者たちを見捨てる。切り捨てる。無教養で、社会的意識が低く、乱暴で粗雑できちんとした組織ができず、仲間に加えることができない。一九五九年に水俣市で起きたこの日の出来事は、その後、全世界で生じる出来事の原型となる。

しかし、階級闘争の立場から、革新派の共闘組織が「うつろな大集団」であると見ていたわけではない。石牟礼は、安保デモと漁協のデモとのこの出会いを、「孤立の極みから歩み寄ってきた漁民たちの心情」に水俣市の労働者や一般市民がまじわりうる唯一の切迫した時だったととらえていた。

石牟礼がこの時常に見続け問題にしていたのは「漁民たちの心情」である。そこにこそ労働者も一般市民も寄り添うべきであるという考えだ。なぜなら、水俣市の労働者にとっても一般市民にとっても、「漁民たちの心情」にこそ「最深部の思想」があると確信していたからである。
その「漁民たちの心情」とはなにか。そして、「最深部の思想」とはなにか。

文明と自然

石牟礼はこう言う。

「水俣病は文明と、人間の原存在についての問いである。」

『苦海浄土―わが水俣病―』 石牟礼道子著 講談社 昭和五十六年十月二十六日 十七刷

ここでの「人間の原存在」が何を意味するのか。石牟礼の深い洞察と人間に対する慧眼《けいがん》から得られたその認識のすべてを共有することなど、とてもできない。石牟礼の思想の深さにはとても追いつかない。しかし、その一つは確実に、鯛を釣る男が話した「天のくれらすもの」を恵みとして大切に受けとめそれと共に生きる人間のことであろう。

その「天のくれらすもの」を原材料とみなし、加工し、製品を作り出し、大量に売りさばくのが近代産業であり、その総体が文明である。一九六〇年代始めの日本は、まさに高度経済成長の入り口である。近代産業が本格的に台頭し、自然は利用するもの、改造するもの、放置しておけば何の役にも立たないもの、それどころか邪魔なものになるとの認識が一般化する。そして近代産業が拡大しそれに伴い経済が発展し成長すれば、生活が豊かになり幸福になるという神話を誰もが信じていた。

技術者、知識人、学者、官僚、政治家。さらに、石牟礼が列挙した、あの安保デモに参加したすべての労働者たち。そこに多少の意見の違いはあれ、皆が皆一様に、近代産業による経済の発展が人間社会の幸福の実現には必要不可欠であるという点では一致していた。

そこに間違いがあるとは、なかなか思えない。

例えば洗濯機。母は真冬でも井戸のそばで洗濯をしていた。吹きっさらしの陽の当たらない裏口で。洗濯物に洗濯石鹼を練り込んで洗濯板の上をごしごしとこすり付ける。指先はあかぎれでひび割れ、ぱっくりと開いた傷口の奥には赤い肉が見えるほどだった。「桃の花」という名がついた軟膏を寝る前にあかぎれに擦り込んでいる姿を何度も見た。

洗濯機はその母の労苦もあかぎれもすべて解消してくれた魔法の器だった。洗濯物を入れ洗剤を撒き散らせば、あとは勝手に洗濯してくれる。冬の寒さも腰の痛みもしもやけやあかぎれもない。こんなありがたいものを憧れない人間はまずいない。母を救ってくれたその機械が子供心に尊くて、洗濯が終わった後、その洗濯機を撫でるようにして付着した水気を雑巾で拭き取ったことも覚えている。

テレビもそうだ。テレビで相撲やプロレスが放映されるとみな夢中になった。街頭に設置されたテレビの前には群衆が集まった。やがて、特別の金持ちが購入できる価格になった。するとその家に、近所の人たちが見せてもらいに行く。自分もその一人だった。夕方の相撲中継の時、栃錦と若乃花の優勝決定戦を近所の酒屋に兄と一緒にテレビを見せてもらいに行った時のことを覚えている。

そもそも、自分が蕎麦屋に通い始めたのも、蕎麦屋に設置しているテレビが見たいからだった。番組は何でもよかった。小さな箱の中で動いている映像が不思議で魅力的で食い入るように見た。蕎麦代はテレビを見るための木戸銭だった。

そのうち、ほぼすべての家庭でテレビが購入できる値段にまで落ち着く。それでも高い。テレビはいち早く購入することがステータスシンボルになり、人々は先を争った。それほどまでにテレビは誰もが欲しがり誰もが夢中になった。当時の皇太子の婚礼の式典の折には、この時のためにテレビを新しく購入した伯父の家に親戚一同が集合し、宴を開きながらテレビの前に集まった。

自動車、バイク、冷蔵庫、クーラー、文化住宅、ファッションや外国旅行。多かれ少なかれすべてが同じだろう。近代産業の成果は人々を夢中にさせた。誰もがその成果を手に入れたいと熱望し必死に働いた。文明は人を幸福にする。人を労苦から救う。人に楽しみと豊かさをもたらしてくれる。人々が、そのことを疑うはずはない。だって日々そのありがたさを実感し毎日文明の恩恵を享受しているのだから。

しかしこの時期に石牟礼は、水俣病を通して、その近代産業がいかなる不幸を人間にもたらすか、その実態をしっかり見ていた。

一九六五年二月、石牟礼は、水俣病のために発狂し一〇年間闘病生活を続け死亡した一人の男の葬儀に参列する。その男は、闘病生活の中で面会に来た家族も識別できないほどに精神を深く病みそのまま死んだ。

石牟礼はその時、古代中国の呂《りょ》太后の、戚《せき》夫人に尽くした所業を思い出した。その所業とは、「手足を斬りおとし、眼球をくりぬき、耳をそぎとり、オシになる薬を飲ませ、人間豚と名付けて便壺にとじこめ、ついに息の根をとめ」るという残酷きわまりない行いである。

水俣病の死者たちの大部分もまた、この戚夫人が受けたと同じ経緯をたどって、ある者はいわれなき非業の死を遂げ、ある者は生き残っている。その呂太后の所業と近代産業の所業を同列に置き、石牟礼はこう述べる。

「呂太后をもひとつの人格として人間の歴史が記録しているならば、僻村といえども、われわれの風土や、そこに生きる生命の根源に対して加えられた、そしてなお加えられつつある近代産業の所業はどのような人格としてとらえられねばならないか。独占資本のあくなき搾取のひとつの形態といえば、こと足りてしまうか知れぬが、私の故郷にいまだに立ち迷っている死霊や生霊の言葉を階級の原語と心得ている私は、私のアニミズムとプレアニミズムを調合して、近代への呪術師とならねばならぬ。」

『苦海浄土―わが水俣病―』 石牟礼道子著 講談社 昭和五十六年十月二十六日 十七刷

石牟礼から見れば、「われわれの風土や、そこに生きる生命の根源」に対して近代産業が行った所業は、「手足を斬りおとし、眼球をくりぬき、耳をそぎとり、オシになる薬を飲ませ、人間豚と名付けて便壺にとじこめ、ついに息の根をとめ」るあの呂太后の所業と同じである。人を幸福にし人を豊かにするのが近代産業だと誰もが思い確信し実感していた時期に、その近代産業が「われわれの風土や、そこに生きる生命の根源」を傷つけ痛めつけ残酷の限りをつくし最後には殺してしまう実態を石牟礼は目の当たりにしていた。その風土、そこに生きる生命の根源とは、海だ。不知火の海だ。あの鯛を釣る男が飯を炊くときの水に使ったほどに限りなく清浄だったあの海だ。

近代産業はしかし、その海を敬うことを知らない。海と共に生きることの豊かさも知らない。大昔から土地の人間が海の恵みに感謝し海に祈りを捧げてきたことも眼中にない。だから文明のためには平気で海に害毒を垂れ流す。罪悪感はみじんもない。そんなことをしていていいのか。この土地に住む人間が代々営んできた自然と人間とのかかわりをこんなにまでむごたらしく台無しにしていいものなのか。近代産業にはしかし、こういう視点は全く欠落している。

そして、海を傷つけることは、その海を命の根源にしてきた人間を傷つけることになる。得体のしれない病に人間もまた傷つき苦しみ、人としての尊厳を根こそぎ奪い尽くされ、最後にはむごたらしく殺される。その実態を目の前で息が伝わるほどの近さで石牟礼は見続けていた。「水俣病は文明と、人間の原存在についての問いである」と言い切れたのは、その現場に日々居続けたからだ。

そして、こだわったのは「死霊や生霊の言葉」である。その言葉とは、亡くなった患者たちや今も苦しみ続けている患者たちが話す方言である。その方言には特有の脈絡がある。独自のリズムや節がある。言葉と言葉のあいだの間《ま》や、うれしそうな口ぶりや、やり場のない怒りや、言いよどんでしまう沈黙もある。そのすべてに寄り添いこれを原語とする。

なぜか。その原語こそが、言葉を変えれば方言だけが、近代産業に対抗する唯一の信頼できる言葉だからである。石牟礼が方言にこだわるのはこのためだ。例えば、「独占資本のあくなき搾取のひとつの形態」という言葉は、当時の左翼が好んで使った典型的な言葉の一つだろう。こう言えばすべてを言い尽くしたような雰囲気すらある。しかし、何も伝えない。水俣病の悲惨さも伝えないし、近代産業の負の実態も伝えない。それは借りてきた言葉だ。この言葉の背景にあるものはマルクスの資本論を翻訳した言葉だろう。その言葉は、不知火の海と共に生きる漁師たちが使う言葉から最も遠いところにある。そんな言葉で、水俣病患者の心情を語ることもできないし、近代産業の負の側面を暴くこともできない。

話す言葉と内容は、肉体と精神のように結びついている。まさに、シュトルム・ウント・ドラングの理論家であったヘルダーの主張そのものだ。

そして確かに、石牟礼が書き留めた言葉は、不思議なことに、水俣の方言を知らない者たちの心にまで沁み込む。まるで魔法のように一人ひとりの心情がよく伝わる。それはもしかしたら、死霊や生霊の言葉だからかもしれない。そして、死霊や生霊の言葉とは、つまるところ、海が水俣の漁師たちの口を通して話した言葉だからかもしれない。

クロード・レヴィ＝ストロース

文化人類学者のレヴィ＝ストロースの『野生の思考』（一九六二）。この著書は文字通り画期的だった。ヨーロッパの思想家が、ヨーロッパ以外の諸民族の思想や文化を本格的に正当に評価したからだ。

ヨーロッパの国々はその近代的技術を駆使して世界中の国々を武力で制圧し、その土地に根付く文化や風習を蒙と決めつけ、それを啓き、自らの宗教や文化や科学を広めようとした。いわゆる植民地化でありそれに付随した啓蒙運動である。

そこには、自らの文明こそが最も美しく正しく進歩したものであるという揺るぎない確信があった。だから土地の人間たちの思考や文化などには全く関心も持たず価値も認めなかった。しかしレヴィ＝ストロースは、それが誤りであることを実証しようとした。それが、『野生の思考』である。

レヴィ＝ストロースはまず、世界の諸民族の調査をした論文を数多く引用する。そしてどの部族も、自然に対する深い理解と洞察に基づき、自然の生き物や植物や自然現象を精緻に観察し分析し、それらを細分化して固有の名をつけている事実を具体的に示す。その観察の対象は、自らが生きていく上での糧を得るために必要なものだけではない。自然界全体に対する強い関心があり自然を全体として把握したいという強い欲求に基づいている。ここを強調した上で、こう述べる。

「(…) 呪術と科学の第一の相違点はつぎのようなものになろう。すなわち、呪術が包括的かつ全面的な因果性を公準とするのに対し、科学の方は、まずいろいろなレベルを区別した上で、そのうちの若干に限ってのみ因果性のなにがしかの形式が成り立つことを認めるが、ほかに同じ形式が通用しないレベルもあるとするのである。」

『野生の思考』大橋保夫訳　みすず書房　一九七六年三月三十日

ここでいう「呪術」という言葉を理解するには戸惑いがある。しかしこの言葉は、ここでは科学と対置している。となると、ヨーロッパの近代科学とは別の思考体系という意味であろう。この「呪術」の同義語として「神話」という語もこの書ではよく使われる。レヴィ゠ストロースにとって、近代ヨーロッパ以外の諸民族特有の自然観や思想体系は、「呪術的」もしくは「神話的」といった言葉でしか表現できなかったと思われる。

つまり、引用箇所は、西洋以外の諸民族の自然観と西洋の近代科学の自然観との違いを述べたものだと考えられる。簡単に言えば、諸民族は感覚で自然界全体の因果律を包括的に把握する。対して、ヨーロッパの近代科学は自然の一部の現象に的を絞りその限定された枠内での因果律を探る。

この双方の違いを述べた後で、レヴィ゠ストロースはこう続ける。

「しかしながら、さらに一歩を進めて、つぎのように考えることはできないだろうか？　すなわち、呪術的思考や儀礼が厳格で緻密なのは、科学的現象の存在様式としての因果性の真実を無意識に把握していることのあらわれであり、したがって、因果性を認識しそれを尊重するより前に、包括的にそれに感づき、かつそれを演技しているのではないだろうか？　そうなれば、呪術の儀礼や信仰はそのまま、やがて生まれ来たるべき科学に対する信頼の表現ということになるであろう。」（強調はレヴィ゠ストロース）

『野生の思考』大橋保夫訳　みすず書房　一九七六年三月三十日

ヨーロッパ以外の世界の諸民族は、科学的な因果律を「無意識に把握している」。この因果律を認識したり尊重したりする以前に、感覚によってそれをすでに察知している。だから、科学と対立するものではない。世界の諸民族が感覚を通して包括的かつ全体的に感知している因果律を、いずれ、ヨーロッパの科学が持ち前の因果律で立証する。こう述べているように思われる。

そして、ここでの「演技している」という言葉である。この言葉は興味深い。これは、こう考えられる。

諸民族で古から伝わる祭りや儀礼では、歌、楽器、舞い、物語、衣装、特有のメーク、発声方法、所作などが厳密に定められている。これらは、ことごとく演劇的要素とみなせる。つまり、レヴィ＝ストロースは、厳格に且つ緻密に定められた儀礼を一つの演劇とみて、この演劇の主題は、感覚を通して感じ取った因果律を表現するものであるととらえた。だから、「演技している」と述べたものと思われる。

こうしたレヴィ＝ストロースの思考には、世界の諸民族の人間たちやその土地の文化やその土地の風習に対する敬意がある。それを尊重しそれを理解しそれを正当に評価しようとする偏見のない探究心がある。西欧の思想家としては実に稀で、それ故にじつに画期的な思想であったと言わざるを得ない。

石牟礼がレヴィ＝ストロースに影響を受けたのかどうかは定かではない。しかし、「アニミズム」や「プレアニミズ」、「近代への呪術師」等の石牟礼の言葉は、文化人類学との近づきを想起させる。さらに、土地固有の思想や文化や風習を重んじるという姿勢は、石牟礼とレヴィ＝ストロースに共通する最も基本的な姿勢であろう。

さらに、ここでのレヴィ＝ストロースの議論は、漱石の『道草』での、健三の妻と健三のやり取りを思い起こさせる。

健三の妻は、健三のように学識があるわけではない。「小學校を卒業した丈」である。その彼女を作者は、「考へた結果を野性的に能く感じてゐた」と説明する。

その健三の妻は、「もし尊敬を受けたければ、受けられる丈の實質を有つた人間になつて自分の前に出て來るが好い」と健三に對して言う。

その後で健三は、「尊敬されたければ尊敬される丈の人格を拵へるがいゝ」と妻に言う。

この二人の言葉を並列した後で作者漱石は、「健三の論理《ロジック》は何時の間にか、細君が彼に向つて投げる論理と同じものになつてしまつた」と述べた。

健三の妻が「考へた結果を野性的に能く感じてゐた」ことを、学識のある健三が後にそつくりそのまま追認する。つまり、『道草』のここでの展開は、野性的に感じたものを科学（die

Wissenschaft）が後から論理的に立証するという形になっている。
つまり、漱石もまた、野性的な思考が持つ叡智に気づいていたと思われる。

近代科学と自然

人類の歴史から見れば、近代産業の歴史は浅い。その近代産業の武器となったのは、近代ヨーロッパで生まれた自然科学である。ことに、物理学の分野での発見があらゆる近代産業の基本となった。機械力学、電気工学、熱力学、流体力学、建築力学、土木、材質学など、物理学は近代産業のあらゆる分野で画期的な威力を発揮した。その物理学の土台となったのが数学である。

物理学は自然現象の中で運動法則だけに的を絞り込み、この枠内での因果律を発見する。その基礎となるのが、ニュートンの重力の発見である。重量というのは、その重力と質量を掛け合わせたものだと分析した。重力を発見したことで質量という概念にたどり着いた。そして力とは、この質量に加速度を掛け合わせたものだと数式化する。つまり、F＝ma。

「F」は「Force」、「m」は「mass」「a」は「acceleration」。物理学の力学計算はすべてこの数式を基本に組み立てられる。

その力学計算をさらに緻密にしたのが、ライプニッツの微分積分学である。ニュートンとライプニッツは同時代人。ニュートンもまた微分積分学を力学計算で応用した。しかし、ライプニッツは独自に微分積分学を確立したと言われている。

いずれにしても、物理学は微分積分学に支えられ、それ以前の歴史にはなかった近代産業の新たな発展に貢献した。その流れはとどまることはない。アインシュタインの $E = mc^2$ もこの流れにある。

レヴィ＝ストロースは、しかし、その近代科学を「まずいろいろなレベルを区別した上で、そのうちの若干に限ってのみ因果性のなにがしかの形式が成り立つことを認めるが、ほかに同じ形式が通用しないレベルもあるとするのである」と先に引用した箇所で断じた。

物理学の理論は世界のどこでもいつでも普遍的な真理として通用する。そこには、人間の感情というものは一切含まれていない。だからこそ客観的であり世界中で圧倒的な力を発揮した。

しかし、その理論（因果性）が通用するのは、「若干に限ってのみ」とレヴィ＝ストロースは言う。さらに、「通用しないレベル」もあるという。彼が問題にしたのは、まさに、物理学は人間の感情が一切関知しないところでの理論だということ、そしてその理論が通用するのはほんの一部であるということ、この二つであろう。

これは何もむずかしいことではない。自然界のすべての現象を物理学が把握しているのではない。物理学が進歩すればするほど自然界にはそれまで想像もできなかった未知の領域があることに気づかされ驚かされる。その典型がニュートン力学の限界である。宇宙の出来事を解明するにはもう通用しない。そこでアインシュタインの相対性理論が台頭する。しかし、この理論によって、さらに多くの未知の現象があることに気づかされる。自然は際限もなく奥深い。人間の知恵が把握するのはその一部でしかない。これは、当然のことだろう。

しかし、近代科学以外の諸民族の思考では、これはもうあたりまえの前提だ。感覚によって自然の奥深さや神秘は感じ取っている。しかし、人間が知ることができるのはそのほんの一部であることも十分に察知している。だから、まずは敬う。その自然の底知れぬ力に畏怖を抱く。近代ヨーロッパを除く世界中のほとんどすべての諸民族は、自然を神として崇め、神として畏れ、神として感謝し、自然と共に自然の中で生きることを最も尊い生き方だと定めている。「天のくれらすもの」をありがたく受け止めるあの鯛を釣る男は、その好例であろう。

近代西欧の物理学や微分積分学に相当するものを諸民族は持たない。しかし、人間に備わった心情を介して自然界の法則を包括的に全体として把握する鋭い感性が彼らにはある。その感性の対象には限界がない。時間的にも空間的にも際限もなく遠いところまで広がる。この世の始まりからこの世の終わりまで、この世の果てから宇宙の果てまで。レヴィ＝ストロースが「呪術」と科学のレベルの違いについて言うのは、ここである。

近代産業と不知火海

この議論は、学術的な議論で終わるのではない。水俣で、誰にでも分かる形でその違いが明らかになった。

チッソは、まさに、近代産業の花形である。最先端の技術を駆使して巨大な工場群を建設し、化学製品を増産して日本の高度経済成長の花形産業となり業績を伸ばした。この企業活動の根本を支えたのはヨーロッパ発祥の近代科学である。

その近代産業は自然の一側面しか見ない。自然は原料である。だから手を加え改良し、その性質を利用して新しい有用なものを作る。そしてそれを大量に生産して製品として売り捌く。そのどの局面でも近代科学の技術は圧倒的な力を発揮する。開発、設計、製造機械、梱包、運輸など。

だが、その製造過程で自然を破壊するということには目をつぶる。これは、当然の成り行きである。近代産業は自然に対する敬意がない。畏怖もない。神と崇めることなど滅相もない。すべては利用できるか否か、もっと言えば、商品化できるか否か。ここだけである。だから、自然を破壊しようが汚そうが傷めつけようが一切顧慮しない。

だから、チッソは、毒と知りながら水俣湾に有機水銀を流し続けた。それによって、魚が湧くとまで言われた海の生き物たちの多くが死んだ。生き残った魚を食べた猫が狂い始めた。そして人間もまた、ある者は狂い死に、ある者は重度の病を抱えたまま苦しんだ。

海を汚すことがそこで暮らす人間の生命を奪い、そのことが遠からず産業自体も、ひいては共同体自体も滅ぼすことになるということが、当時はまだ見えていなかった。

近代産業は自然の一側面しか見ない。利用できるか否か、そこだけしか見ない。対して、水俣の漁師たちは、海があって初めて自分が生かされていると日々感じている。海を畏れ海の恵みに感謝し、海と共に生きている。そこには、自然の因果律の底知れぬ奥深さを感じ取る感性がある。それは、知恵といってもいいのかもしれない。近代科学とは全く別の思考様式で得た認識である。

水俣で起こったことはそれ以前にもすでに起こっていた。世界のあちこちで発生していた。森が無くなり農地になり洪水や干ばつが頻発する。工場排水で川や海が毒物で汚染され魚の死体が浮く。空中に放出された熱や有毒ガスで生息環境が悪化し動植物が姿を消す。兆しはすでにあった。

しかし、近代産業が自然を破壊する様態が、限られた地域で集中的に短期間で残酷なまでに顕在化した現象は水俣がおそらく初めてであろう。その原因は、水俣病がまさに日本の高度経済成長に付随して発生したからだと考えられる。

そして水俣で起きたことは、それ以降、地球規模で世界の各地で起こる。地球全体の温暖化、それが原因だと思われる気候変動、台風やモンスーンの大型化、工場排水やマイクロプラスティック等による海洋汚染、陸地の砂漠化、大規模な森林火災。これらの現象を招いた最も大きなそして主要な原因は近代産業だろう。チッソと不知火の海との関係が地球規模に拡大した。水俣で起きたことが、その後に地球規模で起きていることの縮図となった。

そう思えば、チッソと不知火の海との関係をじっと見続け、近代産業が地域を破壊しそこで暮らす人間たちの暮らしを奪い生命を脅かし命を奪う様を見続け記録した石牟礼の仕事はますます重要な意味を帯びてくる。

それは、たとえば、「持続可能な発展目標」（Sustainable Development Goals）などといった呑気なものではない。もっと差し迫っている。今すぐ根本的に生活様式を変えないと、地域も人間も生きられなくなる。なぜなら、人間の命は、自然に依拠し自然と共に生きなければ保持できないからだ。もし、世界が、不知火海のようになってしまえば、その海から糧を得ていた人間が生きる場はもうなくなってしまう。他のどこかに、というわけにはいかなくなる。

確かに、今はそこまで行っていないかもしれない。しかし、このまま近代産業が次から次へと生み出す流行りの物品を追いかけ目先の便利さや快適さばかりを追いかける生活を人間たちがやめなければ、終末のゴールはそう遠くはない。それは五〇年後かもしれない。あるいは、一〇〇年後、二〇〇年後かもしれない。しかし、自然と共に生きてきた数千数万年にもわたる人間の歴史から見れば、途方もなく先のことではない。

部分だけを見ない。この世の始まりからこの世の終わりまで。この世の果てから宇宙の果てまで。水俣の方言で石牟礼が伝える世界にはこの広がりがある。いつでも、どこでも通用する真実がある。

屋久島

仕事を辞めた年の夏に北海道に行ってから、それ以降、毎年夏には一か月ほどかけて日本のあちこちの山を登った。北海道に行ったことで妙な自信がついたのか、それともカブでの旅の面白さやわくわく感のとりこになってしまったのか。まるで、自分の心と体がひとりでに動き出すような感じになり、夏になると五〇ccのカブに荷物を満載して旅に出た。

白山、南アルプスの仙丈ヶ岳、甲斐駒ヶ岳、北岳、中央アルプスの木曾駒ヶ岳、宝剣岳。なかでも屋久島の宮之浦岳はとりわけ感動した。もともとは、九州の山を登るための旅だった。由布《ゆふ》岳、普賢《ふげん》岳、九重《くじゅう》連山に登り阿蘇山に出て、最後は開聞《かいもん》岳に登った。その後、桜島に渡ろうとした。しかし、台風が近づいていてフェリーが欠航。仕方がない。桜島はあきらめて、鹿児島湾近くで野営することに。

朝早く出発した。帰るつもりでいた。でも、せっかく鹿児島湾に来たのだから、港でも見ていこうかという気になった。道路標識の案内が鹿児島港と出ていたので誘われた。港に行くすると、大型のフェリーが止まっている。屋久島行き。へーっ、そうなんだ。屋久島行きは全く予定はしていなかった。どうしよう。今ここで屋久島に行かなかったら、きっともう一生行かないだろう。もし後で行きたくなったとしたら、この港まで来るのに途方もない時間と労力がかかる。それじゃあ、行ってみるか。この機会に。これも何かの縁か。もう人生がそれほど残っていないと思うと、決断は早い。迷いは、すっ飛ぶ。

切符売り場に行く。出発には間に合うとのこと。バイクのスペースも残っていた。それで、フェリーに乗った。海は荒れていた。それでも大型のフェリーは屋久島目指して出航した。

屋久島のことは、『浮雲』（一九五一）という林芙美子の小説で知っていた。屋久島は、一年のうち三六六日雨が降るといわれるほどによく雨が降る。そのことをこの小説で知った。林芙美子といえば『放浪記』ばかりが有名だが、この『浮雲』は日本の恋愛小説の中ではとびぬけている名作である。農林技官の妻のいる男に若い女が惹かれ追いかけ続ける。あくまでも女の恋情が主役。一人の成熟した男に対する抑えようのない欲望に引きずられていく若い女の姿は生々しい。その技官は別の若い女とも懇意になる。そのことが嫉妬を駆り立て男への執着をさらに深める。農林技官の男は、仕事で屋久島へ。女は追いかける。その途中風邪をこじらせ、屋久島で命尽きる。

かっこいい。ここまで一途に一人の男への愛欲に引きずられ、まさに、命尽きるまで。幾多の男たちが書く恋愛小説よりも、『浮雲』の女は断然生きている。

一九五五年、この『浮雲』は成瀬巳喜男監督によって映画化された。女は、高峰秀子。男は、森雅之。若い女の清楚な容貌の内に熱く燃え盛る愛欲。高峰秀子は申し子のようにまさにその役にピタリあてはまる。森雅之には、目立った人格というものがない。あるのは、内省的な魅力。その物静かな所作や表情の一つひとつには、人間的で、知的で、性的な魅力があふれている。まさに、その姿は、女から見た男。欲望の対象としての男。おそらく、森雅之の代表作だろう。林芙美子の原作も魅力的だが、成瀬巳喜男の映画もまた秀作である。

その映画で、屋久島の杉をトロッコで運ぶシーンがある。屋久島に着き、縄文杉のあるところまで行くには、まずその軌道の上を歩く。トロッコが通った道だ。だからほぼ平坦。勾配は緩い。その軌道がだらだらとずっと続く。この日もやはり雨だった。

縄文杉というのを初めて見た。写真でも見たという記憶がなかった。実際に目にしてまず感じたのは、気持ち悪い。樹齢二〇〇〇年を超すとまで言われているその杉の太い幹は、遠目で見る限り不気味である。途方もなく長い間生き続けているその木の幹には、幾重にも深い皺が刻みこまれ、その皺たちが複雑に入り組んでいる。こんなにも濃厚な存在感を持つ生き物はこの世にはめったにない。あたりにまき散らす威張りくさったような自らの存在の誇示。こちらは、その迫力に恐れおののくしかない。親近感などとても持てない。怖くて、不気味で、威圧的で人を蹴散らすような迫力。こんなにも命が凝縮された生き物は、まるで二〇〇〇年も生き続けてしまった老婆のよう。その姿は、一目見たら心の中に焼き付いてしまう。

美しいものは感動するが、その多くは、さらっと心を通り過ぎる。しかしこの縄文杉は心に引っかかったまま残り続けた。

翌日。九州で一番高い山となる宮之浦岳を目指す。淀川小屋に一七時着。この小屋はしっかりしている。無人。無料。四人ほどすでにいた。屋久島でテントを張る場所を探すのは結構難しい。海岸線をかなり走ってやっと人気《ひとけ》のない砂浜を見つけたこともあった。初日は、その余裕もなく港湾のコンクリートの上にテントを張った。野犬が来て、うなった。しかし、相手にせずそのままにしていたらどこかへ消えた。そんなことがあったので、この淀川小屋は実にありがたかった。水場もすぐそばにある。トイレもある。

その日は快晴だった。屋久島なのに雨は降らない。朝、五時四五分に出発。まだ少し薄暗い。途中誰にも会わず。屋久島を独り占めした気分。前日の、あの縄文杉への登山道での人の行列とは全くの別世界。静かだった。あたりの景色を楽しみ、静寂をかみしめ、森の清浄な香りを存分に吸い込んだ。

宮之浦岳は二〇〇〇㍍級の山。下は亜熱帯。山頂付近は冬には雪が積もる。つまり、下から登っていくと亜熱帯から高山地帯までの植生が順を追って楽しめる。さらに、一年を通じて降雨量が豊富なので、コケ類が地表や倒木や木の幹を包み込む。もちろん、登山道のわきには杉の巨木があちこちに。杉の大きさの規模は本州の杉とは桁違い。

森の静寂と清涼な香りの中を自分のペースでゆっくりと楽しみながら歩く。そのまま歩き続けると小さな湿原に出る。そこには、一頭の野生の鹿がいた。こちらをじっと見る。しかし逃げない。その湿原からは、巨大な山の峰の全景が見える。鮮やかな明るい緑の中に、真っ白い岩が所々に点在する。そのはるか上には真っ青な空。こんなにも美しい光景を見るのは初めてだ。今まで見た山のどの景色よりも穏やかで美しく心にピタリと入り込んできた。もしかしたら、今まで登ってきたどの山よりも美しいのではないか。

　その湿原から先は、森はなくなり灌木の間にできた石ころの登山道を登る。快晴。歩を進めるごとに真新しい景色が目の前に広がる。そのどれもが鮮明に光り輝く。緑も、岩の白も、青空も。豆腐岩と名付けられた岩があった。なるほど、四角いし色も白い。たしかに豆腐だ。その豆腐が山頂付近で急な斜面にへばりついている。のどかで、広々としていてどこか呑気。

　九時一五分。山頂着。そこから海が見渡せる。海を見て驚いた。水平線が異常に高い。山頂の高度よりも少しだけ低いぐらい。ちょうど足元ぐらいの高さに感じられ、遠くの水平線が上昇してきたかのよう。海が空に向かってせりあがったようで、かなりの迫力。こんな海を見たのは初めてだった。晴れていた。海も山も空も光り輝いていた。宮之浦岳の登山は、好天のおかげで特別なものになった。

　旅に出る前は、まったく考えもしなかった屋久島への旅。すべてが偶然。すべてが成り行き任せ。だから、手垢がついていなくてすべてが新鮮。目の前の展開にただただ静かに驚きつつ身を任せる。悪くないな、と思った。

第四部　再び北海道へ

二〇一九年夏

どうしたわけか、小川遥はまた北海道に行きたくなった。その思いは心のどこかにずっと居座り続けていた。しかも、利尻山へという思いが年々濃厚になっていった。なぜ利尻山なのか、よくはわからない。初めて北海道に行ったときは、とにかく宗谷岬までという思いしかなかった。何しろ、日本の最北端なのでそこまで行ってみたい、そういう月並みな理由で。

その後で、ついでになぜ利尻島や礼文島に行かなかったのかという思いが残った。初めて行った、否、初めて行けた北海道にもう夢中になり物事を冷静によく考えられなかったのではないかと今にしてみれば思う。

しかし、あれから毎年カブの旅を続けた。いくつかの山も登った。で、今度は利尻山へ、ということになった。ついでに、先回の旅では登れなかった山も登ってみたいとの野心もわいてきた。

北海道へのルートは、基本的には先回と同じ。行きは太平洋側、帰りは日本海側。まずは、尾道に出て、そこからしまなみ海道を通り、今治に出て、そこから徳島に。そして徳島から和歌山へフェリーで。さらに、紀伊半島の根元を横断して鳥羽へ。鳥羽からフェリーで伊良湖へ。

このルートは先回と同じ。野営地も同じ。どこにテントを張ったらいいかが頭に入っていると、野営地を探さなければというプレッシャーから解放されて、ものすごく楽だった。

このルートだと、神戸、大阪、京都、名古屋という大都市圏をエスケープできる。五〇ccの原付で大都市圏の国道をトロトロ走るのはものすごいストレス。他の車にも多大な迷惑をかける。で、回避するしかない。遠回りになっても、呑気で走る方が楽。何しろ、時間はいくらでもあるのだから。年寄りというのは、実にいい。実にありがたい。

伊良湖から豊橋に出る。しかしここから先は、基本的には国道を走るしかない。仕方がない。他に道がない。海岸から離れて山沿いの道を選んだとしても、結局また海沿いの道に戻らなければならなくなる。だから、あきらめるしかない。国道の端っこをトラックに怯えながら心を黒く塗りつぶして走る。景色を見る余裕はない。常にバックミラーを見続け、後方から追い抜いて来る車に注意を払い続ける。

沼津、静岡、そして箱根方面に。長い間寝たきりの療養生活を送っていた母が二年前に亡くなった。その法要が、東京の西多摩の墓地である。それに出席したかった。何とか箱根に着いた。ものすごい人出。とりあえず仙石原《せんごくはら》に出て、この日は民宿に。

箱根は、思い出の場だ。小学生の時に修学旅行で箱根に来た。バスで杉並木を通った。その杉の巨木が何本も続いているのをバスの窓越しに見て感動した。世の中にはこんなものがある。「昼猶《なお》闇き杉の並木♪」。まさに、歌の通りだ。その風景は、今まで全く目にしたことがなかった。それから大涌谷《おおわくだに》や、ケーブルカーで山へ。初めて目にする雄大な自然に対して、自分の中で何かが激しく反応し喜び、その喜びが心に焼き付いてしまった。だから箱根には特別の思いがあった。自分にとっての登山の原点は、多分この修学旅行ではないかと思う。

しかし、だ。旅に出る前から咳が出ていた。夜中に激しく咳込んだ。熱が三九度を超えた。これはまずい。医者に行くしかない。寝てれば治るのだろうが、旅にも出たい。で、何年かぶりに医者にかかり薬をもらい、何とか熱を抑えて旅に出た。しかし、咳は続いた。薬も飲み続けた。しかし、ここの箱根で、かなりひどい咳が出た。熱もありそう。体もだるい。で、仕方がない、民宿のおばさんに聞いて、病院を教えてもらい、ここでまた薬をもらった。

金時山《きんとき》にはぜひ登りたい。北海道の登山の下準備になる。しかし、登れない。登山口まで行き、そこにある案内板でコースタイムまで確認したのに、登れる自信が出ない。ここは、休むしかない。体力の回復を待つしかない。結局、箱根の山は一つも登らず静養したのみ。こんなことは初めての経験。ぜひ行ってみたいと思っていた大涌谷は、噴火のために道路が封鎖されていた。ま、こんなこともある。仕方がない。

西多摩で法事を済ませてから、一気に南下し藤沢に出て横須賀を通り久里浜《くりはま》を目指した。国道一六号は、つらかった。きつかった。つまらなかった。横須賀に来て、久里浜に着いてほっとした。この久里浜から房総半島の金谷《かなや》までは東京湾フェリーがある。このフェリーに乗れば、首都圏を回避して房総半島へ出られる。

先回はしかし東京を横断した。品川に母がいたので。荷物を満載した五〇ccのカブで、銀座四丁目の交差点を横切った時にはちょっと気持ちよかった。明らかに異端のジジイが銀座に現れるといった気分。

しかし銀座は馴染みがある。東京でほとんど唯一といってもいいぐらいのお気に入りの場所。東京でいいと思うのは銀座のここぐらい。品川から山手線で有楽町まで。そこから築地まで歩く。途中に銀座四丁目の交差点がある。角に和光と三越。そこを通り抜けてさらに海側に進むと左に歌舞伎座。さらに行けば右奥の築地場外に行き着く。そこを通り抜けてもっと先に進めば築地場内。この道が、最も東京らしい。古いままの東京が残っている。少し前までは、歌舞伎座へ行く手前、道路の右側の古いビルの地下に、いくつかの映画館が入っていた。時代から取り残された映画ばかりを上演していた。

築地場内をひと回りする。すべての店舗を覗く。狙いはマグロのカマ。本マグロのでかいのがいい。三〇〇〇円ぐらい出すといいものが手に入る。これを家で捌く。カマトロという部位が絶品。他の赤身の部分も脂がのり格別にうまい。歌舞伎を見るときは、その前に、築地場外で包丁を見たり豆を買ったり寿司を食ったり。

その築地場内が無くなった。豊洲に移転。もう興味はない。築地は銀座にあってこその築地。どこかの誰かさんたちが勝手に決めてしまうので、無力なジジイにはどうにもならない。

とまあ、東京湾フェリーに乗りながらあれこれと。この東京湾フェリー、乗客がいない。自分の他には、二人の小さな子供を連れた女性のみ。空席ばかりが目立つ。船全体もどこか古びていて、昭和のレトロ感たっぷり。座席のビニールシートの赤が酒焼けした水商売の女の口紅のような黒みがかった赤。これはこれで結構情緒がある。

金谷に着く。

勝浦、九十九里、ひたちなか市、いわき市、そして大熊《おおくま》町

九十九里を走る。それは夢だった。憧れだった。しかし、どうだ。海沿いの道路は高架になっていて原付侵入不可。五〇ccのカブでは通れない。仕方なく海岸から離れた道路を走るしかない。こちらの道路からは海は見えない。ものすごくがっかりした。楽しみにしていたのに。

ま、こんなこともある。仕方がない。銚子に出て、鹿嶋《かしま》市を経由して、ひたちなか市へ。そこから国道二四五号を通りいわき市へ。いわき市の四倉《よつくら》というところから、いわき浪江《なみえ》線と名のついた県道三五号に入る。この道は、海沿いを走る国道六号と並行している。国道六号は車が多い。しかし県道は少ないはずだ。しかもほぼまっすぐな道。この道を北上すれば仙台に近づくはずだ。もう道に迷うことはない。バイクを止めていちいち道路地図を広げて道路を確認する必要もない。

県道三五号は、思った以上に交通量は少なかった。気楽に走れた。海は見えなかったが、それでも呑気に走れるのがうれしい。

ところが、である。大熊町近くで突然、検問があった。道路が封鎖され、小屋があり、警備員が数名待機していた。ここから先は、二輪と原付は通行できないと言われた。放射能汚染のためだという。地震に伴う原発の事故。それから八年たっている。それでもか。当たり前なのだろうが、これほどまでに厳重に管理されている現場に来て、今更ながら原発事故の深刻さに思い至った。

ここまで来た道が空いていたのもこれが理由だったのだ。嘆いても仕方がない。先には行けない。大きく迂回するしかない。

県道三五号を戻り、県道三六号との交差点で、三六号に入り、内陸部の川内村へと向かった。山道である。海から離れて山奥へと向かう。川内村から今度は国道三九九号に入り北上し、国道二八八号に出る。この道は都路《みやこじ》街道と呼ばれている。この道を左折してさらに内陸に進み国道三四九号との交差点に出る。この三四九号を二本松市に向かって北上する。

何のことはない。大熊町、双葉町、浪江町、南相馬市を回避するために、これらの町の縁を時計回りに大きくぐるっと回っただけである。福島第一原子力発電所の崩壊による放射線汚染は、こんなにも広範囲に広がっている。原付で走れば、その影響をしみじみと実感することになる。

予定は狂った。しかし、車の少ない山道を走るのは、悪くはなかった。遠回りになったが、バイクの走りをゆっくり楽しめてそれはそれで良かった。

二〇一〇年、国道三四九号は初めて北海道へ行ったときに通った道だった。品川から水戸に出た。三四九号は茨城街道と呼ばれ、水戸を起点に仙台まで続く。途中ほとんどが山間部。東北の内陸部を走る国道四号や海沿いの国道六号と比べれば、車の量は断然少ない。しかも仙台まで一本道。原付の旅にとってはもってこいの道路。で、九年前はこの道を選んだ。途中、大子町の奥久慈で一泊し、翌日の一四時には仙台に着き、松島、奥松島へと向かい、夕方、野蒜《のびる》海岸に着き野営した。

その国道三四九号に偶然戻った。しかし、どうしたわけか、以前通ったという記憶が全くない。ルートを記録したメモを後で確認して、初めて、先回通った道だということがわかった。こういうことも多々ある。何しろ年寄りだから。

この日は、予定していたルートを大きく迂回して阿武隈《あぶくま》川に出た。名前の知っている大きな川に出てほっとした。川沿いを走り、川岸にあった小さな神社を偶然見つけて、その境内にテントを張らせてもらい野営した。一五時四五分。途中のスーパーで買った弁当を食べビールを飲んですぐに寝た。ぐっすり眠った。

仙台、松島、雄勝《おがつ》

阿武隈川河畔の神社、六時一〇分出発。仙台、八時一五分着。大都市を朝走るには覚悟がいる。通勤ラッシュとぶつかる。渋滞を何とか邪魔しないようにおとなしく都市部を通り、松島へ一〇時着。

松島に来て、ちょっと驚いた。ここも確か津波の被害にあったはず。しかし、その痕跡がない。海沿いの土産物店も、海岸線の道路も、九年前とさほどの変化はない。当然修復したものと思われるが、以前の形をそのまま残すようにして再建したのだろうか。でも、確か、奥松島や野蒜海岸はかなりの津波被害があったと記憶しているのだが。

松島は東北きっての観光地だ。だから元のままの形ですぐに修復したのだろうか。遊覧船も走っていた。多くの人が訪れていた。以前と同様の活気がある。この地が被災したとは、この日の光景を見た限り全く想像できなかった。

松島から国道四五号を北上し、国道三九八号に入る。リアス式海岸沿いに走る東北でもとりわけ美しい道だ。通り過ぎるのがもったいなくて、何度も海にもぐりたくなる衝動を覚えた道だ。

しかし、一変していた。津波到達地点という標識があちこちに。途中、道が消えてしまった。雄勝《おがつ》という地区に迷い込んでしまった。

あたりは一面赤っ茶けた土。道らしきところには轍《わだち》があり砂塵が舞う。トラックが何台も行き交う。クレーン車のようなものもある。人家はない。町民らしき人々もいない。いるのは、工事関係者のみ。

ここでひときわ目に付くのが防潮堤である。海側に居丈高に聳え立っている。その高さ、四階建てのビルぐらいか。巨大なダムのようにも見える。海は見えない。完全に遮断されている。道路がない。アスファルトが消えている。土の上をこわごわ走る。分岐点に来た。どちらに行けばいいのか。標識もない。海側を走ればいいかと思い防潮堤沿いに走ることに。ちょっと走ると、左手にモニュメントが。まだ新しい。近くに行って見てみると、慰霊碑だった。この地に病院があり、そこの入院患者と医療関係者六四名が津波で亡くなった。その氏名が石碑に刻まれている。ここを訪れる人はこの日はいなかった。

防潮堤の内側は、まるで刑務所の中だ。巨大なコンクリートの塀に囲まれて出口は見当たらない。その壁がずっと遠くまで続く。いったい、この事業のために税金をいくらつぎ込んだのか。それが本当に地元の人間のためになるのか。あるいは、将来にわたってこの地で暮らす子供や孫たちのためになるのか。このような防潮堤の内側で暮らす人間たちが、果たして、安全で幸福に暮らせる場を得たと思うだろうか。

このプロジェクトにかかわった者たち（Technokrat）の中で欠落しているのは、人間や自然への全体的で包括的な思考だろう。彼らの中で、孫子の代まで続く地元の人間たちの先々の暮らしを十分に配慮した人物がどれほどいたか。地元の人間たちは、海のそばで暮らし海と共に生き、海のことは先祖代々伝え聞き、よく心得ている。海は、津波のように想像も付かない凶暴な側面を見せ牙をむく。しかし、多くの恵みももたらし、人々の暮らしを支え、人々を和ませても来た。その二つの側面を全体として受け止めてきた。そのような受け止め方やそこを基本にした方策こそが、最も現実的で最も合理的ではないのか。

砂塵舞う巨大な土木建設現場を五〇ccのカブでこわごわと走りながら、気分はますます重くなってくる。胃袋の中にどんどん鉛が沈み込んでいくような感覚だ。そのうち海岸から離れて山道に入り込んだ。どうやら、道を間違えたらしい。海岸線を走れば何とかなると思ったのが間違いだった。地図を何度も見るが現在地が分からない。

坂を登りきると小高い丘に来た。そこに一台の軽トラックが止まっていた。車の中で一人の男が居眠りをしていた。声をかけ、道を聞いた。どうやら、気仙沼の方に行くには引き返さなければならないらしい。でも、道が分かって安心した。

道を教えてもらった後で、聞いてみた。

「途中、防潮堤があって、ものすごい工事をしてましたね。」

すると、男はこう言った。

「地元の人間はあそこにはいかない。今でも、霊がさまよっているという人もいる。俺もあそこにはいかない。行くとなんだか頭が痛くなるから。」

そしてまた、あの防潮堤に戻ることになった。病院の跡地に建てられた慰霊碑にまた行ってみた。少しだけ高台になっている。おそらく、病院からは毎日美しい海が見えただろう。今は防潮堤にさえぎられて海は見えない。

「ここは危険だから、病院を建てるならもっと高台にした方がいい」という土地の古老の意見もあったということを後で知った。

雄勝町を後にしながら思った。石牟礼がこの防潮堤を見たらどう思うだろうか、と。

防潮堤

雄勝地区は津波で壊滅的な被害をこうむった。しかし、今では何もかもが片づけられ更地になっている。整地しているのか。その途中だったのか。津波からもう八年経つ。それでも荒涼としていて生活の兆しはどこにも見当たらない。

その中で唯一目立つのが防潮堤である。

津波は怖い。確かに甚大な被害をもたらした。その津波が今後また襲来することを予測して、それに十分に備える必要はある。

しかし、これでいいのか。その回答がこの防潮堤か。ここに来るまでは、こんなものが三陸の海岸に張り巡らされているということなど全く知らなかった。テレビでも新聞でも報じられたという記憶がない。そして今、五〇ccのカブでここまで来て目の前で見て、その高さを仰ぎ見ると、心は潰れ、言いようもない重苦しい気分に満たされた。

陸と海をこんな風に遮断していいのか。なんということをしてくれたのだ。海岸は、人や生き物が生きるためにぜひとも必要な場ではなかったか。そこは陸地と海が出合い交わる神聖な場であったはずだ。

陸の動物たちは海岸に降りて海から漂着した生き物から糧を得る。海の植物や魚たちは陸から流れてくる養分をあてにして海辺に集まって来る。海からは潮風に乗って雨や霧や清浄な空気が陸地に送り込まれる。陸からは雨水や雪解け水や豊富なミネラルを含んだ養分が海に注がれる。陸と海の境は、陸の生き物たちにとっても海の生き物たちにとっても貴重な場だ。

人間にとっても大切な場だった。そこでは、祭りが行われた。海の恵みに感謝し、海の安寧を願い、海に祈りを捧げ、海と共に生きてきた。子供たちは海辺の生き物を採ることに夢中になり、夏には海に入り、その子供たちを目を細めてみる大人たちがいた。夏の宵には大人たちも子供たちも誘い合って浜辺に集まり花火に興じた。そして年取れば老人たちは天気のいい日にはずっと海をただ眺めていた。海辺は、生活の糧をもたらしてくれる場でもあり、人々の憩いの場でもあった。言ってみれば、海辺は、ヨーロッパの都市での広場のような場であった。人々はそこに集いそこを神聖な場として大切に守ってきた。そういう暮らしが、何百年も何千年も続いていた。

その暮らしを巨大なコンクリートのブロックで断ち切りもはや再起不能な状態にまで固定する。こんなことをしてもいいのか。自然に対して人がこんな無謀なことをしていいものなのか。

もっと何か別の方法はなかったのか。

この防潮堤は、まさに、近代産業のグロテスクな側面が凝縮されている。技術者、政治家、知識人、各分野の専門家、官僚、土木・建設企業、仲介業者等。この防潮堤は、これらの人間たちの統一した意思の表れだろう。その貧困な発想に胸が痛む。これらの人物たちに共通しているのは、レヴィ＝ストロースの言葉でいえば、一部しか見ないということだろう。この世の始まりからこの世の終わりまで。この世の果てから宇宙の果てまで。こうした視点や、その視点に立った上での発想が完全に欠如している。そしてそこから透けて見えてくるのは、復興という大義に名を借りた近代産業の利権あさりだ。

その防潮堤を一目見てまず胸を打つのは、醜さである。この国道三九八号は、三陸の中でもとりわけ海岸線が美しい地域だった。土地の人間たちは何度も津波の災害に遭いながらも海と折り合いをつけ海から学び海と共に生きてきた。その人々は、海をよく知っている。海に対する知識と知恵と長年にわたる経験の蓄積がある。海は怖いだけではない。人々にとっては宝だった。

その地元の人々の情感や思考をまずは何よりも優先し、その情感や思考が生きるような方策を取り入れるべきだったはずだ。しかし、この防潮堤という事業のためにどれだけ地元の一般住民が参画しただろうか。

防潮堤は東京の政財界の発想

地域経済論を専門とする岡田知弘は、『「生存」の東北史　歴史から問う三・一一』（二〇一三）でこう述べる。

「（…）これまでの『東北』とは異なる『強い東北』をめざし、さらに『国土強靭化』のための防潮堤を海岸部に張り巡らせるべきだという『開発』論が、東京の政財界から湧き上がることになった。」
『「生存」の東北史』大門正克他　編著　大月書店　二〇一三年五月三十一日

岡田はここで、防潮堤が「東京の政財界から湧き上が」った論であることを明確に指摘する。そこに、被災地の住民たちは一切関与していない。

そしてこう続ける。

「大災害に便乗して、東京に拠点をおく巨大資本の資本蓄積と、東京への電力・資源・労働力供給地としての『東北』開発を推進する一方で、被災者をはじめ住民の『生存』問題が軽視される構造が再生産されているのである。」
『「生存」の東北史』大門正克他　編著　大月書店　二〇一三年五月三十一日

そもそも、福島の原子力発電所もまた、「東北振興事業」という名のもとに建設された。しかしその内実は、東京への電力供給のための電源開発であり、その原発の工事や運営を仕切るのは、東京に本社を置く大手企業である。

地元を豊かにするためと口では言いながら、その実、東京に拠点を置く産業のために利用する。東北を舞台に「振興」とか「開発」とかの名目で繰り返されて来たこの構造が、今回の津波災害でもまた再び反復されていると岡田は言う。岡田が強調するのは、地域の人間たちの暮らしや歴史や思いがまったく顧慮されないところで開発とか振興とかが政府主導で行われてきたという実態である。

雄勝の海と陸を隔てて居丈高に聳え立つその防潮堤は、まさに、政府の強力な支援を受けた大手ゼネコンの威力をまざまざと見せつける。しかし、である。こんなグロテスクな建造物を求めている人間が果たして地元でどれほどいたのか。

雄勝の子供たち

雄勝で小学校の教員をしている徳水博志は、地域復興の主体は子供だと確信した。そして、震災のわずか二か月後の二〇一一年五月に地域住民だけで結成された「雄勝地区震災復興まちづくり協議会」にその子供たちを参加させる。

『「生存」の東北史　歴史から問う三・一一』で徳水はこう述べる。

「被災地が求める学力とは、大企業の経済的価値を求めて競争を勝ち抜くための『生きる力』ではなく、『村を捨てる学力』でもない。被災地が求める学力とは、《故郷を愛し、故郷を復興する社会参加の学力》である。」

『「生存」の東北史』大門正克他　編著　大月書店　二〇一三年五月三十一日

学力というのは大企業に入るためのものではない。地元の復興のために知恵を傾け地元の力になることである。それこそが子供たちにとっての真の学力となる。徳水は、学力をこう定義し、この方針のもとに子供たちと一緒に復興について学ぼうとする。

しかし、子供たちは被災した後の喪失感や不安感を抱えている。その子供たちとどう向き合えばいいのか。とりあえず話し合いの場を持つ。しかし、そこで出てきたものは、「ゲームセンターがほしい、イオンショッピングセンターがほしい」という話に始終した。

そこで、仮設住宅で暮らす住民にアンケートをすることを子供たちに提案する。その時のことを、徳水はこう記す。

「住民の生の声を聞いて、子どもたちはショックを受けたようだった。家族を亡くした人、津波への恐怖心で雄勝に帰りたくても帰れない人、絶望と希望の狭間で揺れ動く大人に出会ったのである。そして、遊びと消費中心だった自分たちのまちづくりを見直し、故郷を愛する住民の要求に根ざしたまちづくりの大切さに気づいていった。こうして自分たちも復興の当事者という自覚を高めていったのである。」

『「生存」の東北史』大門正克他　編著　大月書店　二〇一三年五月三十一日

徳水の学力に対する考え方や、地元の人々と子供たちが直接話し合う機会を作るという教育の実践は、被災地の雄勝だけに当てはまることではないだろう。日本で、今まさに求められている教育のあるべき姿を見事に具現している。

ゲーテが示したように、真の学びは人を変える。徳水によって導かれた子供たちは仮設住宅で暮らす人々から学んだ。そしてその学びが子供たちを変えた。その子供たちが、大人を変える。地域を変える。

その子供たちの意見にまず感動したのが親たちである。「涙が出ました。未来が見えます。子どもたちが雄勝のことを考えてくれるなんて、うれしくなりました。」そしてこの子供たちの意見をまず何よりも真剣に受け止めたのが、「雄勝地区震災復興まちづくり協議会」の大人たちである。この協議会は地元の漁師たちを中心にして構成されていた。

徳水は言う。

「この子どもたちに先祖代々受け継がれてきた浜を残したい、あとを継いでもらいたいという、雄勝の海と自然と風土への強い愛が、『まちづくり協議会』の委員たちの胸にあふれていたからである。」

『「生存」の東北史』大門正克他　編著　大月書店　二〇一三年五月三十一日

まるで、水俣の漁師たちの言葉を聞くかのようだ。石牟礼が伝えた漁師たちの言葉と変わらない。雄勝の漁師たちに、海や自然や風土への強い愛があふれていたからこそ、子供たちと対等の立場で子供たちの意見に真剣に耳を傾けたのだと、徳水は感じた。

子供たちは親を動かした。さらに地元の漁師たちを動かした。そしてこの動きが、市役所の職員をも動かす。石巻市役所雄勝総合支所長は、子供たちの意見表明を聞いて、「皆さんの発表を聞いていて胸に熱いものがこみ上げてきました。皆さんの意見はたいへん参考になりました。光を見るようでした。これからの話し合いに活かしていきたい」と感想を述べたという。

親たちは「未来が見えます」と言う。そして、総合支所長は「光を見るようでした」と言う。子供たちは雄勝の未来を背負う人間である。それだけでも神々しい。しかもその子供たちが自分たちの力で自分たちの故郷を復興させたいと真剣に考えている。大人たちはその姿に、未来と光を見たのである。

子供たちが示した雄勝の復興プランは、ついには、行政の復興プランにまで影響を与える。雄勝総合支所の復興担当者は、「県の方針で九・七メートルのスーパー堤防は拒否できない。しかし、一部分だけの建設に押しとどめ、子どもたちの案を生かし、美しい景観を守るために、この復興案をつくった」と説明したという。

子供たちの意見表明を受け止めたこの復興担当者について、徳水はこう言う。

「宮城県政の背後には、惨事便乗型のゼネコンが控えている。雄勝住民の政治的基盤は弱く、県政の圧力を押し返す力はない。しかし、雄勝総合支所の担当者は県の方針をストレートには下さずに、住民の反対意見にそってぎりぎりの妥協案を作成したのであった。」

『「生存」の東北史』大門正克他　編著　大月書店　二〇一三年五月三十一日

ここには、大災害に便乗して、『国土強靭化』のための防潮堤を海岸部に張り巡らせるべきだという東京の政財界から湧き上がった『開発』論に対して、微力ながらその『開発』論に真正面から立ち向かおうとする子供たち、その親たち、その子供たちを導く教員、地元の漁師たち、地元の役場の職員たちが闘った記録がある。

その記録から明らかになるのは、防潮堤建設に至る実態であろう。防潮堤など地元の人間たちは求めてはいなかった。雄勝の人々にとっては、宮城県が唐突に九・七㍍のスーパー堤防を押し付けてきたのだ。その宮城県もまた、その防潮堤の建設を国策によって日本政府から押し付けられた。その国策を決めたのが、政財界や技術者や有識者等のテクノクラートであり、その背後には惨事便乗型のゼネコンが控えていた。

何のことはない。防潮堤など押し付けである。地元の人間たちのためなどでは決してない。地元の人間たちは巨大な政治圧力に困惑し、それでもなんとか防潮堤の規模を縮小してほしいと願ったのである。

震災から九年後

震災から九年目の二〇二〇年三月一一日、歴史社会学を専門とする山内明美の意見が朝日新聞に載った。南三陸町で生まれ育った山内は、「復興」の名のもとに大規模な土木工事が進められ、故郷の風景がすっかり変わったことに心を痛める。

山内は言う。

「住民からは当初、『計画された防潮堤では高すぎる』『みんなが暮らしやすいバリアフリーの街づくりを』など様々な要望や提案が出されました。しかし復興事業が進む過程で、多くがうやむやになってしまいました。」

朝日新聞　二〇二〇年三月一一日

山内もまた、政府主導の復興事業が住民を置き去りにしたままで進められてきた現実を問題にする。「(…) 街や海、山が改造されても、住民の心の安寧はなかなか得られていません。公共事業が増えたはずなのに、暮らしは厳しいまま」(朝日新聞　二〇二〇年三月一一日) とも言う。そして、その原因をこう分析する。

「こうした矛盾が生じているのは、国レベルで決められた復興予算ありきで進んでいるからでしょう。」

朝日新聞　二〇二〇年三月一一日

住民を置き去りにしたままの復興事業など復興事業ではない。それは、東京に拠点をおく巨大資本の利潤のための事業でしかない。あの岡田や徳水の主張と山内の分析はここで重なる。地元の人間の立場から見れば、自分たちの土地なのに住民の意が通わぬところで国策の事業が大手を振って勝手に行われたという感覚なのだ。

しかし、どうしてもやりきれないのは、その「復興」事業のために海や山の美しい風景がもう二度と修復できないほどに痛めつけられ傷つけられてしまったことだ。これに伴い、そこで暮らしてきた人間の心もまた微妙に変わる。

山内は言う。

「かつて三陸地域には、お金がなくても海や畑で得た食べ物を融通し合い、村や住まいを自ら整える暮らしがありました。しかし震災後に街や生活の再建策が住民から遠いところで進みました。家の周りの道普請《みちぶしん》や草刈りすら行政頼りになりがちとなり、住民が主体的に地域の風景をつくることが難しくなっています。」

朝日新聞　二〇二〇年三月一一日

自分たちの故郷なのにその復興に自分たちが主体的にかかわれない。そのことが、これまで代々営まれてきた地域の交流や支え合いをしぼませてしまい、自分たちの街を美しく住みやすい街に保とうとする気力にまで影響を及ぼしている。山内はそういう現実も見てきたのだろう。しかし、山内は希望は捨てていない。地元の若者たちの新たな動きに着目する。

「それでも若者の間では、海の環境を守るカキ養殖やネイチャーセンターの活動など、地域の風土を再生し、自分たちで風景をデザインしようという動きが出ています。この息吹を守り、彼らが故郷を継承できるように、無理な『復興』を追い求めるのではなく、自分たちの『幸せ』は何かを考える時期に来ていると思います。」

朝日新聞　二〇二〇年三月一一日

自分たちの生まれ育った自然や故郷のために動き始めている若者たちがいる。その若者たちに故郷復活の未来を託そうとする。こうした姿勢は、あの雄勝の小学校の教員の徳水や、その教え子たちや、その子供たちの気持ちをしっかりと受け止めた親や地元の漁師や役場の職員の思いに通じる。

復興の真の担い手は、その土地の若者たちであり子供たちである。地元の意向を無視して大手ゼネコンの意に適うような『国土強靭化』を何がなんでも推進しようとする無骨な輩ではない。山内も雄勝の人々も、巨大な権力に押し潰されてしまうかのように見える現実を前にしても、復活の真の担い手としての若者や子供たちに未来を見ようとする。光を見ようとする。三陸で暮らすそれらの人々のその思いを感じるとき、切ないながらも心は自然と熱くなる。

福島の大熊町、双葉町、浪江町、南相馬市などの地区は、土地も海も傷つき汚され、人々は今でも苦しんでいる。巨額の復興事業が行われても、人々の暮らしは豊かにはならない。三陸も同じだろう。地元の復興のためだと言って大規模な事業が投入される。しかし、それは地元を豊かにはしない。それどころか、山は削られ海岸部には巨大な異物のような防潮堤が張り巡らされた。生活の場であった自然がここでも壊された。

水俣で起きたことが、福島で規模を大きくして繰り返された。近代産業の発展と成長のために欠かせなかった原発が津波によって破壊され、放射能で海と国土が汚され生活の場が奪われた。近代産業が自然を台無しにする。その構造は水俣と変わらない。そしてまた新たに三陸でもこの構造が繰り返される。

確かに、山内の言うように、自分たちの「幸せ」は何かを考える時期に来ている。これは、三陸だけの問題ではないだろう。

気仙沼市杉の下地区

国道三九八号に戻り、再び北進する。海岸沿いを走るこの道はアップダウンが多い。その都度、津波到達地点という標識が出てくる。こんな高さの所にまで津波が押し寄せたのかと今更ながら驚く。

それと目につくのは、高台に新たに造成されたと思われる団地である。ところどころに団地がある。どれもこれも新しい。規模はそれほど大きくはない。数十軒の規模だろうか。日中のためだったせいか、どの団地にも人影は見えない。建物はどれもこれも新しい。日本のどこにでも散見されるいわゆる文化住宅となんら変わらない。そして、どの団地の入り口にも、○○団地という真新しい標識が立っている。

これが、復興のために建設された住宅なのだろう。海からは遠い。歩いて海まで行ける距離ではない。全戸が、海の方を向いているわけでもない。団地内で整備された道路、マス目のように仕切られた敷地。ここなら確かに津波は来ない。しかし、「高台に建てられた災害公営住宅には空きが目立つ」（朝日新聞　二〇二〇年三月一一日）と山内は言う。

津波到達地点の標識。山を切り開いて新しく造成された団地。そして、海岸では陸と海を隔てるあの防潮堤。三九八号を走るとこの繰り返しが続く。道路沿いの風情ある海岸風景は一変していた。そして南三陸町で国道四五号に合流する。

四五号も、九年前に通った道だ。しかし、ところどころ寸断されている。舗装が途切れ工事中の箇所が次から次へと。車も少ない。そして海岸近くになると、防潮堤が聳え立ち、その防潮堤の内側では整地工事のためか工事車両が目立つようになる。

気仙沼を目指して北上した。大谷《おおや》海岸というところを過ぎて海側に右折した。海が見たくなった。杉の下地区というところに入り込んだ。

ここも、雄勝地区と似ている。あたりには人影がない。暮らしの兆しもない。見渡す限り荒涼とした平坦な地が続く。その規模は雄勝よりもはるかに広い。赤っ茶けた地面がむき出しになり、工事車両が通るたびに砂塵が舞う。工事関係者の車以外は見当たらない。遠くには、クレーン車が何台か見える。

とりあえず、海側に行った。奥に、離れ小島がある。その手前に小さな崖があり崖の上には屋敷のようなものがある。津波の被害を免れたのか。崖に登り、てっぺん近くで寝ころんだ。海を見た。海は穏やかで波はない。

杉の下地区では明治二九年に大津波がありこの地区の高台にまでは水が来なかったという歴

史があった。その経験があったので人々は高台に逃げた。しかし、その高台まで津波が押し寄せ、六〇名がのみ込まれたという。その他にも被害者が出て、この地区だけで合わせて九三名が亡くなった。

何もせず寝ころび、ただ海を見ていた。ほとんど何も考えなかった。ほとんど何も考えられなかった。そして、夕方の五時を過ぎた。工事関係者の車が次から次へと消えていく。駐車場にはもう車がない。今日は、この地で野営しようと決めた。

平坦な地に、一つだけ小高い丘のようなものがある。避難所として造成したものと思われる。原付バイクで上まで行ける道がついていた。頂上は展望台のようになっている。その途中に、海を向いて慰霊碑がある。

小雨が降ってきた。展望台の下にテントを張った。あたりは静まり返り人の気配はどこにもない。土がむき出しのこの広大な空き地には、生き物の気配がない。今日山奥で道を聞いた男の言葉がよみがえった。

「霊がさまよっている。」

「行くとなんだか頭が痛くなる。」

この広大な土地を整地したとしても、果たしてどれだけの人が住むというのか。何のための復興事業か。ここをどうするつもりなのか。いくら見渡しても答えは出てこない。そして、静まり返った人気のない大地は暗くなってきた。本当に霊がさまようのか、その気配をあたりに探った。

いつもなら、テントの中に入り寝袋にくるまれば疲れ果ててすぐに眠り込んでしまうのに、この日はなかなか寝付けなかった。明け方、まだ薄暗いときに、誰かが展望台に上ってきた。一人の若者だった。こちらには全く無関心で、遠くの海を見ている。その先には、五つか六つの黒い影がある。動いている。何かの魚か。それとも人だろうか。ややあって、地元の漁師かと思った。しかし、船を出すわけでもない。漁をしているようには見えない。そのうち、少し明るくなり目が慣れてきてその黒い影の正体がわかった。若者たち数人が黒のウエットスーツを着て波乗りをしていたのだ。展望台に上ってきた若者は、その様子を見に来たのだ。

なんだか無性に嬉しくなった。若者たちが、あたりの工事などには目もくれず遊びに夢中になっている。ものすごい明るい兆しだ。そうだ、海は何よりも遊ぶ場なのだ。その慣習が、この荒涼としたこの地区でも何事もなかったかのように復活している。やっぱりすごい。若い奴らは。不屈だ。その姿を展望台に登ってきた若者と一緒に見ていて、思わず目が合いお互い微笑んだ。

気仙沼

杉の下地区、六時発。四五号を北上。途中、県道二六号に入り気仙沼市内に向かう。

二〇一一年の東日本大震災で、気仙沼では大火災が発生し壊滅的な被害が生じた。テレビや新聞は、当時、その火災現場を生々しく報じた。

しかし岡田は、「気仙沼市では、海側のほとんどの集落が甚大な津波被害を受けたが、同一集落のなかでも、高台にある住宅や施設は被害を免れた」（『「生存」の東北史』編者　大門正克他　大月書店　二〇一三年五月三一日）と言う。強調するのは、気仙沼市全体が被害を受けたわけではなく、その被害には地区的な差があったということだ。

この点をさらに詳しく論じたのが、民俗学、漁撈《ぎょろう》民族を専門にする川島秀一である。

気仙沼は、近世には、海とも陸とも区別できないところに塩田があった。その塩田が、近代以降埋め立てられた。さらに、戦後の高度経済成長期に埋め立てが急速に進み、そこにさまざまな商業施設が建設され、それに伴い住宅も増えた。この歴史を踏まえて川島はこう言う。

「しかし、今回の大津波では見事なまでに、この近世から現代にかけて埋め立てたところだけが浸水している。かつての塩田地帯に建っていた多くの建築物は海にさらわれてしまった。気仙沼の震災後の風景は一変して、近世初頭の風景に戻ってしまったのである。

人間が埋め立てしたところには、いつかまた海が取り返しにやってきて、自然が揺り戻される。津波常習地である三陸沿岸は、なおさらその経緯を繰り返してきたと思われる。」

『「生存」の東北史』大門正克他　編著　大月書店　二〇一三年五月三十一日

この指摘は貴重である。津波で気仙沼市の全区域が壊滅的な被害を受けたのではない。津波が来たのは人間が埋め立てたところまでであった。その埋立地は津波でさらわれてしまい、元の自然のままの状態に戻った。気仙沼地域の産業発展の歴史を長い目で見たからこそ、このような事実に気づいたのであろう。

さらに、三陸沿岸ではこれが繰り返されてきたという。今だけではない。近世以降だけでもない。大昔から、人が造ったものは自然がまた元に戻す。川島の思考は、古の頃から繰り返されてきた自然と人間のかかわりについても視野を広げている。

だからこそ、川島は、「震災前の三陸沿岸の、生活感覚や歴史的認識が排除された復興計画は必ず失敗する」と断言する。地域の自然や、その自然と共に生きてきた地元の人間たちの生活感覚や、地域の変遷の歴史を十分に把握しない限り、有効な防災計画は生まれないということだろう。

この指摘は、三陸沿岸ばかりではなく、東京や大阪などの大都市をはじめとして、埋め立てにより陸地を海へとどんどん拡張して行ったどの地域にも当てはまるであろう。「人間が埋め立てしたところには、いつかまた海が取り返しにやって」くる。この言葉は、大津波を経験したわれわれの時代にはまるで呪文のような響きがある。

気仙沼を離れ久慈へと向かう。心は重いままだ。なんだかものすごく疲れた。出がけにひいた風邪もまだ全快とまではいかない。洗濯物もたまっている。そんな状態の時、国民宿舎の看板が目に留まった。今日はここに泊まろう。箱根の民宿以外はすべてここまで野営。でも、今日はここにしよう。

幸い、飛び込みでも受け入れてくれた。ホタテの刺身が出た。旨かった。洗濯をして乾燥機で乾かした。ほっと一息。でも、旅館やホテルの類は、ちょっと窮屈。やはりテントの方が自由気ままで、なんだか楽。

国民宿舎の受付の若い女性とちょっと話した。

「バイクで来たんですか。」

「は、はい。途中、防潮堤があってものすごくびっくりしました。」

「そうですか。確かに、ちょっと目立ちますよね。」

「九年前にもバイクで来たんですが、三陸でもここらあたりの海岸はとりわけ美しいところだったので、とても残念です。」

「そうですね。子供の頃は、毎年海辺でお祭りがあって、あたしたちみんな、楽しみにしてました。でも、津波があって、防潮堤ができて、もう祭りも無くなってしまって。ちょっと残念です。でも、仕方がないですよね。」

声を聞いていた。標準語というので話してはいるが、どことなく地元の言葉の雰囲気がある。

たぶん、リズムだろう。穏やかで音楽のようで心地いい。言葉というのは、意味内容だけではなく、その言葉を話す人のリズムやメロディーや声色によってずいぶんと印象が変わる。やはり、音楽だ。ちょっと元気になった。

浄土ヶ浜

国民宿舎、七時発。国道四五号を北上。釜石を通り宮古市の浄土ヶ浜へ。

浄土ヶ浜も津波で大きな被害を受けた。テレビの映像でその様を見て心が痛んだ。しかし、この浜に来てみると、何も変わっていない。遊歩道はきれいに整備され、浜には多数の海水浴客がいた。島巡りの遊覧船も走っている。どの船も人であふれている。

松島と同じだな、と思った。観光地だけは自然を守り元通りに復活させる。松島にも浄土ヶ浜にも、あのグロテスクな防潮堤はない。なんだかものすごく腹立たしい気分になった。大切なのは、松島や浄土ヶ浜の自然だけではない。三陸海岸はどの地域も観光地なみに等しく美しいのに。それらの海岸のすべては、後世の孫子の代までできる限り元のまま自然のままに復元して残しておかなければならないというのに。

浄土ヶ浜の以前と変わらぬ神々しい島々の風景を見つめながら、悔しい思いがまた蘇った。なんてことをしてくれたのだ。他の三陸海岸もこのように復活させればいいのに。こんな風に元通りに戻す技術も資金も気力もあるというのに。台無しにしやがって。青空のもと美しい海に浮かんだ浄土ヶ浜の白い岩たちを見ながら、まるで嫉妬心のような凶暴な思いがわき起こってしまった。

松島や浄土ヶ浜に抱いた愛着が、なぜ他の地域にも向かないのか。観光資源だから、ドル箱だから、それが理由だというのはわかる。しかし、金にならない自然は人間が好き勝手に変えてもかまわないというのは困る。観光地以外にも、日本の国土には美しい場所が数限りなくあるのだから。そして、そこでは人々がその自然の恵みを受けて暮らしてきた歴史があるのだから。

浄土ヶ浜の海は透明で澄んでいて美しかった。九年前と変わらない。でも、シュノーケルをつけて潜る気にはなれなかった。すっかり変わってしまった三陸海岸をここまで走ってきて、もう海に潜る気分にはなれなかった。

久慈、八戸、大間

四五号をさらに北上し久慈へ。そして八戸へ。八戸からは国道三三八号に乗りかえ大間を目指す。

八戸で突然の大雨に。もう走れないほど。とりあえずスーパーに避難。街で大雨に遭遇したら、スーパーに逃げ込むのが一番手っ取り早い。そこでは冷房も適度に効いている。また、その土地固有の品物も何の飾りもなく地元の人たちに提供されているので、それらを見つけるのが楽しい。魚や練り物や漬物、その他の特産品。雨が通り過ぎるまでゆっくりと見て回る。ついでに、夕食の弁当、ビール、朝食のパンやコーヒーやサラミやチーズ、場合によってはトマトやキューリ等の野菜も買う。

天気はしかし、不安定なままだった。仕方なく雨の中へ走り出す。下北半島に入る。三三八号は海沿いの道のはずなのに、海はほとんど見えない。先回の北海道行きの時に通った道なのにその面影がない。同じ道でも、気象条件によってその印象が全く変わってしまう。当たり前のことだ。しかし、この日の下北の気象条件はとりわけ厳しかった。

雨は止むこともなく降り続き、寒かった。路面温度の表示があった。一五度。カッパの下に、ダウンジャケットを着た。それでも寒い。顔も手も雨で濡れる。合羽越しにも雨水が。ダウンジャケットが濡れる。そして、その濡れた体にバイクで走るときの風が吹き付ける。ぞくぞくするほどの寒さ。

あたりは荒涼としている。人はいない。車もほとんど通らない。道路の両脇は原野のような荒地が続く。北海道と変わらない。店はない。人家もない。その道を雨の中、大間を目指してひたすら走り続ける。

悲しいことに、陸奥《むつ》市大畑町木野部《きのっぷ》のあの高校生のことはこの時全く思い出せなかった。海に潜っている間ずっと見ててくれたあの親切な高校生のことを。その木野部がどこかも確認しなかった。寒さと、なんだかわからぬ不安とで、ともかく大間に、それしか頭になかった。後で思えば、自分でも情けない。せめて、海沿いのあの家が無事だったかどうかぐらいは確認すべきだったのに。

走り続けるしかなかった。休む場所はない。雨をしのげそうな避難場所もない。今どこを走っているのか、それすらわからない。地図を広げて場所を確認する気にもなれなかった。これじゃあ、冬と同じじゃねぇか。夏だってぇのに。ぶつぶつ言いながら、走り続けた。

一五時三〇分。大間のフェリー港に着いた。雨は止んでいた。一七時二五分発のチケットが買えた。一九時、函館着。函館では、フェリー港の近くにテントを張ることにした。しかし、もう暗い。場所を物色する余裕はない。倉庫群が並んでいる一角に入る。人家はない。人もいない。空き地がある。ここにするか。そう思ってテントの準備をする。

テントを袋から取り出す。と、その時、支柱と支柱をつなげているゴムヒモが切れた。ポールがバラバラになる。もうあたりは暗い。どう組み立てていいのかわからない。それに、北海道に来たとたんの出来事。これから先どうすればいいのか。新しく買えばいい、とも考えた。しかし、テントを売っている店がコンビニのようにどこにでもあるわけではない。

ともかく、今夜だけでもなんとかテントを組み立てなければならない。寝ることができないのだから。しかし、焦れば焦るほどなかなか組み立てられない。初めてのことなので、バラバラになったポールをどう組み立てていいのかわからない。あれこれ試してはみるものの、どうもうまくいかない。途中で、もう放り出したくなるような気分。

しかし、それはできない。自分の中にうごめく不安や投げやりな気分を何とかなだめ折り合いをつけながらあれこれと試す。あたりは暗い。ヘッドランプをつけながらの作業。なんでこんな時に。放っておけば自分の中からすぐにまた不平不満が吹き出てくる。

でも、何度か試すうちにようやくテントを張ることができた。小一時間はかかった。やれやれだ。明日からどうしよう。ま、そんなことは今考える必要はない。明日考えればいい。ともかく今は眠ること。休むこと。やっと目指していた北海道に上陸したのだから。

羊蹄山《ようてい》

羊蹄山は、蝦夷《えぞ》富士とも呼ばれる。「えぞ」という呼称がちょっと気にはなる。しかし、羊蹄山は独立峰のため裾野が四方八方に美しく広がり富士山のように美しい。初めて北海道に来て、札幌に行く途中でこの山を見て、いつか絶対に登りたいと思っていた憧れの山だ。

函館港を六時に出発。ニセコの道の駅に一一時に着いた。何よりも天気が気になる。道の駅から羊蹄山が見えるはずなのに、あたり一面霧がかかっていて何も見えない。霧雨のようなものも降り出した。

ニセコの道の駅。やたらと人が多い。車も多い。店もたくさん。どこか、チャラチャラしている。介護疲れの妹の希望で、年寄り二人で原宿の竹下通りをお互い生まれて初めて歩いてみたのだが、あの街の感覚と似ている。アイスクリーム屋とか、しゃれたつもりのケーキ屋とかドーナツ屋とか。

冬場にはスキー客で賑わうらしい。この年の不動産価格で、上昇率が最も高かったのは倶知安《くっちゃん》だったとのこと。このニセコ地区には、羊蹄山があり、道を挟んだ向かい側には大規模なスキー場がある。街の真ん中に太い通りが貫き、その両側に店が立ち並ぶ。これといって、大きな特徴があるわけではないが、きれいに整備されている。しかし、冬場になればスキー場として圧倒的な魅力があり、世界各国からスキー客が集まる。

ニセコの道の駅からそう遠くないところに羊蹄山の登山口がある。そこに、野営場がある。無料である。水場もトイレもきれいだ。北海道は、先回の旅でも強く感じたのだが、どこでも野営地がきちんと整備されていて安心してキャンプの旅ができる。車やバイクや自転車のキャンプの客を心地よく迎え入れる態勢が整っている。この点は、本州、四国、九州とはかなり異なる。

羊蹄山の野営場に着く。すぐに目に留まるのは、やはりカブのライダーだ。

カブといっても、そのカブはこっちの無骨なカブと違って、かっこいい。ボディーは深緑で、なんだか軍用車のような雰囲気。つわもの。当然、一一〇cc。すでにテントを張っていた。テントの前にバーナーを置き、何かの料理を作り一杯やってる。

目を見かわしニッコリして挨拶を交わす。二〇代の若者か。同じカブ仲間だと、自然とすぐに打ち解けてしまう。羊蹄山には登らないという。野営地として利用しているとのこと。ここの野営地に連泊し、明日は出発するという。宮城から来たらしい。

あれこれと話した後で、どうしても気になるので、防潮堤のことについて聞いてみた。宮城出身のカブに乗る若者はこう言った。

「別に防潮堤なんか造る必要はなかったんじゃないかな。逃げればいいだけ。津波が来たら高台に逃げればいい。それだけ。それで大丈夫だし、それが最も安全。だから、とにかく、津波が来たら高台へ逃げろということを、何度も繰り返し教育し続けることが一番大切。ここさえしっかりやっておけば津波の被害は最小限に食い止められる。」

その通りだと思った。すごいと思った。こんなにも的確に本質をズバリと自分の言葉で言い切る。感心した。納得もした。被災地の若者の発言だけに、言っていることの内容は重い。

じゃ、なぜ、あんなにも高い防潮堤を張り巡らせたのか。これも聞いてみた。

すると、親指と人差し指で丸を作り、これのため、地元に金が落ちるため、と言った。そうか、そういうことなのか。地元でもそういう風に受け止めているのか、となんだかここでも納得してしまった。

でもいったいどのくらいのお金が地元に落ちたのだろう。仙台のような大手企業が集まる都会と、三陸の小さな市区町村とでは差があるだろう。それに、仙台の大手企業といっても、東京に本社を置く企業の支店というケースも多々あるだろう。

二〇二〇年七月、朝日新聞が、福島第一原子力発電所の復興事業の不正取引をスクープした。清水建設、安藤ハザマ、鹿島、大成建設（いずれも本社は東京）の実名を出し、これら四社の大手ゼネコン幹部らへの資金提供を目的にした下請企業の裏金作りの実態を明らかにした。その裏金の総額は、少なくとも一億六〇〇〇万円になるという。その多くは、ゼネコン幹部らの高級クラブでの飲食代、ブランド品の購入、外車の購入、海外旅行等のために使われたという。すべては、わたしたちの税金からである。

震災前に公共事業は低迷していた。そこに、大規模予算の復興事業。大手ゼネコンにとっては渡りに船。復興バブルとなる。前代未聞の大災害。その経費がいくらかかるのか誰にも分からない。官庁は建設会社の言いなりになるしかなかった、という事情がある。これが、裏金作りの背景にあると朝日の記者は分析する。

その膨大な復興事業の経費のうちの一部は、確かに地元に落ちたかもしれない。しかし、原発の事故処理という未曾有の出来事。地元の土木建設会社の技術力では受注が難しい。当然、大手ゼネコンが受注し、地元企業は下請けとなる。しかし、下請けといっても、大手ゼネコンは下請けのネットワークを自ら保有しており、必ずしも地元企業を下請けに指名するとは限らない。そのため、地元企業は三次下請け、四次下請けなどのケースになることが多い。そこを考慮すれば、復興事業で莫大な利益を得るのは大手ゼネコンで、地元の企業はそのおこぼれ程度となる。

防潮堤の工事でも、おそらくこうした構造は変わらないであろう。カブに乗る若者の言うように防潮堤の工事で地元に金が落ちたかもしれない。しかし、所詮、あぶく銭。少し経てば消える。そして、三陸の地元で人々の暮らしを見つめ続ける山内は、震災から九年目の日に、「公共事業が増えたはずなのに、暮らしは厳しいまま」（朝日新聞　二〇二〇年三月一一日）と言っていた。

公共事業はあちこちで行われてきた。それに伴い、地元の土木建設業界には活気が出てきた。しかし、それらの恩恵は、一般住民には届かない。結局は、地域の住民の暮らしを支えることにはならない。そういう現実が被災地域で続いている。


明日は羊蹄山に登る。カブに乗る若者に貴重な話をしてもらったお礼を言い、お互いに旅の無事を祈り別れた。その後で、早々にテントを張ることにした。昨日、ゴムヒモが切れてバラバラになったテントのポールをまた組み立てる。難しい。あれこれと試す。しかし、この時は三〇分ぐらいでなんとかテントが張れた。

早朝の四時三〇分。羊蹄山登山口出発。天気は良くない。視界はほとんどない。北海道に来てからの初めての山。しかもどうしても登りたいと思っていた山。しかし、体がきつい。まだ病み上がりの状態。旅の途中で悪化した風邪が完全に治っていたわけではない。くたびれた。途中、きれいなお花畑があったのに、そちらへ気を向ける余裕もなく、ひたすら登り続けた。

その苦しい登山の最中に、一人の若者と同行するような形になった。同行といっても、一緒にくっついて登るのではない。少し登ると、その若者が休んでいる所に来る。その若者の所まで行くと、若者は腰を上げ先に出発する。自分はその場で少し休み、ややあって出発する。そして少し登るとその若者が腰を下ろして休んでいる所に来る。

大変失礼な言い方で申し訳ないが、なんだか犬と一緒に山に登っているような感じ。飼い主よりも先に行き、飼い主が見えなくなるととどまり、飼い主が来るのを待つ。そして飼い主が来たのを確認すると先へと急ぐ。この繰り返し。

装備を見る限り、登山経験が豊富だとは思えない。リュックは、ノースフェイスのボックス型。街でなら映えるだろうが、登山向きかどうか。ウェアーもどこか街着っぽい。たぶん、一人で喘《あえ》ぎ喘ぎ登っている爺さんあたりが、ペースを維持するバロメーターとしてはちょうどいいし、誰かと一緒なら道にも迷う危険が少ないと判断したのだろう。

こちらも気分は悪くはなかった。もともとは一人で登るのが好き。途中で人と会うとうんざりする方。自然の中で自然を存分に味わうには一人に限る。誰か人がいると邪魔されたような気分になる。自然との密会の最中に他人が闖入《ちんにゅう》してきたような感じで。しかし、この時はどうしたわけか、さほど気にならなかった。こっちの体調が悪かったからかもしれない。どこか、気が弱っていたから、自分にとってもちょうど良かったかもしれない。

　その状態のまま山頂付近に。ところが、頂上近くになった途端、強い風が吹き、霧雨が大粒の雨になり、視界が無くなる。四、五メートル先しか見えない。平坦な道で、登山道と平地との区別がつかない。かなり不安だ。道に迷う危険性大。二人組の登山者がいた。スマホで位置を確認しながら進んでいる。近寄り、「一緒について行ってもいいですか」と頼み込む。「いいですよ」と快く。しかし、その後を追うも、すぐにその二人の姿は霧の中に消えてしまい見失ってしまった。

　あの若者はどうしたのか。姿は見えない。仕方なく、足元の踏み跡を慎重に確認しながら霧の中を進む。やっと、一つのピークが見えた。ここが山頂か。やれやれ。そう思いそこに近づくと、なんと、そのピークの付け根のところに、例の若者が座って休んでいた。やあ、とお互い手を振り笑顔であいさつする。

　しかし、どうやらそこは山頂ではないらしい。そこには山頂の標識はない。「山頂はもう少し先みたいですよ」と若者は言う。しかし、指差す先に山頂らしきものはまだ見えない。じゃ、先に行きますと言って、この時だけは自分が先を急いだ。

　五分か一〇分ぐらいすると山頂に着いた。でも、視界が全くない。ここが山頂だとわかる唯一のものは、「羊蹄山山頂一八九八M」と書かれた木製の柱のみ。大きな岩に囲まれてその柱は岩の中に刺さっていた。しばらくして、先ほどの若者も登ってきた。

羊蹄山は独立峰。眺望が絶対素晴らしいはず。しかし、陸地も空も何も見えない。見えるのはせいぜい周囲一〇㍍ほど。強い風と雨と寒さで、岩にしがみつくように腰を下ろしているだけだった。二人でお互いそれぞれに、山頂の標識をバックに登頂記念の写真を撮った。

山頂に着いたのは一〇時。五時間半の登り。南アルプスの北岳の登りよりも時間がかかった。この時の羊蹄山の登りは、心底疲れた。自分にとって一番いいのは、三時間程度の登りと、二時間程度の下り。これ以上になると相当きつい。もちろん天候にもよるし体調にもよる。せめて、北海道に来るまでに、いくつかの山を登ってくればよかった。足慣らしに。でも、箱根の金時山ですら体調不良で登れなかった。

ま、こういうこともある。しかし、何とか登り切れてほっとした。ここでくじけてしまうと、次の山に登るのが不安になってしまう。何しろ、今回の旅は、利尻山を目標にしているのだから。

下りでも、なんと、例の若者が先々で休んでいた。お互いに姿を確認し合うと、若者はすぐに先へと急いだ。そのうち、若者の姿はもう見なくなった。下りもきつい。膝に負荷がかかる。羊蹄山はアプローチが長い。登りでも苦労するし、下りでも延々と坂道が続く感じ。いつも思うのだが、下っているとき、よくもこんなにきつい山道を登ったものだと感心してしまう。

野営場着、一五時。下りで、四時間半かかった。登りで五時間半。往復一〇時間。今回の旅での第一の山が、自分にとってはこれまでの登山で一番厳しいものになった。

やれやれ、水場で顔を洗い、足を洗い、着替える。すると、例の若者が遠くの車の前にいた。

お互い挨拶する。もうとっくの前に着いてしまい、一息入れた後のよう。

こちらから近づいていく。なんだか見たこともない大きな車。

「この車、なんていうんですか？」と聞いてみた。

「〇〇です。アメリカ製です。」

「へーっ、そうですか、あまり見かけませんね。」

「そうなんですけど、自分はアメ車が好きなんで。自動車の整備関係の仕事をしていて手に入ったんです。」

「そうですか。どちらからいらしたんですか？」

「釧路からです。ちょうど休みが連続してとれたんで。」

ということで、車には全く興味も知識もないくせに、車の内部までよく見せてもらった。車内の空間が広い。話によると、この車は日本では相当に珍しいらしい。維持にも結構金がかかるので、整備の仕事でもしていないと保有するのは多分無理だとも言っていた。

過酷な天候での登山。お互い、腹が空いていた。一緒に飯でも食いませんかと提案した。アメ車に乗せてもらい、倶知安《くっちゃん》の街に出た。ラーメンが食いたい、ここで二人は完全に一致した。店は、アメ車の男の選択に任せた。大通り沿いの「大心」という店に入った。

ここのラーメンの旨さは、これまで食べたどのラーメンよりも抜きん出て旨かった。スープにはにんにくがたっぷりしみこんでいる。コクがある。しかし、どろっとした感じは全くない。

焼き豚は、舌の上でとろけてしまうぐらいにやわらかい。麺には程よい硬さがありスープによく絡む。味噌仕立てのスープと焼き豚と麺が口の中で混ざると、絶妙なアンサンブルとなる。脳内の隅々に味の良さが充満し幸福になる。これぞラーメン、ラーメンとはこれ。感動した。

自分にとっては最も厳しかった今回の登山。体調も万全ではなかった。気候にも恵まれなかった。でも、何とか登り切った。その後でのラーメン。ありがたさがひとしお身に沁みた。

店員さんに、「ものすごくうまかった！」とお礼を言った。アメ車の若者には、車に乗せてもらったお礼にラーメン代一〇〇〇円を出させてもらった。釧路に、この日、すぐに帰るという。野営場まで引き返してもらい、そこで別れた。アメ車に対するイメージが変わった。

小樽、札幌、岩見沢、そして富良野

先回の北海道の旅は、札幌から帯広を経由して釧路に出た。そこから知床、網走を経由して宗谷岬。北海道の東部（道東）だった。今回は、札幌から岩見沢経由で富良野に出て北海道の真ん中を北上。十勝岳、旭岳を目指す。

羊蹄山の野営場、六時一〇分発。雨はない。やはり、北海道を走ると気分がわくわくする。道幅が広い。車が少ない。道はどこまでもまっすぐ続き、空に向かうよう。そこをバイクでのんびり走れる幸福は北海道ならではのもの。

の、はずだった。しかし富良野に近づくにつれ事情は変わった。やたらと後ろから来る車が多い。途切れない。その車のナンバーのほとんどが「れ」とか「わ」。レンタカーだ。その他は北海道以外のナンバー。やれやれ。彼らもまた、北海道の大自然の中を貫く広い道を颯爽《さっそう》と走り飛ばしてみたいという思いは当然あるだろう。しかしミニ渋滞。そこに、目の前で原付にうろうろされては苛立つのが当たり前。こっちは、バックミラーを見続けて、できるだけ邪魔にならないように道の脇へと寄る。国道なら、原付専用エリアがあるからいい。しかし、脇道となるとそうもいかない。そして富良野への道は脇道が多かった。

窮屈な思いをしながら富良野に着く。どこにテントを張るか。富良野は観光地。人が多い。うまく見つかるかどうか。地元の土産物店で聞いてみる。すると、中富良野にキャンプ場があるという。教えてもらった通りに山道を登るとキャンプ場への標識があり、その指示に従い左に曲がる。ほどなくして、山の斜面にキャンプ場が見えてきた。

いつもそうだが、今晩テントを張れる場所が見つかるとものすごくほっとする。管理人のおじさんがいた。スマホの電源が乏しい。充電させてもらえないかと頼んだ。カブだと充電できない。そこで、昼食のために店に入って食事をする時に充電させてもらう。しかし、充電が完了することは、まずない。だから、野営地で充電できるととても助かる。スマホは天気予報を見るため。地図代わりにとか地元の情報を得るためとかにはまず使わない。そんなことをしていたら電源がたちまち無くなってしまう。カメラの撮影にも気を使う。バチャバチャ撮ることはない。電池での充電も試したが、全然うまくいかなかった。

このキャンプ場も無料。管理人がいるせいか、きれいに整備されている。早めに着いたので、まずは洗濯。天気も回復してきた。林の中にテント。気持ちのいいことこの上もない。地元のスーパーで買ってきた弁当を食べ、ビールを飲み早々に寝ることにした。明日は十勝岳。

そう思って眠り込もうとした時、近くのテントで宴が始まった。男二人に女が一人。皆、中年。酒が入る。いやがうえにも話が聞こえる。テントというのは雨風はある程度防げるが、防音効果は全くない。すべてが筒抜け。

共通の知人の悪口を男二人が大声で。女は相槌を打つ程度。そのうち、男二人の虚勢の張り合い。やがて言い争いにまで発展する。当然、大声になる。

この人たち、何でキャンプ場に来たのか。まさか、酒宴のためでもあるまい。キャンプ場を利用するのは、ほとんどが若者か若い家族連れ。中年だけのグループというのはあまり見かけない。ジジイが単独というのも珍しいので人のことは言えないが。

宴は延々と続く。ここでも、終わらない宴はないと呪文は唱えた。しかし、呪文の効果なし。結局、九時過ぎまで続いた。街中だったらこれでいい。しかしキャンプ場では、寝静まるのは日没の後で暗くなった時。せいぜい七時か八時。街の時間とは違う。

騒いでいる三人はもう十分な大人だ。大きな子供がいてもおかしくないような年恰好。その大人たちが、皆が寝静まった夜のキャンプ場で人の迷惑も考えずに酒を飲み大声で騒ぎ続ける。

じゃ、そこまで言うなら、テントから出てその三人の所へ行き注意すればいいのに。若いのならバカにされるかもしれないが、年寄りなら相手も一目置くだろう。自分のためだけじゃなくてみんなのためにもなる。そう思う。しかし、それはできない。それは怖い。何しろ向こうは酔っ払い。女がついた男二人。何をされるかわかりゃあしない。それに、言い合いになったりすれば、それこそ面倒。眠れなくなること必定。ここは我慢するしかない。呪文を唱え続けるしかない。やはり、いつもの臆病がここでも勝る。我ながらつくづく情けない。

十勝岳

中富良野キャンプ場四時一五分発。五時、十勝岳登山口。登り始めると、結構足が軽く動く。一昨日羊蹄山に登ったことで、精神的にも身体的にも少し余裕が出てきたのか。それでもやはり、登りはきつい。前後に誰もいない。一人で黙々と登り続ける。

分岐点があった。左が登り。右が緩やかな下り。左の上には、測候所のような建物がある。たぶんこっちだろう。ろくろく地図で確認もしないで左の道の方を選び登り始めた。踏み跡はある。しかし、登るにつれその踏み跡がいくつかに分かれ、いずれもぼんやりしたものになる。見上げれば、山の頂はそう遠くもない。で、登り続ける。そのうち、踏み跡は消えた。その間およそ三〇分。明らかに間違えた。戻るしかない。

ここで、それでも強引に登り続け、尾根か頂に達すれば何とかなるだろうとの思いもよぎった。しかし、これが道に迷う原因。

山登りを始めた頃、奥秩父で痛い目に遭った。下山の時、脇道へ入ってしまった。下れば何とかなると思い、引き返さなかった。引き返せなかった。水も乏しかったし疲れていたし夕暮れも迫っていた。で、その脇道をどんどん下りて行った。道はますます細くなり、やがて獣道のようなものになった。そうなるといよいよ引き返せない。

やっとのことで、広い砂利道に出た。運が良かっただけだ。沢筋に出たり崖に突き当たったりしたら、そこで夜を明かさなければならなかっただろう。食料もない。寝具もない。どうなってたかわかりゃぁしない。ほっとして、その砂利道をしばらく歩く。すると、犬が群れで迫ってきた。猟犬らしい。十数匹。群れで吠えてくる。怖くて体が縮み上がる。しかし、犬には構わず歩き続けた。襲ってくることはなかった。さらに先へと歩いていくと、群れはもう追いかけてこなかった。しばらく歩いて人家があり、そこの人にバス停を尋ねて何とか帰ることができた。

この経験は身に染みている。だから、ここの富良野でも引き返すことにためらいはなかった。元の地点に戻る。すると前方に、若い男女のペアが登って行くのが見えた。やはりこっちの道か。ちょっと安心する。確かに、正規の道に入ると、踏み跡はしっかりしている。当たり前だが、改めて強く確認した。

目指すは、まずは上富良野岳。道が灌木に覆われている。曲がりくねっている。だから前方は見えない。しかし、人の声はよく通る。先ほどのペアは、結構近くの上の所にいるらしい。女の人の声がよく聞こえる。その声が、不思議なことに森とよく調和している。まるで鳥の声のように美しい。何を話しているのかはよくわからない。しかし、鳥のさえずりの声のようにこちらに届いてくる。人の声というのは、時と場合によっては自然と溶け合い自然と調和する。この時初めてそのことを感じた。

八時四〇分、上富良野岳到着。一八九三㍍。先ほどのペアとここで合流し、登頂記念写真を撮り合った。

「なんか話し声がとてもきれいに聞こえましたよ。まるで小鳥のさえずりみたいに。女の人の話す声がこんなふうに聞こえたのは初めてです。」つい、口に出てしまった。

　すると、女の人は、

「そんなこと言われたの初めて」と言い、ちょっと照れながら笑顔で相手の男の人を見た。

　さて、これからどうしよう。もう、ここまで登って来るのに三時間四〇分もかかった。自分の能力を考えれば、ここで引き返すのがちょうどいい。でも、さらに先へと尾根道が続き、その前方には十勝岳が聳え立っている。予定では十勝岳と頭の中にはあったが、まさかその手前のピークまでに三時間半以上もかかるなどとは想定していなかった。

「十勝岳へ登るんですか？」と、ペアに聞いてみた。

「はい。登ります。」なんでそんなことを聞くのかといった調子だった。

目の前に十勝岳がある。しかも天気はものすごくいい。道は尾根道。なんでここで躊躇するのか、その理由が分からないといった風情。そうだよね。わかりました。登ります。急に用心深い自分がひっこんだ。十勝岳へ向かうことにした。

十勝岳山頂。九時二〇分着。何のことはない。たった四〇分。自分でも自分の気の弱さが情けなかった。

十勝岳は、登る価値があった。上富良野岳から十勝岳への尾根道は、左手が急勾配でえぐれていて赤い土がむき出しになっている。こんな光景は、北海道以外の山で見たことはなかった。スケールが途方もなく大きい。こんなにもむき出しの地形を前にすると、北海道の山がまだ若々しい活気のある火山帯なのだと強く感じた。自然というのは、いつも想像を超える姿を見せつける。ここに来てよかったと思った。この山に登ってきてこの雄大な規模の大地の切れ目を見ることができて、本当によかったと感じた。

十勝岳山頂でたっぷり休む。ここから、トムラウシ山へと続く尾根道がきれいに見える。しかもちろん、トムラウシ山には登らない。数年前の夏、ガイドに導かれた中高年の登山グループが雨に打たれ遭難した。山頂までのアプローチが長く相当にきつい。そんな山を、ガイドもなく年寄りが一人で登れるわけがない。くわばら、くわばらである。めっそうもない。

でも、今日は晴天。天気の良い日にあたりを見渡しながら山頂でのんびりとひと時を過ごせるのは無上の幸福。登ってきた苦労はすべて報われる。

一〇時、下山開始。登ってきた道を引き返す。一三時一〇分、登山口の十勝岳温泉着。天候にも恵まれ、すべてがうまくいった登山だった。

さて、温泉に入るか、と思ってバイクのそばで着替えていると、近くに自分と年恰好が同じくらいの男が、なんとバイクにまたがっていた。挨拶する。男が乗っているのはカブではない。しかし、大型バイクでもない。どことなく古びている。

「けっこう乗ってるみたいですね。」話しかけてみた。

「そうね、一〇万キロぐらいかな。」

「俺も、前のカブで七万キロ位まで走ったんですけど、エンストが多くて、あれこれ修理してみたんですけど、結局新しいこれにしました。」

「そうかね。俺のこれは、エンジンのオーバーホールをしてね、それからは順調で全然問題ないよ。」

「そうですか。いくらぐらいかかりました？」

「五万円ぐらいかな。」

「そうですか。」

前のカブも、オーバーホールは考えた。しかし、五、六万円はかかるという。それで済めばいい。しかし、次から次へとあちこち修理代もかかるだろう。そう思って新車に切り替えた。ことに、旅の途中でエンジントラブルがあったら、自分のような旅を続けるものにとっては致命傷になりかねない。しかし、この男のようにバイクを修理して乗り続けている人を目の前にすると、ちょっと羨ましくなる。バイクに乗り続けているとバイクそのものに対して愛着がわく。まるで乗り親しんだ馬のように。だから古くても乗り続けたくなる。動きさえすれば。でも、自分はあきらめてしまった。手放してしまい新しいものに乗りかえてしまった。

「ところでよ、近くに露天風呂があるの、知ってる？」古びたバイクに乗る男が急に切り出してきた。

「いや、知りません。ここの温泉に入るつもりなんで。」

「ここから二、三十分下ったところに吹上《ふきあげ》温泉という露天風呂があるよ。無料だよ。」

「あ、そうなんですか。」

「なんだ、知らなかったのか。いい湯だよ。この前なんかさ、金髪の若いのがすっぽんぽんで入ってきてね。前なんか全然隠さねえの。丸見えでよ。みんな目のやり場に困っちゃってね。そりゃあ、よかったよ。得したね。」

北海道には外国人がたくさん来る。こういうことが起きても全然おかしくない。ギリシャのミコノス島の海岸では、男も女も全裸が普通。ミュンヘンの公園でも夏になると全裸で日光浴。ヨーロッパではそういう文化があるから、ここでもそのノリだったのか。それに、男女の混浴というのは日本では珍しくなかった。たとえば、一九五五年の成瀬巳喜男監督の映画『浮雲』

では、温泉街での混浴シーンがある。

古びたバイクに乗る男は、その時の光景を思い出したのか目を細めて嬉しそうに話す。いきなり見ず知らずの男に、こういう猥談《わいだん》めいた話をしてもらえるのは嬉しい。なんだか格別に親しくなったような気分になるから不思議だ。

すぐに切り替える。十勝岳温泉は止めにして、吹上温泉を目指す。金髪で若いのがすっぽんぽん。しかも無料。行かない手はない。

駐車場はすぐに見つかった。かなりの数の車が止まっていた。五分ほど歩くと露天風呂に到着。結構な人がいる。若い人も年配の人も。しかし、男ばっか。女はいない。金髪もいない。なんだ、とちょっとがっかり。しかし、湯質は抜群にいい。湯の温度もちょっと熱めでちょうど良い。設備も整っている。

登山の後の露天風呂というのは、極上。しかも、この露天風呂は高台にあり景色もいい。すっぽんぽんもいいけど、湯に入りながら見渡す景色も悪くない。ゆっくり、たっぷり、のんびり。思いっきり体を伸ばし湯の中で体を浮かした。

心ゆくまで湯につかり、しばらく休んでから駐車場に戻る。すると一人の中年の男が近づいてきた。

「旭川に家を持ってるんだけど、もし泊まるところがなかったら家に来てもいいよ。他のライダーもよく来るんだ。」

話によると、夏の間だけ旭川に滞在し、そのための家を持っているらしい。バイクに乗っていた。こちらが遠くから来たとナンバーでわかったのだろう。それで、同じライダーとして声をかけてくれたのかもしれない。

しかし、全般的には、カブに乗る人間はライダーとしては扱われない。認めてもらえないことに、ハーレーに乗るような相手からはまず無視される。すれ違いの時、片手をあげて挨拶をしても、見なかったことにするといった感じで通過されることもある。ま、そりゃそうだよね。おっさんがトロトロ走ってんだから、そんなのと自分を一緒にされたらたまんない、ハーレーの名が廃る。だろうね、たぶん。それもあり、これまで一度も、ライダー専用の宿泊施設のライダースハウスというところには宿泊したことがない。敷居が高い。

旭川に仮住まいする男は、小型のバイクに乗っていた。もしよかったらと、別れるとき、名刺をくれた。テントを張る場所を探すのは毎回一苦労。だから、実にありがたかった。お礼を言って別れた。その男は先に出発した。

一四時三〇分、吹上温泉を出る。この日は、昨夜テントを張った中富良野のキャンプ場に戻る予定。時間があるので、美瑛《びえい》や富良野の街をバイクであちこち。

美瑛の道の駅でびっくりした。車の数がものすごく多い。狭い場所に人があふれかえっている。ニセコの道の駅と似た雰囲気。どこもそうなのか。観光地というのは。人いきれで、ちょっとうんざり。アイスクリーム屋、ハンバーガー屋、土産物店、ノースフェイスの専門店。この日は、八月一五日。お盆休みの真っ最中。道の駅に入る車は渋滞。道路にまで長い列が続いていた。富良野へ。ラベンダーは終わっていた。ファーム富田まで行ってみた。サルビアだろうか、いくつかの色とりどりの花がきれいに並んでいた。ここでも、周りにはしゃれたカフェのようなものがあり、多くの人がいた。車の移動のためにガードマンが出るほどの混雑。やはり、北海道でも人気のスポットなのだろう。ざっと見渡し、早々に退散する。

中富良野のキャンプ場に戻る。この夜は静かだった。ぐっすり眠った。

旭岳

中富良野キャンプ場六時発。旭岳ロープウェイ駅八時着。ロープウェイに乗ると、終着の出口から二時間ほど登れば山頂に行ける。これなら楽だ。何とかなる。

天気はいい。人も多い。団体客や子供連れが幅広い斜面を登っている。その姿が下からよく見える。森や林や灌木はない。あたりは岩肌と砂利道だけ。富士山ととてもよく似ている。登山客がひっきりなしに続く点も同じだ。

登山道から少し離れた左手に、勢いよく噴出している蒸気の柱がある。堂々としていて雄大。あたりに噴出音がとどろき渡る。まるで噴火だ。それなのにこの小規模の噴火が日常の中に組み込まれ平然と受け止められている。当たり前といえば当たり前か。しかし、たまに訪れたものにとっては、このような光景は普段全く見ることがないので驚いてしまう。阿蘇山や桜島でも同じような光景を目にした。そして最近では御嶽山が噴火し数多くの犠牲者が出た。日本の山の多くが、火山活動の真最中にあるということをこの旭岳でも改めて知ることになった。

登頂は楽だと思っていた。しかし、結構きつい。途中、小学生の男の子に抜かれる。素早い。どんどん登っていく。その姿にあっけにとられる。この旭岳だけではない。子供が山に登る姿はあちこちで見かける。もちろん家族連れだが、小学生の高学年ぐらいになると、親を置いてきぼりにし、一人でぐんぐん登る姿にも何度か出会った。

後で聞いた話だが、子供は登るのが早いという。体重が軽いせいか。理由はよくわからない。しかし、たとえば、孫と一緒に山に登ると完全に先に行かれ遅れるという。

横を勢いよく登って行った男の子が岩に腰かけて休んでいた。

「早いね。ぐんぐん登るね。スーパー小学生だね」と声をかけた。

すると得意そうにうなずき、こう言った。

「来週、おじいちゃんと一緒に富士山に登るの。今日は、そのための予行練習。」

「そうなん。ここは富士山ととてもよく似てるからちょうどいいよ。いい練習になるよ。」

その子の父親と母親が、やっと追いついてきた。するとそのスーパー小学生はすぐにまた登り始めた。

山頂では多くの人が休んでいた。晴れ渡り風も雲もなくあたりがよく見渡せた。九年前に登った大雪山系の白雲岳が見えた。

山頂でたっぷり休み、一二時二〇分にロープウェイ駅に着く。羊蹄山、上富良野岳、十勝岳、そして旭岳。残すは、利尻山。利尻島を目指し北上。とりあえず今日は旭川で一泊。

そう思い旭川の街に出る。少し走るも、テントを張れそうな場所はなかなか見つからない。吹上温泉で名刺をくれた男の人のことが頭にちらつく。野営の場はもう見つからないかもしれない。そう思うと、電話して泊めてもらうことにするかとの気持ちがわいてくる。しかし、他人の家に泊めてもらうのは気が重い。人は災いの元。残念ながら人生にはそういう側面もある。やっぱり自由がいい。せっかく親切に声をかけてくれたというのに。そんなことを頭の中であれこれと考えながら、北に向かって走り続ける。遅くとも五時頃までには泊まれる場所は探さなければならない。これを旅のルールにしている。

左右きょろきょろしながら街中を走る。運動公園という標識が目に留まった。その標識に従い右折する。まっすぐに走り続けるが、その運動公園らしきものは見えない。見えてこない。そのうち街から離れる。人家がまばらになる。畑だけになる。

小さな橋があった。農業用水路のような川があった。その川に沿って自転車がすれ違えるぐらいの小道が並走している。右折し、その小道に入り川に沿ってしばらく走った。人通りはない。その水路の脇に広い川原があった。芝のような草が生えている。テントを張るには絶好の場所。周りに人家はない。狭い道なので車も通らない。

芝に寝ころび休んだ。空は高い。バイクの旅で、最ものんびり休めるときというのは、寝場所が見つかったこういう瞬間かもしれない。街のスーパーで買った弁当を食べビールを飲みまた寝ころんだ。そしてあたりが少し暗くなりかけた頃にテントを張った。この日の夜は、自分でも信じられないくらいぐっすり眠った。

稚内《わっかない》へ

快晴。旭川、五時三〇分発。ところが、北へ向かうにつれ天候がどんどん悪化。小雨が降りだす。台風が近づいている。そのうち雨は激しくなる。稚内まで行けるのかどうか。途中、食堂があったので雨宿りを兼ねて早目の昼食を取ることにした。その食堂の前に一台のバイクが止まっていた。

お互いに何となく挨拶する。若い男の人だった。草鞋《わらじ》のような大きなカツがのったカツカレーを食べていた。

「確かに、大きい。」

そのカツカレーを食べながら、スマホ片手にその若者はうなずいていた。

そうか、そういうことか。バイクで旅をする者のほとんどは、スマホの情報を頼りに動く。どこの店がうまいか、どこが絶景ポイントか。ＳＮＳの投稿者が詳しく教えてくれるらしい。

そして、その情報通りか確認する。つまりは、ガイドブックと同じ。絶景を見て、すごいっ、ガイドブック通りだと感動するのと似ている。その出会いは、いつも、デジャ・ビュ。人の感動を追認するだけ。その連続に退屈しないのかと、古臭いジジイは疑問に思ってしまう。

確かに、情報があればリスクは少ない。何かうまいものを食べたい。せっかく北海道に来たのだから。そう思って、いくつかの店に入ったのだが、行き当たりばったりのためか、いい店には出会えなかった。日本のどこででも食べられるような物しか目につかない。結局、美瑛でも富良野でも、倶知安《くっちゃん》のラーメンのような記憶に残る食事には出会えなかった。

だから、事前に何らかの情報があればありがたい。そう思うのは人の常。グルメ情報がライダーたちの間で拡散するのは当たり前か。でも、失敗もまた役に立つ。それ以降の方針の土台になる。経験になり自分で知恵を働かせる機会を生む。と、まあ、思うわけだが、ここまで来ると人それぞれ。他人がとやかく言うことではない。それでもひとこと言いたくなるのは、固《こ》陋《ろう》のジジイの悪癖か、それとも、ＳＮＳに馴染めないひがみか。いずれにしても、ろくなことはない。

カツカレーを食べる若者に聞いてみた。

「これから利尻島に行くつもりなんですが、この雨でしょ。台風が近づいているし。だからこの近所で温泉でも探して、今日はとりあえず近くに泊まろうかとも考えているんですが。」

「大丈夫でしょう。このぐらいなら。フェリーはよほどのことがない限り運休しませんよ。個人的には、利尻島より礼文島に行くことをお勧めします。その島に、猫岩というのがあって、その近くにユースホステルがあります。ご主人がとても優しい親切な人で、観光案内もしてくれます。だから、今日は礼文島まで行き猫岩のユースホステルに泊まるのが一番いいと思います。」

「はあ、そうですか。」

あっけにとられて、とりあえずうなずくしかなかった。この大雨。しかも、台風の接近で雨も風も時間ごとに勢いを増す。その大雨の中、稚内まで行き、フェリーに乗り、礼文島まで行き、さらに猫岩近くのユースホステルまで。五〇ccじゃ、まず無理だ。大型バイクでも同じ。と思ってしまう。でも、カツカレーを食べる若者の話を聞いて、少なくとも今日は稚内までは行こうという気になった。ちなみに、自分は蕎麦が食べたかったので天ぷらそばを注文した。手打ち、ということだった。しかし、どうしたわけか食べられない。体調が悪かったのか、それとも口に合わなかったのか。それでも残さず食べ切った。店の高齢の夫婦はとても優しかった。

稚内、一二時到着。雨の中、何とか走り切った。台風はさらに勢いを増していた。フェリー乗り場に行くと、運休の張り紙がしてあり、切符売り場は閉じていた。

その横に、稚内の観光案内所がある。とりあえず、近くにキャンプ場があるかどうか、尋ねた。それと、利尻山の登山についても尋ねた。

若い職員の方が対応してくれた。ものすごく親切な人だった。キャンプ場は近くの山の上の公園にある。地図もくれた。

問題は利尻山である。今回の北海道の登山では、かなり苦労した。四時間を超える登りは相当にきつい。利尻山は標高一七二一㍍。しかし、登山口からの高低差は大きい。アプローチも長い。この山に登ることを今回の目標にしていたのだが、いざここまで来てみると自分のようなものに登れるのかどうかものすごく不安になってしまった。

「大丈夫だとは思いますけど。登山道はしっかり整備されていますし、この時期には登山客も多いし。ただ、台風が心配ですよね。」

年寄りの単独登山客に、この若い職員は嫌がりもせず笑顔で対応してくれた。この時、自分は思った。結局、自分は、登山の不安を誰かに聞いてもらいたかったのだと。だから、実にありがたかった。

その後、さっそく教えてもらったキャンプ場に行った。なんだ、そうか、このキャンプ場は九年前に来たとこじゃねえか。そのことをすっかり忘れていた。あの、夜遅くまで騒いでいた若者たちのグループに閉口して、「終わらぬ宴はない」と心の中で念仏を唱えていた、あのキャンプ場じゃねえか。やれやれ。自分でも情けない。でも、安心した。

このキャンプ場も無料。管理人がいて、場内はきれいに整備されている。水場もゴミ捨て場も清潔に保たれている。

ところが、である。台風はどうやら稚内直撃の模様。雨も風もいよいよ強まる。そのためか、テントを張る者はほとんどいない。二、三、目につくだけ。皆、どこかに避難したらしい。困った、どうしよう。

テントには不安があった。白山のキャンプ場に泊まった時のことをまた思い出した。ものすごい勢いの雨が降り続いた。テントの中に雨水が入ってきた。雨水でテントの床が水浸しになる。寝袋も濡れる。リュックも濡れる。逃げ場はない。仕方なく、タオルで水を吸い取り、それをテントの外で絞って水を抜く。その後すぐに、そのタオルをテント内の浸水した場所に置きまた水を吸い取らせる。その繰り返し。それでも間に合わないので、他の衣類もタオルと同じように使った。それが一晩中続いた。大雨はこりごり。痛い教訓となった。

だから当然、この時も白山での体験がよみがえる。しかも、このキャンプ場は高台にあるせいか、風が強い。危険だ。

このキャンプ場に登って来る途中に宿泊所らしきものがあった。今日はあそこに泊まろう。そう思ってそこまで行ってみると、そこは無人の休憩所だった。そうか。でもここなら屋根があり、建物の中だから安全。ここで、寝袋にくるまってとりあえず台風をかわすか。そう思った。しかし、この休憩所は午後五時までとの断り書きが目に入った。稚内市が管理しているらしい。

電話して確認してみた。台風が近づいているので、今晩だけ泊めてもらえないか。対応に当たってくれた職員は、検討してみるとのことだった。それから小一時間ばかりして、上司に相談してみたがやはり決まりだから無理だったとの回答だった。親切に対応してくれたのでお礼を言った。でも、泊まれない。がっかりした。

台風の勢いは増す。今から宿泊するところが見つかるかどうか。移動も難しい。そこで、管理事務所に行ってみた。人一人がくつろげるぐらいの小さな建物。その中で、やや年配の管理人が帰り支度をしていた。

事情を話した。すると、その人はこう言った。

「ここの建物のカギは閉めないでおきます。狭くて窮屈でしょうが、台風はしのげます。安全ですから、今夜はどうぞここで休んでください。」

ほっとした。こんな人もいるのだ。ありがたかった。地獄に仏とはこのことだ。一番困った時に助けてもらった。

この時から、親切にしていただいた人や、記憶に残った人には、写真を撮らせてもらおうと心に決めた。

写真には、快く応じてもらえた。うれしそうに微笑んでくれた。仏様のようだった。

利尻島へ

管理事務所で安心して一夜を過ごすことができた。本当にありがたかった。雨と風はしかし、夜が明けても続いていた。テントに戻った。テントは無事で中も濡れてはいなかった。午前中は寝袋にくるまりずっとテントの中で雨と風をやり過ごした。管理人が来るのが見えた。丁重にお礼を申し上げた。

稚内市の職員が、防波堤のドームでライダーがテントを張っていると教えてくれたことを思い出した。午後になって雨が小降りになったので、テントをたたみその防波堤ドームへ行ってみることにした。目の前に稚内駅があった。

高速道路のトンネルのような大きなコンクリートの壁。確かに、ここでなら、どんな風も雨も防げる。奥に、数人のライダーがテントを張っていた。サイクリングの集団もいた。そうか、こういうところがあったのか。この日は、自分もここにテントを張ることにした。

寒い。ダウンジャケットを着る。テントの前で一息つく。すると、一人の若い女性がトランクを引きながら眼の前を通過して、自分のテントから少し離れたところでコンクリートの上にじかに座った。スカートに素足。寒いはずだ。明らかにライダーではない。旅行者か。よくは見なかったが、まだ少女のような感じもある。どうしよう、せめて、防寒のための衣類でもあげようか、などと一瞬思った。

少女の方は、その気配を察したのか、ほどなくして立ち上がり、またトランクを引きながら自分の前を通り過ぎ、海側の奥へと歩いて行った。

男は警戒される。特に若い女性には。さらに、年寄りの男に関心を持つ若い女はこの世にはいない。難しいな、と思った。その少女を見ることはもうなかった。

翌朝、七時一五分のフェリーで利尻島へ。やっとここまで来た。上陸したときは、しみじみとした思いがこみあげてきた。憧れの島に自分がやっとたどり着けたのだ。嬉しさがこみあげてきた。

利尻山は明日登る。天気は急速に回復している。台風は過ぎた。時間があったので、島をカブで一回り。一度目は時計回り。二度目は反時計回り。当たり前だが、利尻島のどこの道路からも、利尻山が見える。富士山のような容姿はどこから見てもさほど変わりがない。美しい山だ。晴れたせいか海も空も明るい。海は濃い青。北の日本海の暗いイメージはない。空はどこまでも明るく海も山も光り輝いていた。

島を二周して気づいた。どの家も海に向いている。南向きとかではない。どの家の玄関も海側にある。そういえば、日本全国どこでもほぼ海に向いて家が建っていた。太平洋側は勿論、日本海側でもそうだった。海と家、海と人の暮らし、これは日本ではいつも一体だ。海に囲まれた日本ならではの文化だろう。海が目の前にあるのに、まさか、その海に背を向けて暮らすことなど考えられない。当然、海を身近に感じ、毎日海の様子を見ながら暮らす。春夏秋冬いつでも。

島を回っていて、昆布を売る店があったので入ってみた。利尻昆布は、蕎麦つゆを作るときいつも使っている。この昆布じゃないと納得のいく出汁が取れない。だから店に入った。若いおかみさんが応対してくれた。残念ながら、バイクなので積み荷はいつも限界。昆布すら載せる余裕はない。だから現地に来ても利尻昆布が買えない。「郵送もできますよ」といってくれたけど、まだ買い置きがあるのでいいかと思い、丁重にお断りした。

昆布には値段の違いがある。等級というのがある。

「どう決めるのですか、この値段は？」聞いてみた。

すると、いともあっさりとこう答えた。

「形だけです。味に変わりはありません。」

「えっ、そうなんですか。」

「そうです。」

おぉ、いいことを教えてもらった。結局何も買わずに店を出た。それでも笑顔で送り出してくれた。

店を出ると、軽トラが止まっていた。その荷台には、昆布が山と積まれている。まだ濡れている。採ってきたばかりのようだ。

その時、ちょうど運転手が出てきた。まだ若い。

「すごい量の昆布ですね。」声をかけてみた。

するとその若者は笑顔でこう答えた。

「台風でね、大波になって、こんな昆布が大量に浜に漂着するんですよ。それを取ってきたんです。今日の内に取っておかないとね。だからもう何往復もしてるんです。これから干して、そして製品にするんです。こんなチャンスはそうないから頑張ってます。」

「はあ、そうなんだ、そんなこともあるんですか。お仕事の邪魔をしてすみませんでした。」

人の背丈以上もある大きな昆布が大量に島に流れ着く。高値のあの利尻昆布が。これではまるで、おとぎ話だ。ついつい聞き入ってしまった。

その日、登山口にあるキャンプ場でテント泊の予定だった。登山口のそばにある野営場に行ってみたが、誰もいない。テントもない。事務所があり、そこに入って窓口で声をかけてみた。親切そうな女性が笑顔で出てきた。

「明日、利尻山に登るつもりなんですが。テント張れますか。」

「ええ、いいですよ。もちろん。ここの周りならどこでもいいですよ。」

「でも、テントを張ってる人がいませんね。」

「そうですね、台風が来てたからですかね。いつもなら結構多いのですが。ここより下にも、キャンプ場がありますよ。そこにはたぶん多くの人が来てると思います。」

女の人は親切に教えてくれた。

「そうですか、じゃ今日はそこのキャンプ場にします。」

ところで、と自分が切り出した。

「利尻山、大丈夫でしょうか。明日一人で登るんですが。」

「うん、大丈夫だと思いますが。みんな登ってますから。」

笑顔で答えてくれた。ここでも、稚内の観光案内所でのことと同じ。山登りが間近に迫り募る不安をただただ聞いてもらいたかった。笑顔を見て何となく安心した。登れそうな気がした。

それで、こう尋ねた。

「親切にしてくれた人に写真を撮らせてもらうように決めたんですが。一枚撮らせていただいてもよろしいでしょうか？」

「ええ、けっこうですよ。」

にっこり笑って快く応じてくれた。この人が、二人目。


さっそく下の方のキャンプ場に行ってみた。バイクで一五分ぐらいか。明るくて開放的で、団地のように造成されていて芝がきれいにはられていた。もうすでにテントがいくつかある。ここは有料。一〇〇〇円ほど。ここの野営場は、登山客というよりも北海道を車で旅行する人たちが多く利用しているようだった。

展望のいい一角が空いていたのでそこにテントを張る。やれやれ一安心。のんびりしていると、一人の若者が近くにテントを張り始めた。笑顔で挨拶を返してくれた。

「どちらからいらしたんですか？」尋ねてみた。

「熊本からです。」

「えーっ、ずいぶん遠いですね。」

「え、ま。」

「バイクですか？」

「いえ、徒歩です。」

「はぁ？　徒歩って、歩いてですか、ここまで？」

「はい、そうです。三月の中旬に屋久島を出発しました。」

「はぁ、全部歩きで？」

「そうです。フェリー以外は。」

それを聞いて、改めて上から下までなめるようにその若者を見てしまった。体がとりわけ屈強という風には見えない。でも、全身から精気のようなものが感じられる。でも、そういわれてみれば、という程度。笑顔で落ち着いて、品格もある。

こういう若者もいるのだ。こういう若者が今の日本にはいるのだ。自分たちの世代でも、こんなことをやり遂げた者がいただろうか。敬愛の念を抱かずにはいられなかった。

若者は続けた。

「ここの利尻島が旅の終着で、あとは札幌に出て飛行機で熊本に帰ります。」

すごい旅だ。誰もやらないような、誰も思いつかないようなものすごい旅だ。

荷物はリュック一つ。モンベルの一人用のテントを張っていた。明日、利尻山に登るという。

利尻山

翌朝、三時四〇分、キャンプ場出発。用心に用心を重ね、できるだけ早めに出発した。バイクで一五分ほどで、登山口にある野営地へ。ここにバイクを置きいよいよ登山開始。歩き始めの道には、小さな堀があり、ここで靴に付いた土を洗い落とす。雑草の種や細菌を山に持ち込まないための処置。

まだ暗い。ヘッドライトを点けながら山道に入る。歩き進めると段々と明るくなる。そのうちヘッドライトが不要になる。さらに登ると、登山道の左から強烈な朝日が差し込んできた。あんなにも台風で苦労したのに、今日は快晴。ありがたい。奇跡のような天気の回復。早朝の山道はすがすがしい。ブナだろうか、若葉が陽を浴びて柔らかに光る。その林の中を休み休みゆっくり登る。途中、その山道の写真を撮ったり、陽を浴びて光り輝く景色を見たり。雲海が雄大だった。

と、その時、後ろから誰かが登ってきた。なんと、キャンプ場で話したあの歩く若者である。まさか。キャンプ場から登山口の野営地までは、バイクで一五分はかかる。そこを徒歩で。そして、登山道へ。まだ三合目か四合目ぐらい。それなのにここでもう、先に登り始めた自分に追いつき追い越す。その脚力に驚嘆した。その足なら、確かに、日本列島を縦断できる。鍛え方が違う。気力も優れている。軽く挨拶をかわし、道を譲った。お互い、「気をつけて」と言葉を交わして。

何の花だろうか。小さな菊のような花が道の脇に咲き乱れていた。お花畑を見ることができたのはありがたい。しかも、こんなにもいい天気の日に。山の印象というのは、登った日の天候にものすごく大きく左右される。白山でもお花畑があったのだが、天気に気を奪われてしまい、花どころではなかった。

八合目の長官山《ちょうかん》を過ぎ、九合目の標識を超えたあたりだった。あの歩く若者が登頂を終えて上から降りてきた。速い。ものすごく速い。それなのに、疲れた様子などみじんもない。溌剌《はつらつ》としている。本当にすごい人だなと思った。ここでも改めて、こういう人もいるのだとつくづく思った。

「旅の途中で、親切にしてくれた人とか印象に残った人の写真を撮ることにしたんです。写真を撮らせていただいてもいいですか？」と頼んでみた。

「いいですよ。」

若者は快く応じてくれた。そして、こう続けた。

「ここの利尻山が旅の最後だと思うと、山頂でとても感慨深いものがありました。長旅もここで終わり。無事たどり着きました。山頂は晴れていて見晴らしが抜群でした。」

「そうですか。すごい旅でしたね。どうぞご無事でお帰りください。」

「そちらも。」

九合目近くの山道でそう言葉を交わし別れた。

八時一五分。利尻山頂き到着。自分もまたやっと旅の最終目的地に到着した。快晴だった。礼文島が見える。稚内の半島も見える。周りはずっと海。海の上に聳え立つ独立峰。やはり、日本有数の美しい山だ。柔らかい朝日を浴びながら山頂をそっと流れる風を感じ遠くの海を見ていた。

あんなにも不安で仕方なかったのに、何とか無事に登りきることができた嬉しさと充実感で心が満たされた。幸福だった。自分のようなものにでも、何とか登ることができたのだ。

まだ朝早いというのに、山頂には続々と人が登ってきた。台風で足止めになっていた登山客がどっと繰り出したのか。にぎやかになりだしたので退散した。

一二時一〇分、登山口の野営地に戻る。登り四時間半。下り四時間。自分にとっては、ものすごくハードな山登りだった。でも、天候に恵まれた。心に残る登山だった。

ベースにしていた野営地に戻る。そこには、歩く若者がいた。近くにある温泉に入るという。自分も入りたかったが、礼文島行のフェリーに間に合いそうなので、温泉はあきらめた。「それじゃあ、元気でね」、ここでもまた別れのあいさつを交わした。

礼文島

この島もまた憧れの島だった。大学生の頃行きたいとは思ったが、どう転んでも旅費は捻出できなかった。それどころか月々の生活費で目いっぱいだった。なのに今こうして島に向かえる。フェリーに乗りながらそのありがたさを感じた。金はないが時間はある。カブを手に入れたことで、運賃は安く抑えられる。野営を続ければ、少しは出費も抑えられる。これが、飛行機、レンタカー、宿となれば、今の自分でも難しい。

礼文島は雨だった。利尻山に登るときだけ、晴れてくれたことになる。なんともありがたかった。礼文島に着くのは夕方。それから野営地を探すのは難しい。しかも雨。で、利尻島から民宿を予約した。フェリー港のすぐそば。

料理屋の三階。エレベーターはない。さっそく洗濯。長旅をするといつも洗濯物の処理が気がかりになる。ことに、登山をした後には大量の洗濯物が出る。放っておけば臭い出す。洗濯機と乾燥機はあった。すぐに回す。

とにかく温泉に入りたかった。フェリー港のそばに大きな温泉場がある。そこに行きなさいとの指示。民宿のおばさんが。温泉に入って、驚いた。ものの一分もしないうちに体の全身に湯が浸透し温まる感じ。本州の温泉ではこのような体験をしたことがない。芯まで温まるにはけっこう長く湯につかる必要がある。ところが、ここの礼文島の温泉は、瞬時に全身が温まる。

湯から出ても冷めない。成分の違いか、それとも何か別の理由があるのか。あるいはただ単に自分の肌感覚のせいなのか。そこはよくわからない。いずれにしてもよく温まった。

夕食はニシンの煮つけが出た。刺身を期待していたが残念。しかし、このニシン、実にうまい。ニシンというのは食べたことがなかった。全く馴染みがない。皿の上にのっかった魚を見て、ニシンというのはこんなにも大きいものなのかと感心した。イワシを巨大にした感じ。身に箸を入れると中は真っ白。ほのかな香りが鼻に届く。新鮮な魚でしか感じ取れないかすかな香り。口に入れると上品な脂がのっていて豊かな甘み。これがオホーツクの海の香りか。味は、新鮮なイワシの味とほとんど変わらない。煮つけ方は魚の味を上手に引き立てている。あまりにうまいので夢中で食べた。食べつくした。そして、民宿のおばさんに言った。

「初めてニシンの煮つけを食べたんですが、こんなにうまいものだとは知りませんでした。」

「そうかね。じゃ、もう一匹あるから食べる？」

「えっ、いいんですか。もちろん喜んで。」

二匹目もあっという間に食べてしまった。刺身もいいが、煮魚というのも悪くない。魚のうまみを引き出すすぐれた調理法だと思った。

翌朝。一日中雨の予報。合羽を着て、登山用のスパッツを付け、スコトン岬、桃岩、猫岩、澄海《すかい》岬等、雨の中、バイクで走れるところはすべて回った。バイクというのはこういうとき、本当にありがたい。

猫岩というのが面白い。猫が座って首をかしげてこちらを見ている様子。こんな形の岩もあるのか。海に浮かんで霧に包まれて、とても不思議な景観だった。

桃岩はお花畑が一面に広がっている。しかし、雨と霧のためによく見通せない。きっと、晴れ渡った青空のもとでは美しく輝くのだろう。

昼。何を食べようか。地元の観光案内所で、何かうまいものが食べられるところがありませんか、と聞いてみた。生のホッケの開きを炭火で焼く店があるという。さっそくその店に行ってみた。

結構多くの客がいる。炭火があって、その上に生のホッケが開きで。焼きながら食べていくらしい。これが、うまい。ことのほかうまい。ホッケといえば干物を焼いて食べるということしか知らなかった自分にとっては新鮮。食べ方も面白い。脂がのりジュクジュク煮立つ熱々の身を用心しながら味わうのも一興。これはこれで魚の味を引き立てる。

魚といえば刺身。何が何でもまず刺身。そう決め込んでいる自分にとって、礼文島でのニシンの煮つけやホッケの生の炭火焼きは画期的なものだった。やっぱりまだまだ知らないことがたくさんある。

一三時二五分発のフェリーで稚内へ。稚内着、一六時一五分。寿司でも食べたいと思いあちこち探してはみたが見つからない。仕方なく定食屋のようなところに入りメンチカツ定食。こういうときもある。この日、稚内のドーム泊。

再びサロベツ原野へ

サロベツの原野を走る。左に原野。右に海、そして利尻山。その真ん中をまっすぐに進む。日本の道でこの道が自分は最も好きなようだ。心も体も快活に反応している。叫び声をあげた。対向車も後続車もない。広大な大地と果てしない海の真ん中で自分が一人だけ。まるで空中めがけて飛び上がるような気分で走る。

先回、九年前、この道で復活した。この道を走っているとき、自分は限りなく自分に近づき遂には一つになった。その瞬間に至るまでこれまでの人生でどれほどの長い道を歩き続けてきたことだろう。

復活とは、失った地位や名誉や財産や人間関係を取り戻すことではない。ずっと自分が自分から離れていたその距離を埋めること。自分が自分になると感じること。その瞬間こそが、自分にとっては復活だった。

なんと長い間、自分は自分をないがしろにしてきたことか。なんと多く自分は自分を見捨ててきたことか。心の中での分裂は自分を陰惨にし不機嫌にし荒廃させ続けた。

マーラーの交響曲二番『復活』に、「お前は無駄に生きたのではない、無駄に苦しんだのではない！」(Du hast nicht umsonst gelebt, gelitten!) という一節がある。サロベツ原野を走りながらその句がよみがえる。そして、まるで大地の隅々から地響きのように聞こえてくる「Auferstehen!」という あの合唱の声。その声は徐々に大きくなり自分の心の中全体に広がる。

復活とは、自分にとって、自分が自分と一つになること。それ以外にはない。その瞬間こそ、心と体と魂に限りない力がみなぎる。それは、確かに、一瞬の感覚。しかし、その記憶は心に深く刻み込まれる。サロベツ原野は恩人だ。自分の心の中の風景がそのまま目の前に現れたかのよう。ここに再び来て、この道をまた走り続けて、自分は自由を感じた。全く何の束縛もない真っさらの自由を。

右手の海の向こうには利尻山が堂々と聳え立つ。その手前の海は青い。昔、ある女性からもらった二枚の水彩画を思い出した。北海道の陸地から、おそらく、利尻島を見た風景。海も山も空も青い。その絵を見て、暗い絵だなと感じた。青い色調が画面全体に広がり、なんだか出口がないように感じた。しかし、とても気になる絵だった。二枚とも、額に入れてキッチンに飾り続けた。

そして、今、その絵が描かれた視点と思われるところをバイクで走っている。で、思った。強く感じた。あたりは快晴。海も空も山も光っている。そしてその色が、まさに、水彩画で描かれた青の世界なのだ。あの絵は、暗い絵ではない。むしろ全く逆で、輝く海や広がる青空や海から突き上がる利尻山の明るい輝きをそのまま写そうとしたのだと。ここにきて、ここから利尻山を見て、その明るさを自分でも頷きながら確信し、無性に嬉しくなった。ここに来なければ、あの二枚の水彩画は暗い絵のままだっただろう。でも、ここにきて、陽の光や風や原野や海の香りをかすかに感じながらその真ん中をバイクで通り抜けると、この風景を写し取ればそのままあの青の世界になるのだということが初めてわかった。

そして、限りなくほっとした。その女性を不幸にした原因が自分にあるとずっと感じてきたから。

石狩、小樽、ニセコ、函館

稚内から留萌《るもい》までのサロベツ原野は最高。Prima! 日本で一番、とやはり、しみじみと感じた。しかし、それも留萌まで。留萌からは急にトンネルが多くなる。しかも、一つひとつが長い。確かではないが、九年前にはこんなにもトンネルが多かったという記憶がない。地元の人に聞いてみると、海側の道路は崖崩れが多くて、トンネルに変えたと言っていた。北海道で見る日本海の雄大な景色がこれでは望めなくなる。残念で仕方がない。

それに、原付で走るとトンネル内部ではかなりの圧迫感がある。後ろから車が来るたびに脇に寄る。しかし、トンネル内部には車をかわすスペースが限られている。だから、トンネルを抜けるといつもほっとする。

石狩川に来た。一六時近く。長くて幅の広い橋を渡る。横から強い風。バイク全体が横にずれる。慎重にハンドルを握り、何とか橋を渡りきる。今晩野営する場所を探さないと。石狩川だ。河川敷のどこかにテントが張れる場はいくらでもあるだろう。

橋を渡った後、川沿いを上流に向かって。しかし、河川敷には降りられない。柵が張り巡らされている。行けども行けどもこの連続。どうしてなのか、わからない。柵の向こうは雑草が人の背丈以上にもなって生い茂っている。困った。どうしよう。

そのまま川沿いの道を走り続ける。やっと、川原に向かう小道を見つけた。その道に入ると、小規模の駐車場があった。トイレがある。車は二、三台。空きスペースが目立つ。その駐車場に隣接して小規模の空き地があった。駐車場の垣根の背後。ここなら人目に付かない。テントを張れる。やれやれ。トイレもある。ここに野営することに決めた。

どこに泊まるのか、その日にならないとわからない。さらには、どこに食堂やスーパーがあるのかもわからない。だから、午後の三時過ぎにスーパーを見かけたら、その日の夕食用の弁当を買う。飲み物、翌朝のパンやコーヒー、チーズやサラミなども。真夏だ。弁当がどれだけ持つか。早く買えば、弁当が熱で傷む。しかし、買わないと、夕食が取れない。川原や海岸や空き地の近くには、スーパーや食い物屋はまずない。

自炊をすればいいのかもしれない。しかし、五〇ccのカブ。バーナーや食器を積み込むスペースはない。それに、夕食作りのために使える時間も労力もない。日中、一〇時間は走る。朝早く出て、夕方はのんびりしたい。だから、夕食は作らない。買い食いが基本。スーパーがなければ、コンビニ。我慢するしかない。背に腹は代えられない。

翌朝、五時四〇分、石狩川出発。

小樽、七時三〇分着。川沿いの倉庫群を徒歩でぶらぶら。こういう時、原付はいい。駐車できそうな場所はすぐに見つかる。

ニセコ、九時二〇分。

函館、一五時三〇分。この日は、函館フェリー港近くで野営。雨が降る予報。高架下に空き地があった。ここなら、雨もしのげる。その高架下に、自動車の修理工場があった。そこに、従業員と思われる人がいた。

「ここにテントを張ってもいいですか。明日、早朝にフェリーに乗るのですが。」

「いいよ。大丈夫だよ。前にも、テントを張ってた人がいたよ。」

お礼を言った。安心した。地元の人の許可が下りれば、鬼に金棒。ありがたいことこの上ない。しかし、高架の下。トラックが通過するたびにものすごい音。この物音は一晩中ひっきりなし。しかも、夜に大雨が降って、その排水が橋げたに大量に流れてきて、その物音もものすごい。でも文句は言えない。何しろ、大雨がしのげたのだから。一応、眠ることができたのだから。

翌朝、七時四〇分発の青森行きフェリー。

今回は、北海道だけで一七五四キロ走った。

岩木山

青函連絡船のフェリーに乗っていた時、何となく、岩木山に登りたくなった。岩木山には、学生の頃一度登ったことがある。

大学の授業で、文学史のレポート提出の課題があった。青森の鰺ヶ沢《あじがさわ》出身の学生がいた。二年留年していた。その男が、レポートを書いてくれと頼み込んできた。その時、もし助けてくれたら、地元の岩木山を案内するからと言ってくれた。内容はどうでもいい。ただ単位がもらえる程度で、と言う。それなら自分で書けばいいのに、とも思った。でも、何かその男は、とても人が好さそうで、切羽詰まっているはずなのに、どこか呑気で、ついつい引き受けてしまった。何を書いたか、今では全く思い出せない。でも、何とか単位を揃えて卒業できるようになったと、後でその男は言っていた。

で、約束通り、鰺ヶ沢の実家に招待してくれた。姉が、地元で一番の喫茶店を開いていると言っていた。その店に行った。そうか、これがか、といった感じ。そして、レポートを依頼してきた男は、しきりと、浅虫温泉がいい、そこに連れて行ってやると言っていた。

しかし、この年、青森県を大水害が襲った。道路は寸断された。浅虫温泉には行けなくなった。この男の親戚の人が、車で見舞いに来ていた。車に、大量の段ボールケースがある。どれも、飲料水のケース。それを、被災した家に配っているらしい。それを見て、思った。この土地ではこんな風にして、困ったことが起きたらすぐに人々が助け合うのかと。東京では、こんな風習はとっくにすたれてしまっていた。

幸い、岩木山の登山道には被害はなかった。鯵ヶ沢側から登った。登っているとき、この男、しきりと雷のことを話題にした。午後になると雷が落ちる。山の上で雷に襲われたら最期、逃げ場はない。だから、急いで山頂に行き、すぐに下山した方がいい。地元の人がそう言うのだから、何となくそういう気になり、せわしく登り、せわしく下山した。山頂での記憶もほとんど残っていない。

その岩木山に、今度は一人でゆっくり登りたいとでも思ったのか。それとも青森に着いたらさてどうするか、まったく何も思い浮かばなかったので、とりあえず岩木山ということにしただけのことだったのか。でも、一度心が決まると、もうすっかりその気になっていた。

青森のフェリー港から弘前に出て、岩木山の麓の百沢《ひゃくざわ》。さらに先へ行き嶽《だけ》温泉。ここに、岩木山への登山口がある。そのそばに、キャンプ場があった。かなり広い敷地。芝がきれいに刈り込まれ炊事場も整備されている。しかもこのキャンプ場、温泉があり、いつでも好きな時に好きなだけ入っていいという。キャンプ場の使用料は一〇〇〇円。芝の上ならどこでもテントを張っていいという。

時間がたっぷりあったので、さっそく温泉にゆっくり入った。誰もいない。独り占め。温泉から出ると、芝に寝そべり、ずっと空を見ていた。風を感じ、雲の動きを見る。それにも飽きれば居眠りをする。呑気で、気ままで、ゆっくりくつろげた。

翌日、岩木山に登る。八合目までは、スカイラインがあり車で行ける。しかし、原付は通れない。バスはある。でも、始発は、八時二〇分。遅すぎる。で、嶽温泉の登山口から登ることにした。しかし、困ったことが起きた。登山口に、熊出没注意との看板がある。しかも、牙をむき出した怖そうな熊の絵まである。これは、相当に危険だ。しかし、熊よけの鈴がない。檜枝岐《ひのえまた》で記念に買った鈴を北海道の山でなくしてしまった。鈴なしで山道に入るのは危険極まりない。どうしよう。今は、朝の五時。しかし、近くの店は開いていた。そこに、店員さんらしい女性がいた。

「鈴、売ってますか。熊よけの。これから岩木山に登るんですけど。なんか、熊が出るみたいで。」

「それじゃあ、鈴がいるよね。うちにはないけど、ちょっと待ってね、聞いてみるから。」

そう言って、店の奥へと入って行った。ややあって、戻ってきた。やはりここらでは売ってないという。

どうしよう。その時思いついた。缶ジュースの空き缶に小石を何個か入れて鈴代わりにする。振ってみると、まあまあの音がする。これをリュックの後ろにぶら下げる。

「ああ、いいじゃない。音が出るし。なんとか役立ちそうだよね。」

その女性は、やれやれといった感じで、そう言ってくれた。いつの間にか、近所の人たちも数人集まってきてくれた。

「これなら大丈夫だ」と言って、みんな頷いてくれた。なんだか、みんなから勇気をもらったよう。

五時三〇分。登山開始。ブナ林が美しい。せっかく東北の山に登るのだから、ブナの森の美しさは堪能したい。登山道の両側には、ブナの大木があるわけではない。小ぶりのブナが何本も密集している。静かだ。誰もいない。たぶん、スカイラインがあるから、わざわざ下から登ろうとする人間は少ないのだろう。

七時四〇分。八合目着。あたりは霧に包まれ、雨も降り、風も強い。八合目の駐車場には車はない。スカイラインは八時から開通。それより早い時刻には通れない。バスターミナルの建物があり、そこも閉まっていた。ほどなくして、一台の車が来た。ターミナルで土産物を売る店員さんたちの車だった。

この駐車場からさらに上に行くロープウェイがある。まだ動いていない。年配の男の人が、発車の準備をしていた。

視界がない。雨風も強い。さて、どうするか。このまま山頂を目指すか。それとも、この悪天候では断念するのが正解か。迷った。ロープウェイのおじさんに聞いてみた。山頂までは二時間かかるという。

スカイラインを通るバスに乗って帰るという手もある。時刻表を見た。待てば、すぐ下りられる。空を見る。相変わらず雨も風も強い。視界もない。あたりに、登山客はいない。迷いに迷った。で、登ることにした。雨の中でも仕方がない。ただひたすら登り続けた。山頂付近になると、いよいよ風も雨も強くなる。と、その時、上の岩場の陰で男女の若いカップルが風雨をしのいでいるのが見えた。近づいた。百沢からの登山道を登ってきたという。この時ばかりは、人がいてほっとした。それから、ややあって山頂に着いた。視界はない。山頂のそばに、避難小屋があった。頑丈なしっかりした建物だった。とりあえずその中に入る。若いカップルと一緒に。

そのうち、雨と風が弱まり、ガスが消える瞬間があり、ときおり視界が開けた。山頂到着、九時一〇分。しばらく休み、下山。かつて登った時の面影はどこにもなかった。まったくの新しい山だった。今回は、嶽温泉の登山口から。以前は、鰺ヶ沢方面から。だからか。よく覚えてはいない。

下山の途中で、何人もの登山客とすれ違った。天気はどんどん回復してきた。スカイラインで八合目まで車で来た客が、次から次へと登ってくる。こんなにもにぎやかになるとは。八合目の駐車場に出て、それからブナの森の登山道を下った。嶽温泉登山口に戻ったのは、一二時三〇分。幸いにも、行きも帰りも熊には出会わなかった。やれやれ。即席の空き缶での鈴が効いたのか、それとも地元の親切な人たちの思いを熊のほうが斟酌《しんしゃく》してくれたのか。

この日もまた、岩木山のキャンプ場でテント泊。温泉に入る。登山の後の温泉は、格別にありがたい。夕食では、旨いものが食べたくて仕方なかった。キャンプ場の係の人に、いい店が近くにありますかと聞いてみた。弘前まで出ないとないという。で、弘前に出た。係の人に教えてもらった店がなかなか見つからなかった。そこで、仕方がない、スーパーに入り、飛び切り上等の寿司と特大のメンチカツを買った。キャンプ場に戻り、空を見ながら食べた。

岩城、寺泊、津幡

岩木山から日本海に出るには、白神ラインという道がある。しかし、この道路は未舗装の部分がある。まず、誰も通らないという。熊が出たという動画もある。こんな道は五〇ccのカブではまず通れない。それに、以前、大雪山系の赤岳を登った時、未舗装の道路で難渋した。チェーンが砂塵を吸い込んで、いかれた。こんな経験があるから、砂利道は走らない。鯵ヶ沢に出て、深浦を通る日本海側の国道一〇一号を通ることにした。

この道もまた素晴らしい。この道を走りたいから、舞鶴から小樽へと向かうフェリーには乗らない。もったいない。こんなにも心地よく海沿いを走れる道があるのだから。

海岸に沿ってずっと走り続ける。交通量は少ない。途中、黒崎という五能線の駅があった。この駅は、白神岳への登山口になっている。

白神岳か。登ろうか。一瞬、誘われる。白神といえばブナの森。世界遺産。その森の一つのピーク。

しかし、道の途中にスーパーらしきものは見つからなかった。コンビニもない。登山のための食料と飲料が手元になかった。見送るしかない。でも、いつか来よう。道をしっかりと確認した。

しばらく走ると、お殿水という水場がある道の駅があった。昼食にはまだちょっと早いが、ここで、食事をすることにした。海沿いだ。刺身の旨いのが食べられるかなと期待した。しかし、魚は、ホッケの干物の定食しかないという。それを頼んだ。

その時、白神岳について聞いてみた。登る人もかなりいるという。ブナの森がきれいですか、と聞いてみた。すると、ブナというよりも、山頂からの日本海の眺めがすごい、と言っていた。北海道で、羊蹄山、十勝岳、旭岳、利尻山。前日には、岩木山。けっこう体も疲れてきた。やはり、白神岳は見送ろう。次回にしようと決めた。

この道の駅、ライダーが多い。ほとんどがグループ。単独は少ない。皆似たような大型バイク。身なりも黒のバイク用の服で統一されている。明らかに、五〇ccのカブは場違い。意気込みが違う。ま、でも、これはいつものこと。

能代《のしろ》を経て秋田市、それからさらに南下し、岩城《いわき》という道の駅。一五時三〇分着。この日は、この道の駅近くの海岸にテントを張った。

岩城、五時四〇分発。酒田を経て新潟の勝木《がつぎ》へ。ここでやっと、国道七号から離れて、海岸を通る国道三四五号へ。一けた台の国道は、交通量が多い。しかし、三けた台の国道に入るとホッとする。車の数が急に減少し、のんびりと景色を味わいながら好きな速度で走ることができる。村上からは、国道一一三号が海沿いを走る。さらに、新潟市からは国道四〇二号。全部、海沿いの道路。日本海を眺めながら、ゆったり走る。

とその途中、やたらと派手な店構えをした商店が並ぶエリアに来た。魚屋が並んでいる。たくさんの客が押し寄せている。その様子は、築地場外と同じ。どの店も店頭にすぐ食べられる商品を並べ、客とのやり取りで店員さんたちが忙しく働いている。カニ、イカ、ホタテ、のどぐろやサバ等の焼き魚。あら汁の販売もある。活気がある。威勢がいい。

ここは、寺泊《てらどまり》。魚市場。一般向けに開放されている。店の奥も広い。新鮮な魚の刺身が数多く並んでいる。地元の人も観光客も買い求めに来るらしい。ともかく、人であふれている。こんなにもにぎやかな場所は、これまで通り過ぎた海岸では全く珍しい。

こういう場は、見逃せない。すべての店を全部のぞく。築地場外を歩くときと同じように。店の二階には、料理屋がある。売っている新鮮な魚を具材にした海鮮丼や刺身定食。まさに、待ってましたという気分。どこの店にしようか、どのメニューにしようか、ゆっくり検分する。これもまた楽しい。

ある店に入った。奥まで行った。すると、そこに、見事な中トロの寿司がある。本マグロ。一〇貫ほどで一二〇〇円。安い。これを見たとたんもう迷わなかった。パック詰めの寿司をその場ですぐに買った。これにしよう。迷いはもうない。

マグロは、刺身の中では格別だ。一九五〇年代の後半。東京の大田区馬込では、夕方になるといつも魚屋が天秤《てんびん》の前後に魚を入れた桶を担ぎ家々に売りに来た。父親はそれを待ちかねて、いつも玄関口で待っていた。目当ては、マグロである。マグロ以外は相手にしない。しかも、赤身。今でこそ中トロとか大トロとかがもてはやされているが、当時は、赤身こそが最も上等な部位。マグロを選ぶとき、父が常々言っていたのは、筋のないところ、これのみ。トロ部分は筋が多い。だから敬遠していた。

その父の嗜好に対して母も全く異存はなく同調した。というわけで、子供の頃から家族全員がマグロばかり食べていた。当時は、マグロは今ほど高級品ではなかった。一般庶民でも十分に食べることができた。

そういう家に育ったせいか、刺身といえばマグロ。イカとかタコが他にあるぐらい。鯛の刺身というのは食べた記憶がない。母は、もう何も食べられなくなったときに、なにが食べたいかと聞かれると、いつもマグロと答えていた。その母の葬式の時、棺の中にマグロの刺身を入れてあげた。マグロさえあれば、あとはなにもいらない。兄も妹も、そして自分もここは変わらない。

しかし、東京を離れて、そのマグロ偏重が東京地方特有の現象であることに気づいた。地方では、刺身の主流は鯛。確かに旨い。甘みがある。独特の香りもある。ことに、釣りを始めてから、白身魚の刺身の旨さに驚嘆した。まずは、カレイの刺身。こんなものは食べたことがなかった。釣り上げて自分で捌いて刺身にする。その甘いこと。極上の味わい。さらに、アジやサバの刺身。メバルや黒鯛の刺身。一つひとつの魚の味の微妙な違いに舌鼓を打たざるを得なかった。

中でも感動したのは、ハギの刺身。地元では、丸ハゲという。白身魚。フグに近い。三枚におろして皮をはいだ身を刺身包丁で薄く引き、この魚の肝を醤油に溶かして食べる。これを肝醤油《きもじょうゆ》と地元では言う。この肝醤油をたっぷりつけて薄く切り取った身を食べる。身の甘さと肝の脂が程よく混ざり、口の中で絶妙のアンサンブルができる。こんな贅沢な味わいは、東京では一度も体験したことがなかった。

そして、勤めていた時取材で鳥取の倉吉に行った時。ここで、のどぐろという魚の塩焼きを初めて食べた。そのうまさは、これまで食べたどの魚とも違う風味。甘い。脂がのっている。それは当然。しかし、その甘さにも脂ののりにも、どこか淡い感じがある。刺激的ではない。強烈でもない。どちらかといえばほのか。しかし、魚全体の風味は記憶に残ってしまうほどに味わいが深い。その風味に驚いた。

にもかかわらず、である。本マグロの中トロのいいのを目にすると、本能的に食べたくなり、その欲望を抑えきれない。まさに、むしゃぶりつくように買ったばかりの中トロをその場で食べた。あっという間。マグロの旨さは、やはり格別だ。これに代わるものはない、などとこの時ばかりは確信した。

思わぬところで旨い刺身に出会えた。もうこの先、走る気がしない。近くの浜に出た。広々としている。時刻は一六時。ちょうどいい。今日はここで野営する。ゆったりとした浜で、天幕を張ったグループの数名が何かを食べたり飲んだりくつろいだり。呑気な雰囲気が漂う。波打ち際には、カップルが数組、現れては消える。何とも平和で穏やかでのんびりとした光景。

その浜で寝ころぶ。海を見る。空を見る。夕暮れが徐々に始まる。この浜は、遮るものがない。海に沈む夕日を思う存分たっぷり見続けることができる。少しずつ、ほんの少しずつ太陽が海に近づく。その様子を、ときおり確認する。あとは目を閉じて居眠り。しかし、海も空もオレンジ色に染まる頃には、目が離せなくなる。あんなにも動きがないように思えた太陽は、水平線に近づくと、あっという間に半欠けになりポトリと落ちるかのように消えてしまう。後には、紫色の空と海が残るだけ。

安心した。ゆったりした。旨いものをたらふく食べて、浜に寝ころんで夕陽を見る。海は穏やかで風もない。そして、今夜寝る場所は確保されている。安全で、誰にも気兼ねせず、辺りは静か。道路からも離れている。この日の夜は、この上もなく豊かだった。

翌日、柏崎を経て富山。柏崎からは、海沿いの道は国道八号しかない。一けた台の国道をずっと走り続けなければならないのは、きつい。しかし、仕方がない。他にエスケープする道がないので、この国道を走るしかない。糸魚川を経由し魚津市で一息いれる。ここで昼食を取ることにした。

これまでの経験で、国道沿いの食い物屋よりも、ＪＲの駅近くの寿司屋か小料理屋の方が旨い料理を安く食べられることを知った。駅前の寿司屋や小料理屋は、地元の人たちを相手にしている。だから当然、品質がいい。しかも安い。そうでないと客が寄り付かない。暖簾《のれん》を維持できない。対する国道沿いの店は、通り過ぎの観光客を相手にする。だから、一度きり。値段も高いし、品質にもさほどこだわらない。潰れたり新たに出店したりの出入りも激しい。長年続けてきた店は、そう多くはない。

で、魚津の駅前近くまで行き、小料理屋を見つけ、刺身定食を頼んだ。食器もいい。小鉢の取り合わせにも品がある。刺身は、旨いところを少しずつ。味わいがある。ツマの作り方も丁寧で美しい。吸い物にもいい出汁が出ている。客に対する応対にもどこか落ち着きがありゆとりがある。地元の人間が安心して通い続けている店なのだろう。

その魚津から富山へ。実は、日本海側を下りながら、ずっと考えていたことがあった。帰る途中で、立山に行くかどうか。ずっと迷っていた。で、その迷う自分を放っておいた。そして富山に来た。ここではもう行くか行かぬかを決めなければならない。スマホで天気を確認する。

明日と、明後日は雨。なんだか、ほっとした。やはり、体はけっこう疲れていた。山登りの疲れ、長旅の疲労がじわじわと出てきたのかもしれない。幸いにも、天気が悪い。雨だ。山には登れない。こういう理屈が通り、今回は立山も見送ることにしよう、というところで落ち着いた。本音のところでは、どうやら素通りしたかったようだ。

九年前の北海道への旅の帰りにも、富山を通過した時、まったく同じような迷いがあった。その時もやり過ごした。またの機会にしよう、今回は見送ろうと。いつになったら立山に行くのか。来年こそは、と今回は心の中で思ったのだが。

翌日、金沢に。夕方になった。野営する場が見つからない。ちょうど市街地に入った頃に、もうそろそろテントを張る場所を見つけなければならないという事態に。あちこちきょろきょろしながら走り続ける。途中、運動公園の標識。その道に入る。運動公園に行ってみた。しかし、安心してテントを張れる場所はない。そこで引き返し、近くの道の駅に行く。しかしこの近辺でも、テントを張れそうな場所がない。どうしよう。困った。しばらく辺りを見回し、人気《ひとけ》のなさそうな場所へと向かう。

大きな野球場があった。運動公園に接していた。津幡《つばた》という地名だった。この野球場のレフト側の外野の外に芝の小さな空き地があった。人家は近くにはない。人の気配もない。あたりを点検すると、イノシシが掘り起こしたような跡があちこちに。ここなら、人目を気にせずテント泊ができそう。食料も、飲料も、もうすでに途中で買ってある。

一七時頃だろうか。スーパーで買った弁当を食べた。その時、雨がぱらついてきた。急いで、テントを張った。荷物をテントの中に入れた。自分もテントに入り、あとは明日の朝まで眠るだけ。

そう思っていると、何やら近くの駐車場に車が次々と来る気配。ちょうどこの日、地元の若者たちがここで野球をすることになっていたらしい。でも、この雨だ。どうするのだろう。野球は始まった。暗くなった。照明が入る。掛け声ものすごく元気だ。お互いに声を出し合い、プレーを盛り立てている。

思わぬところで急ににぎやかに。この雨だ。そのうち中止になるだろうと思っていた。しかし、ずっと続く。すごいと感心してしまった。ときおりテントの扉を開けグランドの方を見る。みんな元気だ。若い。女性もいる。地方で、これほどに若い人たちが集まり、野球ができるだけの人数が揃うとは。なんだか、しばらく見とれてしまった。

テントは少し雨漏りがする。しかし、それほどひどくはなかった。そのうち野球も終わった。何とか眠れた。当てのない野営の旅を続けると、こういう日もある。しかしこれまで一度も、野営できなかった夜はない。

越前、敦賀、舞鶴、そして天橋立

金沢から小松を経て加賀市の大聖寺《だいしょうじ》へ。ここは、原付バイクの旅で、とりわけ重要な地となる。なぜなら、ここから、国道三〇五号が始まるからだ。この大聖寺は、越前海岸を走るあの美しい道の起点だ。

海岸線を走る道路だとしても、それが幹線道路だと交通量が多くて運転に気を取られる。そのために海岸の景色を堪能できない。しかし、三〇五号のように、脇道となると、ゆったりのんびりたっぷり海岸線の景色を楽しめる。まるで、海の上を走っているような気分になったりもする。だから、この三〇五号は原付バイクの旅にとってはとりわけ貴重な道だ。

その道の途中に、道の駅がある。かなり大きい。海岸ぎりぎりに作った狭い道が続く中で、この道の駅は広大な敷地を持つ。二階には、温泉がある。この温泉の露天風呂からは、まさに日本海が何一つさえぎる物なく見渡せる。

一階の店先では、その日にとれた魚が売られている。サワラ、ブリ、シイラ（まんさく）、アジ、サバなど。どれも活きがいい。店頭では、その魚を三人がかりで女性たちが捌いている。話しかけてみると、ちょっとたどたどしい日本語。外国人らしい。

大きなポリバケツの中には、ブリの頭が内臓と共に投げ込まれている。これ全部捨ててしまうのか。ブリのカマは、塩焼きに最高。近くに住んでいたら、もらっていくのに、とついつい考えてしまう。

ここの道の駅の刺身定食は実にうまい。朝とれた魚を刺身にして出してくれる。ことに、サワラの刺身定食は抜群。サワラは、あしが速い。すぐに劣化する。だから新鮮な方がうまい。値段も一〇〇〇円ちょっと。煮物や吸い物も付く。そのどれにも新鮮な魚が入っている。道の駅で刺身定食があれば、必ずといっていいほど食べてはみるが、ここの越前の道の駅ほどにうまいものに出会ったことはない。越前の道の駅の刺身定食は別格だ。日本海の海で採れた魚と直結している。ごまかしがない。それに、女性の店員さんたちがかっこいい。黒の上下に黒の前掛け。みな若い。きびきびしている。スタイルもいい。なんか、しゃれたカフェの店員さんのような雰囲気。

で、お昼近くにここを通るときには必ず寄る。温泉に入ることもある。温泉に入り、それから新鮮な刺身を食べて、しばらく休んでからまた走り出せば、目の前には越前の美しい海岸線がどこまでも続く。バイクでの旅の味わいが十分に感じられる絶好のエリアだ。

しかし、この国道には一つだけ難点がある。どこまで行っても、野営に適した場所が見つからないのだ。海岸ぎりぎりのところに道ができている。余分な空き地はない。で、結局、この道の最終地点で野営地を探すことに。おりしも、この日の夜は大雨の予報。できれば庇《ひさし》のあるところにテントを張りたい。

あちこち探す。あたりには、潰れたホテルがある。朽ちかけたドライブインがある。放置されたままの土産物屋もある。閉鎖されたコンビニも。よくよく周りを走ってみれば、どれもこれも廃業した建物ばかり。駐車場には雑草が生え、建物の柱や窓枠は錆び、どの建造物も朽ち果てるのをただ待っているかのように見える。かつて、ここは観光地として多くの人が集まったのだろう。しかし今は、誰もいない。繁栄した当時の建物が見捨てられ放置されている。

その建造物の一つの庇を借りることにした。雑草を抜き、つる草をどけ、ゴミを除き、なんとかテントを張る場所を確保した。

翌朝からは、また幹線道路に戻る。敦賀を経て舞鶴までは、すぐ横をすれすれに通り抜ける車を気にしながらの走行。後続車に絶えず神経を払う。けっこう疲れる。やっと、天橋立がある宮津に。一二時。ここで昼食。

宮津駅の前の食堂に入る。中に入ると、けっこう混んでいる。昼時だからか、銀行員の制服を着たような若い女性が五、六人の仲間と共にテーブルを囲んでいる。背広を着た若いサラリーマンも。中高年の作業服姿の人たちもいる。ほとんどが地元の人のようだ。近くの会社で働き、昼食を取りに来たという雰囲気。

その人たちに紛れて、やっと空いたカウンター席の一つに座った。ここで刺身定食。安い。一〇〇〇円ほど。出された料理を見て驚いた。これで、一〇〇〇円とは、というほどの充実ぶり。魚は申し分ない。新鮮で量もたっぷり。この店に人が集まるのも当然だと感じた。やはり日本海沿いの街。旨い刺身が安く食べられる。

この食堂もそうだが、ＪＲの駅前の寿司屋や小料理屋にはきちんとした店が多い。ことに、地元の人たちが通う店には、間違いがない。

香住、そして広島

天橋立を渡り網野に出る。ここで、突然の大雨。廃業したガソリンスタンドの中に入り雨をしのぐ。そのガソリンスタンドの事務所のガラス扉には、長年お世話になりましたがやむなく閉店しますと記した張り紙があった。その張り紙が何ともさびしい。地方では、ガソリンスタンドがどんどん消滅していく。

網野から久美浜へ。この久美浜からは県道一一号（香美久美浜線）が海沿いを通る。香住までの間、この道もまた素晴らしい。通る車が少ない。海岸線をぎりぎりに走るために、海が間近で感じられる。一つの港を過ぎると急な坂道。登りきれば日本海の絶景が目の前に。そして急坂を下ればまた小さな漁村。その繰り返し。のどかで、のんびりしていて、景色は穏やかでどこまでも美しい。

香住の手前で、海に向かう脇道があった。崖の上に小道がついている。下を見れば絶壁。目の前には大きな島。その間にある海の水は澄んでいて、海藻までよく見える。深いところは濃い青。海は穏やか。静まり返っている。ここにはたぶん、誰も来ない。いつまでも見とれてしまうような絶景が誰にも見られずにひっそりと。今は、一六時。この小道の脇にあった草地に、今日はテントを張ることにした。

食料はない。香住の駅前まで下りていき、寿司屋か食堂を探したがうまく見つけられず、そばにあった大型スーパーに入り弁当を買った。崖の小道にもどり、目の前の島や海を見ながらその弁当を食べた。誰も来ない。誰もいない。目の前の風景全部を独り占めにしたような気分。ここの景色は、記憶に残った。


翌朝、香住から鳥取を経由して松江。鳥取でものすごい雨。駅近くの銀行の建物の陰で雨宿り。香住からは幹線道路ばかりを走ることに。帰り道で仕方なしと思えども、走行にばかり気を取られ面白くはない。松江に一二時。ここでもまた、駅前の寿司屋に入り刺身定食。やはり旨い。値もリーズナブル。

松江からは宍道湖に出て一気に広島へ。途中、宍道湖辺りの国道九号。ここは、片側一車線。後続も対抗も交通量が多く必死で走る。できるだけ後続車に迷惑をかけないように。しかも、この日この時は、海からの風が強かった。もう泣きたくなるような気分。何とか走り通し、広島に向かう国道五四号の入り口に着いた時には、心底ほっとした。

地元の温泉に着いたのが一八時一五分。ここで一風呂浴びる。やはり、慣れ親しんだ温泉。身も心も和らぐ。湯に入り、打たせ湯を浴び、また湯に入り、打たせ湯を浴びる。これを四度ほど繰り返す。やれやれ、やっと旅が終わった。

自宅到着、二〇時。全走行距離六一七八キロ。

〈著者紹介〉

T・フルスフェルト
1950年東京生。早稲田大学大学大学院博士課程前期後期単位取得。
博士（文学）九州大学大学院。
1985年 ドイツ語学文学振興会奨励賞受賞。

著書『殺人者の言葉から始まった文学 —ビューヒナー研究—』（鳥影社 1998年ドイツ語学文学振興会刊行助成により出版）。

独居老人どこが悪い

2023年 10月12日初版第1刷発行
著　者　T・フルスフェルト
発行者　百瀬精一
発行所　鳥影社 (choeisha.com)
〒160-0023 東京都新宿区西新宿3-5-12-7F
電話 03 -5948- 6470, FAX 0120-586-771
〒392-0012 長野県諏訪市四賀229-1（本社・編集室）
電話 0266 -53- 2903, FAX 0266 -58-6771
印刷・製本　モリモト印刷

ISBN978-4-86782-034-6 C0095